Crónicas de Koiné, Vol. I:
Las Cinco Razas

Por: Álvaro Cubero

CronicasDeKoine   CronicasDeKoine   AlvaroCubero

www.koine.site | www.koine.store

A mi madre, que siempre ha creído en mí.
A la Negra, mi primera cómplice de imaginación y fantasía.
A Karla, que me ayudó a ver luz en medio de la obscuridad.
A Enio y Víctor, que han sido refugio, aliento, apoyo y sustento.
A Marcos, que ha soportado la tempestad conmigo.

Mapamundi del planeta Koiné, año 10,000 (época de la Gran Unificación)

Mapamundi del planeta Koiné, año 11,137 (época de la historia de este volumen)

Cuando el oro valga más que el prójimo
y la tierra fértil ceda al yermo paraje,
los seres de luz revelarán su linaje
y la Orden traerá caos y muerte a Koiné

Pero un alma pura en un cuerpo eterno
traerá esperanza y luz a la obscuridad
uniendo las almas en fraternidad
librando el fuego que yacía en lo interno

En todas las mentes habrá comprensión
y la vida, que tenía ya marchita su flor,
regresará a llenar la consunción
y el odio dará campo a la paz y al amor

Y siglos de prosperidad y unión
serán regidos con sabiduría
por ella, que tuvo la valentía
de alcanzar la Gran Unificación

Los Cantos de Travaldar, Libro I
(año 8915)

CAPÍTULO I:

Una amistad muy especial

Vivir cada día en paz. Eso era todo lo que Lino deseaba. Sin embargo, siempre había temas por los que esa paz tan codiciada no llegaba completamente. El aprendizaje que había logrado de sus maestros –especialmente de Quince, a quien consideraba no sólo su maestro, sino su mentor y su amigo– lo habían preparado para enfrentar la vida con calma y prudencia. Aun así, los últimos treinta días de cielos grises y de incesante lluvia leve, que iba acumulando pequeños puñados de ceniza por todas partes, ya estaban calando en sus nervios y no podía evitar pensar si tendrían que ver con el fiasco de su intento de agradar a Niza a finales del mes pasado.

Al fin y al cabo, Niza seguía siendo, muy en el fondo, su amiga y antigua compañera de juegos de la infancia, aunque ahora tuviese el peso de las Cinco Razas sobre sus hombros. Lino sabía que ese vínculo permanecía fuerte, a pesar de todo, pero esa sombra gris que se había venido interponiendo entre ellos dos ahora él la veía manifestarse ya no sólo como un sentimiento arrinconado en alguna esquina olvidada de su mente, sino como algo físico, visible y palpable que cualquiera podía notar y que se había detonado, según él, casi un mes atrás.

La amistad de ellos era, a falta de una mejor palabra, rara. No es común que un Forzudo y una Consciente sean amigos, en primer lugar, pero Niza había llegado a las vidas de la tribu de Lino por una serie de eventos tan curiosos como inverosímiles, que sólo eran posibles a raíz de conflictos entre los miembros de su propia Raza. Sin embargo, Fizz estuvo al tanto de estos eventos, debido a una conexión que él estableció con ella en el momento de su nacimiento, y esto lo hizo intervenir, cosa impensable para cualquier otro Lumínico, lo cual lo volvió un "desterrado" entre los suyos. Y estoy usando la palabra "desterrado" en su más libre sentido, porque, como todos sabemos, los Lumínicos son la única Raza que está totalmente desapegada de todo lo físico, incluyendo esa curiosa necesidad que tenemos las demás Razas de poseer la tierra.

Pero bueno, me estoy desviando de la historia. Os pido paciencia y comprensión, pues usar este lenguaje sigue siendo extraño para mí, que estoy acostumbrado, como cualquiera de mi Raza, a comunicarme sin palabras. Pero desde hace algunos años venimos considerando cada vez más importante que las demás Razas tengan el panorama completo que solo los Pensantes tenemos, así que mi tarea tiene el ambicioso pero honorable cometido de resumir en palabras el cúmulo de vivencias que nuestra Raza ha venido agregando por siglos a nuestra consciencia colectiva, porque el comprender los eventos que tendré a bien relataros permitirá que los graves errores que se cometieron –que sacudieron los cimientos de nuestra civilización y estuvieron a punto de destruir la sociedad como la conocemos– no vuelvan a ocurrir. Al fin y al cabo, como decimos los Pensantes: «olvidar un error, es el camino más directo para volverlo a cometer».

Remontándonos varias décadas atrás, cuando el puesto de Niza estaba ocupado por Kempr, nadie discutía que el orden y la armonía reinaban en todos los Territorios, pero era una armonía tensa, casi artificial, lograda a base de temor y sustentada en la –hasta entonces– errónea creencia de que ningún Eterno podía morir. Para el tiempo en que Lino y Niza se conocieron, Kempr ya llevaba ciento quince años en el puesto y lucía tan joven, gallardo y fuerte como el primer día que se sentó en la Silla Magna, cuando su madre Jantl se la cedió, argumentando que casi mil años de reinado habían sido suficientes y que quería hacer otras cosas. Algunos de nosotros la vimos muy lejos del Territorio del Gobierno Central, pero su paradero se desconoce hace mucho.

Y es que realmente esos novecientos ochenta años previos a Kempr fueron de mucho crecimiento y aprendizaje para todas las Razas. Jantl se había ganado el respeto y la lealtad a base de una profunda comprensión de las más básicas necesidades de los diferentes asentamientos, y un entendimiento esencial de la idiosincrasia que había forjado y establecido cada Raza y su muy particular forma de ver el mundo. Ella logró construir puentes entre las Razas gracias a la unificación del lenguaje hablado y al establecimiento y definición de roles adecuados para cada quien, acordes a las habilidades y talentos innatos, además de los que tuviesen potencial de desarrollar por propio gusto e interés, más que por necesidad. Todos la consideraban incansable y pensaban que reinaría por siempre, hasta que hizo ese inesperado anuncio. Quien más lo resintió fue Ulgier, su consejero más antiguo, a quien la decisión lo tomó por sorpresa. Tanto, que no pudo evitar causar un terremoto al enterarse, el cual cuarteó el muro frontal del Castillo y causó varios destrozos menores, impulso totalmente ajeno a su carácter y por el que se disculpó muy sentidamente, reparando el muro cuando supo lo que había sucedido con sólo desearlo y supervisando la enmienda de los daños menores por medio de sus acólitos.

El caso es que Kempr llegó a dar continuidad a la obra que su madre había iniciado, pero muy rápidamente se comenzaron a sentir cambios. Para empezar, Ulgier regresó al Territorio que lo vio nacer, argumentando que ya estaba demasiado viejo y que la prueba de ello era la imposibilidad de haber controlado ese arrebato. Kempr, para evitar un incidente similar, tomó la decisión de no nombrar a otro consejero que fuese un Consciente y, aunque muchos consideraban que la decisión lógica era entonces elegir un Pensante, Kempr sorprendió a todos nombrando a un Forzudo, a quien todos los que trabajaban de cerca consideraban un títere: ¿qué podía esperarse de una Raza cuya característica sobresaliente no era precisamente el uso del intelecto y que sólo podría transmitir una parte de sus conocimientos a su sucesor por medio de una anacrónica tradición oral? Para Mindo fue imposible recibir el legado de Ulgier, por lo que comenzó su tarea con total desconocimiento, limitándose a escuchar y a asentir.

Pero rozarse con gente en esas esferas, sí logró que Mindo desarrollara su intelecto, a pesar de que tenía una tendencia a ejecutar, más que a sólo dirigir. Y los miembros de su Raza lo veían con admiración y respeto, pues nunca antes uno de ellos había logrado llegar hasta ahí. Esta especie de liderazgo no oficial era aprovechado por Kempr para mantener a los Forzudos bajo control y, aunque su intención inicial de poner al capataz del Castillo como su consejero fue no tener oposición alguna a sus decisiones, este efecto secundario le daba la tranquilidad de que la Raza de población más numerosa y que se encargaba de todas las tareas pesadas no le daría problemas... o eso pensaba él. Porque Mindo comenzó a generar una consciencia en su Raza acerca de la importancia de estudiar y ver más allá del día presente.

Mindo sembró una semilla de inquietud que comenzó a dar sus frutos más hermosos cuatro generaciones después, siendo el más vivo ejemplo de ello su tataranieto, Lino, a quien no tuvo oportunidad de conocer, pero para quien el camino del Despertar ya estaba trazado. Quince, el mentor de Lino, llegó a ser el primer Forzudo que logró comunicarse con un Pensante sin volverse loco y el primero que logró desarrollar habilidades que sólo se creía que eran del dominio exclusivo de los Conscientes.

Así que ese arraigo y sincera amistad que se estableció entre Lino y Niza era, para aquellos que hemos venido observando estos eventos desde hace siglos, una consecuencia natural de todo este Despertar. La única influencia externa que permitió que esa amistad se desarrollara sin limitaciones –o, mejor dicho, que no impidió que lo hiciera– fue Fizz quien, desde que comenzó a manifestar su individualidad entre los suyos, hacía preguntas incómodas para sus progenitores y muy desconcertantes para sus amigos.

La tarde que Niza fue dada a luz, había un sol radiante y Fizz, a quien le fascinaba el fenómeno del nacimiento de los seres físicos, se ocultó dentro de un haz de luz que de manera prístina se colaba por el ventanal del cuarto donde se estaba dando el alumbramiento. Se quedó atónito observando cómo esa criatura diminuta salía con tanta dificultad de aquel estrecho agujero lleno de esa sustancia roja y viscosa, mientras la criatura más grande emitía unos sonidos que para cualquier otro observador podrían haber parecido desgarradores. Para Fizz eran sólo parte de todo ese espectáculo que lo tenía extasiado. Esta emoción hizo que algunos de sus tonos de luz totalmente blanca comenzaran a variar. La madre, que estaba absorta en sus dolores y pujidos, no notó nada, pero los destellos rojos, verdes y púrpuras sí captaron la atención de aquella tierna bebé que iba saliendo del vientre de su madre y se los quedó mirando fijamente por unos instantes. Fizz se vio reflejado en esos inocentes ojitos que apenas estaban comenzando a conocer el mundo… Algo en él cambió y sintió que todo su ser quedaba indefectiblemente unido a aquella pequeña pelotita de carne y hueso.

Cada vez que Niza era dejada sola en su cunita, Fizz llegaba a verla. Le encantaba hacerla reír causando pequeños estallidos de luz de todos colores y la risa de ella sólo causaba que aquellos tonos se encendieran aún más vivos. ¡La amaba tanto! Sus amigos comenzaron a notar que algo en él era diferente. Ya no le hacía gracia ir con ellos a saltar de una nube a otra convertido en un rayo, ni crear aquellas masas transparentes cayendo de improviso todos juntos sobre el mismo punto en la arena de alguna playa desierta. Cuando uno de sus progenitores le preguntaba que qué le pasaba, Fizz no daba una respuesta y sólo se limitaba a seguir el atardecer, junto con los demás.

Conforme pasaban los años, la obsesión de Fizz por Niza crecía. Aprovechaba cualquier rato en que ninguno de los suyos estuviese en los alrededores para acercarse a ella cuando se quedaba sola y, entonces, asumía una forma muy parecida a la de ella, sólo que carente de masa. Cuando la "tomaba" de las manos, con las "manos" suyas, ella sentía un leve cosquilleo que le recorría el cuerpo y, en ese mismo contacto, le transmitía todo lo que sentía por ella y ella balbuceaba sus primeras palabras, que él aprendió a pronunciar con ella.

Poco le importaba a Fizz todo lo que se estaba moviendo alrededor de su amiguita y nada comprendía Niza al respecto, pues apenas habría cumplido los siete años cuando una tarde, un hombre de aspecto sombrío, cubierto con una capucha gris, llegó a tocar la puerta de la casa donde viviera con su madre.

—Hola, Frida —dijo.

—¿A qué has venido? —le increpó ella.

—¿Cómo que a qué he venido? La criatura es mía, ya sabías que vendría por ella algún día.

—Después de siete años, tenía la esperanza de que hubieras cambiado de opinión.

—Sólo estaba esperando que atendieras sus peores años, ya sabe hablar.

—Apenas, es sólo una niñita y, bueno, sabes que yo paso el día ocupada cuidando ganado, así que tampoco habla mucho que digamos.

Él hizo una mueca de disgusto, que reflejaba asco y desprecio:

—De verdad que tuve que estar muy borracho para querer estar contigo esa noche. Ya es momento de que ella comience a recibir la educación que le permita usar el legado al que tiene derecho, es una de las nuestras.

—A medias, pues notarás que su torso es más ancho y sus bracitos mucho más fornidos que los de tu escuálida Raza.

Al ir subiendo el tono de las voces, Niza salió del cuarto donde había estado escondida y se quedó viendo con terror aquel huesudo rostro cubierto de pelos.

—Ya veo —dijo él, haciendo una pausa. —Pero lo puedo arreglar.

Se quedó viendo fijamente a la niña, mientras extendió los brazos y comenzó a recitar en voz muy baja unas frases en un idioma incomprensible para Frida. Niza comenzó a llorar de dolor.

—¿Qué estás haciendo, bastardo? ¡Le haces daño!

Sin pensarlo dos veces, agarró una gran olla de metal en la que estaba preparando un caldo para cenar y se lo arrojó en la cara al oscuro personaje, quien comenzó a dar alaridos de dolor, cuando el hirviente caldo le empapó la cara y el cuerpo, momento que ella aprovechó para propinarle un certero golpe en la cabeza con la olla ya vacía, lo que hizo que cayera inconsciente.

Los gritos de Niza hicieron que Fizz, quien siempre estaba cerca durante el día, entrara de improviso en la casa, iluminando con un destello enceguecedor a Frida, quien estaba por tomar en brazos a la niña, que lloraba desconsoladamente. Él se interpuso entre ellas. Frida comenzó a recuperar la visión y vio a un muy enfurecido Lumínico que emulaba tener el cuerpo del desvanecido, con una expresión amenazante en el "rostro".

—¿Qué truco es éste? —preguntó, confundida, e intentó propinarle un golpe, pero su puño sólo se encontró con un espacio vacío cargado de electricidad. La descarga eléctrica fue demasiado intensa y ella también se desmayó.

Niza por primera vez veía a su amigo tomar una forma que no era la de ella, sino la de aquel odioso personaje que tanto miedo le había causado, haciéndole daño a su madre. No comprendió que la estaba protegiendo. Vio a su madre tirada en el piso y al encapuchado también. Su cuerpo entero temblaba y le dolía. Cerró los ojos y deseó con todas sus fuerzas desaparecer.

Y desapareció.

CAPÍTULO II:

Reencontrando el rumbo

nfócate, serénate, respira hondo —la melodiosa y ronca voz de Quince era lo único que Lino escuchaba en ese momento.

Bueno, a decir verdad, también escuchaba el arroyo cercano pasar, trinos de por lo menos cinco especies distintas de pájaros, unos chiquillos jugando y dos matronas conversando acerca de cómo los días estaban siendo cada vez más fríos.

—EN-FÓ-CA-TE —Lino sabía que ese tono indicaba que su maestro estaba al tanto de todo ese mundo interior de sonidos a los que se suponía no debería estar prestando atención.

Respiró hondo. Se dejó guiar por la voz.

—Caminas por un angosto pasillo. Sólo llevas en tu mano una lámpara de aceite. Puedes ver apenas unos cuantos pasos adelante. Retumba en tus oídos el eco de tus propios pasos. Llegas al final del pasillo y se abre ante ti un salón muy amplio. Tan amplio que no logras ver el techo. En el centro de ese salón ves un lecho, rodeado de cuatro antorchas. Te acuestas en él, dejando tu lámpara en un costado. Vacías tu mente de todo pensamiento y miras fijamente ese techo invisible, oscuro. Deja que el silencio del lugar te inunde.

Para ese momento, la "voz" ya no era una voz, era sólo un flujo de imágenes y sonidos que penetraban directamente su mente. ¿Sonidos? Bueno, una ausencia total de ellos sería una descripción más atinada. Lino de verdad sentía la tela que cubría ese lecho y su espalda apoyada en él, aunque realmente estuviese aún sentado, en posición de meditación.

Un estruendo como si una bolsa de aire fuese súbitamente empujada en todas direcciones llegó desde el sitio donde tenían las aves que se usaban de alimento y para comercio. Ellas comenzaron a hacer un escándalo y plumas comenzaron a volar en todas direcciones. Las aves salieron corriendo despavoridas y el corral quedó totalmente vacío… con excepción de una niña de unos siete años y la desafortunada ave sobre la que se materializó, la cual quedó totalmente aplastada.

Lino salió de su trance totalmente desorientado y vio que Quince ya no estaba a su lado. Salió trastabillando de su casa y vio a Quince rodeado de la chiquillería y varias personas, incluyendo a su madre y a las matronas, haciendo gran alboroto y con caras asustadas, cerca del corral. Quince les pidió calma, mientras se asomó al interior del corral para encontrarse con una pequeña asustada y sollozante, que tenía los brazos escuálidos y amoratados. La miró con una ternura infinita y ella dejó de sentir miedo.

—¿Cómo te llamas, pequeña?

—N, N, Niza, señor.

—Mucho gusto, Niza, yo soy Quince. ¿Quieres lavarte? Tienes tu cabello lleno de plumas y bueno, hay sangre en tu ropa, pero creo que es de esa pobre avecilla sobre la que estás sentada.

Ella asintió, un poco avergonzada. Él extendió la mano y ella la tomó y se levantó. Al salir del corral, Quince la alzó en sus brazos y volvió a ver a la multitud.

—Tranquilos, es sólo una chiquilla. Ved a traer las aves, que se han ido en todas direcciones –volteó hacia la madre de Lino: –Kira, ¿te importa si le prestamos asistencia a Niza? Le caería bien un baño caliente.

Kira asintió un poco desconcertada, pero se dirigió a la casa, donde Lino seguía parado en la puerta. Por primera vez él observó a Niza. Él tenía una cara atontada, aun reponiéndose de haber salido del trance tan súbitamente, y ella tenía su cabello lleno de plumas. A ambos les dio risa ver al otro y Quince sintió que ése estaba siendo el inicio de una bonita amistad entre ellos.

Muchos años después, Niza recordaría esa primera sonrisa y la tibieza que sintió en el corazón al encontrarse con aquellos ojos que destilaban inocencia, justo como los de ella. Y el poder de ese recuerdo tan sencillo fue suficiente para que ese triste intento de su antiguo compañero de juegos de congraciarse con ella no tuviese mayores repercusiones, a pesar de que había sido un atrevimiento muy grande de parte de él presentarse ante ella y pedirle, delante de todo su gabinete, que tuviera clemencia para ese grupo de campesinos condenados a muerte, negándose al final a revelarle el paradero de su líder. Lino había aprendido hacía muchos años a ocultar sus pensamientos a los Pensantes, por lo que el consejero adjunto de Niza podría hurgar por días enteros y no encontrarse más que imágenes absurdas y sin sentido ni conexión entre sí. Niza lo sabía y ese poder que le daba ventaja a Lino sobre ella, la enojaba muchísimo. Pero aquella primera sonrisa entre ellos, la hizo perdonarle y dejarlo libre, no sin antes advertirle que los campesinos morirían de todos modos y que estaría muy al pendiente de sus movimientos.

Los días transcurrieron y Lino mantuvo total discreción y evitó el contacto directo con Tumbat, el líder al que tanto anhelaba encontrar Niza. Tumbat se mantenía en el anonimato porque ningún Pensante sabía su nombre ni conocía su cara. Él sabía que, en el momento que alguno de nosotros supiera a ciencia cierta quién era él, toda la Red de Pensantes lo sabría en cuestión de días y esto llegaría a oídos de Niza, quien había adquirido fama de implacable y despiadada.

Eran tiempos muy tristes y Lino no comprendía cómo ella podía haber llegado a ese extremo, derrocando a Kempr al provocarle un accidente cuando practicaba su deporte extremo favorito: planear desde un acantilado. Rápidamente asumió el mando en forma "temporal" bajo la excusa de ser la consejera más cercana a él, mas no la más antigua. Wentn cuestionó esa decisión, simplemente porque él sí era el consejero más antiguo, que había sucedido a Mindo luego de su muerte. Al ser Wentn otro Eterno igual que Kempr, y no contar aún Kempr con descendencia propia –los Eternos siempre postergaban ese tema unos cuantos siglos– el potencial que tenía de convertirse en el nuevo Regente Supremo era prácticamente seguro.

Sin embargo, Wentn murió de manera muy extraña esa misma noche cuando, caminando dormido, se precipitó por el balcón y cayó al vacío. Nadie más quiso cuestionar a Niza después de ese incidente y realmente, sólo Lino sospechaba que ella había provocado el accidente de Kempr, porque la conocía más que ninguna otra persona.

Cuando ella le contó que se le había dado la oportunidad de ser una consejera adjunta de Kempr, pues Kempr no quería Conscientes en su Castillo, él comprendió que todo ese tiempo ella había hecho creer a todos que ella era sólo una Forzuda más, y no ese híbrido entre ambas Razas. El brillo en los ojos de ella al comentarle esto, le dio escalofríos y presintió que algo estaba tramando. Pasaron cinco años, y él ya casi había descartado de su mente esa sospecha, cuando se enteró del accidente de Kempr, quien había practicado ese deporte por décadas. Entonces confirmó sus más ocultos temores. No lo sabía a ciencia cierta, ni podía demostrarlo, mucho menos revelar la verdadera naturaleza de su antigua compañera de juegos, pero en sus entrañas él tenía claro que ese "accidente" tenía un nombre detrás: Niza.

Precisamente por esa creencia de que ella era sólo una Forzuda más, cuando comenzó a presionar a los comerciantes para que variaran las rutas comerciales habituales, muchos líderes de tribus Forzudas lo vieron con buenos ojos, porque era una más de ellos la que estaba haciendo los cambios, bajo la promesa de encontrar nuevos mercados.

Pero los negocios, en vez de aumentar, comenzaron a mermar, pues si bien es cierto esas rutas les permitieron entrar en contacto con algunas tribus que prácticamente habían sido autosuficientes hasta entonces, tales rutas tocaban muchos Territorios que estaban habitados sólo por animales, mientras que las rutas habituales siguieron siendo utilizadas por Eternos, quienes proveían productos que eran de mayor utilidad a los Conscientes que habitaban los Territorios tocados por las rutas habituales, pero que no eran bien recibidos por los Forzudos de esas tierras. Las tribus comenzaron a padecer de escasez y hambre. Muchos productos comenzaron a perderse, e incluso se comenzaron a dar negocios de contrabando y esta incomodidad comenzó a permear en los comerciantes, quienes dejaron de comprar tanto producto a los campesinos, que a su vez comenzaron a comprender que todo era culpa de la Regente Suprema.

Ese proceso de entendimiento tomó varios años para calar en la conciencia de las tribus y el que lo vio desde un principio con claridad fue Tumbat, quien comenzó a viajar de tribu en tribu, explicándoles esto. Muchos no lo podían creer, porque ¿en qué cabeza cabría que una Forzuda les estuviera haciendo daño? Sin embargo, Tumbat también observó cuáles eran los productos que ahora se estaban intercambiando más en las rutas tradicionales y quiénes eran los compradores. Siempre hacía preguntas sueltas, por aquí y por allá, para no despertar sospechas, pero llegó a comprender que había algo muy grande que estaba comenzando a gestarse entre los Conscientes, sin que los Eternos supieran que estaban siendo los peones de este gigantesco juego. Este conocimiento no lo había compartido con nadie, porque no entendía bien aun lo que había detrás de ello.

Tumbat siempre se cuidó de compartir sus hallazgos con pocos campesinos a la vez, en espacios cerrados y asegurándose que nunca hubiese un Eterno, un Consciente y mucho menos un Pensante presente. En una de sus andanzas, llegó a la tribu de Lino, con quien compartió sus sospechas, sin saber que él había sido tan amigo de Niza. Lo supo demasiado tarde, cuando un campesino le aconsejó que tuviese cuidado con lo que decía, porque orgullosamente Niza se había criado en esa tribu. Tumbat comprendió que los hilos de influencia de Niza estaban demasiado adentro y temió que su descuido pusiese en peligro su vida. Al conversar con él, Lino había establecido una conexión mental sin que él se diera cuenta, pues pensó que saber cómo ubicarlo más adelante podría serle útil.

Pero el movimiento que Tumbat había iniciado comenzó a dar sus frutos unas semanas después de su visita a la tribu de Lino, cuando un grupo de campesinos de varias tribus llegó a hacer un alboroto al Castillo. Ahí fue cuando Lino comprendió que aquel visitante tenía mucha más fuerza de la que él había imaginado y vio la oportunidad de volver a acercarse a su antigua amiga, con la esperanza de convertirse en su consejero y, tal vez, hacerla entrar en razón acerca del estilo de mando con el que estaba oprimiendo a su gente, lo cual resultó ser un fiasco, como ya os he relatado.

Al día siguiente de ese triste encuentro, algo cambió en el aire: el cielo amaneció cubierto de nubes grises, y una llovizna menuda comenzó a caer sin cesar. A las pocas semanas, la gente comenzó a notar que en los techos se acumulaba ceniza y que la ropa de ensuciaba más fácilmente. Muchos comenzaron a tener problemas para respirar y en el aire se sentía un olor a azufre continuo.

Lino notó estos cambios y recordó la forma en que su antigua amiga había llegado a su vida y todas aquellas ocasiones en que él duraba semanas estudiando algún tema fuera de casa para que, al regresar, su madre le comentara que Niza se había "perdido" todo ese tiempo y que había regresado justo un día antes que él. Recordó cuando discutían y que, en algunas ocasiones, aparecían peces muertos en la orilla del arroyo, mientras que en otras ocasiones pasaba lloviendo varios días seguidos. Él observó que los peces muertos aparecían cuando ella se había enojado mucho, mientras que la lluvia sucedía cuando ella se ponía muy triste. Pero esas curiosas alteraciones sólo ocurrían cuando discutía con él. Cuando Kira la regañaba, ella sólo *pretendía* ponerse triste. Y si discutía con algún otro niño, ella *fingía* enojarse, pero él sabía que estaba muerta de risa por dentro.

En su camino de regreso a la tribu, Lino meditó diariamente respecto a todos estos eventos, y comenzó a comprender muchas cosas que no había querido ver durante tantísimo tiempo. Treinta días habían transcurrido desde que el cielo se había vuelto gris. Había mucha gente enferma y muchos cultivos se habían malogrado. Los animales de cría más débiles estaban muriendo. La tarde que regresó a la tribu, después de su encuentro con Niza, en un acto de fe suprema e inquebrantable, invocó a su antiguo mentor, Quince, quien había fallecido sólo un año antes por causas naturales. Lino tenía los ojos llenos de lágrimas cuando su querido mentor y amigo se presentó ante él en su mente, le sonrió con una sonrisa tan cálida que dejó de sentir el frío que se le había venido metiendo hasta los huesos.

—¿Por qué lloras, mi amigo querido?

—Porque no sé qué hacer. Desde que te fuiste no tengo quién me ayude a tener dirección. Persiguiendo un mal menor, estuve dispuesto a sacrificar la vida de un hombre, para salvar la de muchos. Pero fracasé.

—¿Se perdieron las vidas de todos?

—De todos, excepto de uno, aquél a quien pretendí traicionar.

—Entonces no fracasaste en lo absoluto.

—¡Pero traicioné mis principios! ¡Y murieron inocentes! ¡Olvidé todo lo que me habías enseñado!

—No lo olvidaste. Sólo te descuidaste por un instante. Si lo hubieras olvidado, no estarías sufriendo tanto. Si lo hubieras olvidado, la vida de ese hombre se habría perdido. Si lo hubieras olvidado, no estaríamos conversando en este momento, pues no habrías sabido cómo alcanzarme.

—Perdóname.

—Yo te amo incondicionalmente. Antes de que hicieras lo que ibas a hacer, ya te había perdonado. Perdónate tú mismo. Regresa sobre tus pasos. Dices que no tienes quién te ayude a tener una dirección. Eso no es cierto. ¿Qué necesitas?

—Necesito sólo una luz que me guíe para ayudar a Niza…

Lino salió del trance. Sus ojos estaban empapados en lágrimas. La última palabra que pronunció se quedó dando vueltas en su cabeza.

Jamás imaginó que su súplica tendría una respuesta tan literal.

CAPÍTULO III:

Comunión perdida

*F*izz casi se vuelve loco. Bueno, es un decir, puesto que no hay ningún caso documentado de enfermedades mentales entre los Lumínicos. Pero el caso es que Fizz vio desvanecerse a su amiga amada en el aire, causando una pequeña distorsión que atrajo cosas livianas hacia el espacio que unos segundos antes ocupara la pequeña. La escena era muy tétrica: un hombre flaco tirado en el piso, envuelto en una capucha gris, con la cara escaldada y las barbas y ropa llenas de trozos de carne y verdura; una mujer robusta tirada en el piso, convulsionando, con una gran olla a un lado, aún humeante. Afuera, el sol poniéndose en un ocaso como nunca y Fizz dándose cuenta de que no se podía quedar ahí, pues ya el sol se estaba yendo. Su propia luz estaba fluctuando y se había vuelto azulada, casi apagada. Salió disparado hacia el disco rojo que estaba ya tocando el horizonte. Deseó con todas sus fuerzas no encontrarse con alguno de sus progenitores, pero justamente eso fue lo que ocurrió. Éste lo increpó de inmediato:

—¿Dónde andabas? Ya sabes que no debemos permanecer donde la luz de sol ya no está alumbrando. ¿Y ese color? ¡Estás contaminado! ¿Tocaste a uno de los seres físicos?

Fizz estaba tan atribulado y desconsolado, además de harto de ocultar la verdad, que pensó que era momento de confesarle a su familia todo lo que había vivido esos últimos años… Y así lo hizo.

Si hay algo que tienen los Lumínicos es que se han mantenido al margen de los asuntos de las demás Razas. A ellos no les interesan los asuntos del poder sobre otros seres, la posesión de objetos, o comprender en detalle nada relacionado con algo que no sea ellos mismos. Cuando Jantl inició la Gran Unificación, hizo innumerables intentos de contacto con ellos, pero nunca logró identificar un líder, ni pudo saber a ciencia cierta si todos sus intentos de contacto fueron con diferentes entidades o con la misma. Jantl logró establecer contacto debido a que descubrió por casualidad algo que resulta irresistible para ellos: la nieve.

Durante los casi mil años que estuvo en la Silla Magna, al menos una vez cada diez años, Jantl hacía un viaje ella sola, con la intención de alejarse de todo y de todos, incluyendo a su fiel consejero, Ulgier. Jantl meditaba durante largos periodos, que duraban de tres hasta cinco días continuos, acerca de los diferentes asuntos de los Territorios, recopilaba los comentarios y quejas que muchos le habían expresado durante esos años, las soluciones que habían puesto en marcha y los problemas que aún estaban esperando una solución.

Los Eternos tienen una memoria eidética, por lo que les es posible recordar con exactitud cada instante que han vivido, aunque haya sido hace siglos. Jantl tenía un espíritu explorador y aventurero, un poco ajeno al carácter de otros miembros de su Raza, y por eso para ella explorar y viajar era un hábito que había desarrollado desde muy joven. Ya siendo la Regente Suprema, a esas salidas ella las llamaba "viajes de aislamiento", aunque rara vez se aislaba por completo, pues siempre la llamaba el deseo de ayudar a su gente.

Unos diez años antes de que ella iniciase la Gran Unificación, Jantl decidió viajar hacia los Picos Nevados del norte. Esta región era totalmente inhóspita y nadie en su sano juicio buscaba acercarse a esa zona, porque las condiciones climáticas eran de un frío intenso todo el año, a diferencia de los Territorios Habitados, donde el clima era muy agradable a lo largo del año y sólo había lluvias cada cierta cantidad de días, lo que mantenía el ecosistema fluyendo en un ciclo perfectamente predecible. Sin embargo, esta zona era de las pocas que Jantl no había explorado y agregado a su mapa mental, motivo por el cual quiso viajar en esa ocasión a los Picos Nevados.

Cuando hubo llegado a un punto donde consideró adecuado montar su campamento, estaba el cielo despejado y había una planicie totalmente cubierta de nieve. El sol se reflejaba de manera impecable en aquella blancura perfecta. Después de montar el campamento, lo cual le pudo haber tomado un par de horas, se sentó en las afueras de su tienda, completamente abrigada, y clavó la vista en el horizonte, hacia el oriente. Al sol aún le faltaban un par de horas para ocultarse.

No tenía ni cinco minutos de estar observando cuando notó que la nieve cercana a donde había colocado un espejo comenzaba a mostrar tonos rojos, naranjas, amarillos, verdes, azules y violetas. Los colores iban cambiando en secuencia, a veces más rápido, a veces muy despacio. Pudo notar que los haces de luz comenzaban a tomar una forma definida… Cuál fue su sorpresa al ver que se había formado una imagen de ella misma, con ropas y abrigo incluido, perfecta en todo detalle, incluyendo la forma de sus cejas. Ella sonrió y el holograma le sonrió de vuelta. Ella tomó un puñado de nieve y la imagen hizo el intento de tomar un puñado de nieve también, pero la nieve comenzó a derretirse al contacto. Entonces Jantl extendió la mano y con mucha delicadeza sopló la nieve que estaba en ella, en dirección hacia la imagen. Miles de copos de nieve envolvieron a la imagen, derritiéndose al instante y formando un pequeño arco iris. La imagen hizo un gesto de asombro, que reflejaba el gesto que Jantl estaba haciendo al ver aquel hermoso espectáculo.

Jantl acercó su mano a la imagen y la imagen la "tocó" suavemente. Una leve corriente eléctrica pasó por todo el cuerpo de Jantl, junto con una sensación de la más pura y plena felicidad. Ella comprendió que ese ser se estaba comunicando con ella y que le caía muy bien. En esa conexión, que duró casi dos horas más, pasaron por la mente de Jantl muchísimas imágenes de ríos, montañas, valles, bosques, atardeceres… Ella comprendió que la criatura le estaba contando dónde había estado y qué había visto. Entre las imágenes, había algunas donde muchos otros seres de luz se acercaban e intercambiaban ideas y emociones. Le sorprendió descubrir cuán emocionales eran estos seres y con qué desapego vivían sus vidas y comprendió que para ellos la eternidad era algo natural y no temían morir, pues ni siquiera comprendían el concepto.

En eso, el sol comenzó a tocar el horizonte. La criatura se "desconectó" instantáneamente y Jantl se quedó sola, procesando todo lo que había vivido en tan poco tiempo, mientras una sonrisa que no podía controlar le inundaba el rostro. Los días que siguieron le permitieron "decirle" a la criatura quién era ella, dónde vivía, cómo vivía, por qué sentía frío, por qué necesitaba comer, dormir. Tuvo la impresión de que no interactuó con una sola de esas criaturas, porque cuando se conectaba con cada ¿nuevo? visitante, algo en la emoción o en los recuerdos que recibía le parecía diferente de lo que ya había visto. Esas sutiles diferencias sólo las podía notar alguien con memoria eidética, evidentemente. El caso es que el contacto inicial siempre comenzaba con la misma rutina: ella soplando nieve sobre el visitante.

Jantl comprendió que estos seres no sólo frecuentaban los Picos Nevados, sino que merodeaban todos los Territorios y que eran en extremo curiosos de lo que hacían los otros seres, pero que no se habían relacionado con ellos por milenios, hasta ese día. Se sintió en extremo afortunada y honrada de haber sido la primera en contactarlos de nuevo. Durante los años que siguieron a ese primer contacto, Jantl recibía visitas de parte de ellos y siempre ocurría cuando ella se quedaba sola. Comenzó a enseñarles el idioma hablado y logró que uno (¿o varios?) comenzaran a comunicarse con palabras. Sus "voces" tenían un sonido muy curioso que era como escuchar un leve zumbido o reverberación continuo mientras "hablaban" y todos sonaban muy parecido. Cuando logró explicarles que ella se llamaba Jantl, comenzó a recibir de parte de ellos distintos nombres: Phazz, Mozz, Jezz. Ellos eran tremendamente esquivos y, siempre, sin excepción, se retiraban al atardecer.

En alguna de tales conexiones con ellos, supo de Whuzz, un Lumínico que, milenios atrás, había llegado a amar profundamente a un ser físico a quien cedió todo su ser cuando estaba a punto de morir de viejo. Tal ser físico, dedujo con asombro, fue el primer Eterno. Comprendió entonces por qué ellos evitaban el contacto con los seres físicos.

Durante los diversos momentos en que hubo acercamientos, Jantl notó también que en los días nublados nunca la visitaban. Este proceso de acercamiento y entendimiento le tomó varios siglos, durante los cuales aprendió a diferenciar sutiles detalles entre ellos, que claramente marcaban una individualidad en un grupo que parecía ser una sola entidad con diferentes manifestaciones o personalidades. Una de las personalidades era particularmente curiosa y le compartió muchas imágenes de gente a la que había observado. Cuando le preguntó su nombre, se autodenominó "Fizz".

En una ocasión, cuando su hijo Kempr estaba recién nacido, ella estaba amamantándolo. En eso, llegó uno de los visitantes. El holograma que se formó la replicaba a ella y al bebé. Ella pensó que tocar al visitante en ese momento podría no ser buena idea, ya que la corriente eléctrica pudiera no ser conveniente o agradable para el bebé. Ese miedo se reflejó en su rostro y su reflejo tridimensional también lo mostró en su "cara". El color del holograma se apagó totalmente. Unos segundos después, se había ido. Pasaron veinte años antes de que volviera a recibir una visita.

Ciento quince años después de que ella hubiese cedido su puesto a Kempr, Fizz estaba confesando a sus progenitores el fuerte vínculo emocional que había establecido con aquél ser físico al que visitaba diariamente y cuánto la amaba y cómo se había desvanecido en el aire sin dejar rastro.

Dejando a un lado el caso de Whuzz, sólo había un ser físico con el que cualquiera de ellos había establecido algún tipo de vínculo, pero habían descubierto que cuando entraban en contacto con ella, una parte de quien ella era, de sus vivencias, de sus preocupaciones, necesidades y apegos se imprimía en ellos y los dejaba "contaminados" muchos días, periodo durante el cual anhelaban volver a tener más contacto, creando un círculo vicioso que los debilitaba a todos y que disminuía esa sensación de comunión que los mantenía unidos como Raza. Esto era particularmente intenso cuando ella estaba experimentando miedo, enojo o tristeza, ya que, en esas ocasiones, no lograban recuperarse por meses.

Por si fuera poco, un Lumínico ayudó activamente a Jantl durante la Gran Unificación, debido a que ella dejó una impronta en él, sin ella comprender cómo había sucedido a ciencia cierta. Por este motivo, habían decidido todos en conjunto limitar el contacto a este único ser y hacerlo muy esporádicamente, pues la sed de conocimiento seguía siendo muy fuerte y eso era la principal señal de que todos estaban ya "contaminados".

Fizz había logrado ocultar el apego por Niza gracias a la inocencia de la pequeña y a que la única retroalimentación que recibía de ella era amor, el cual lo hacía regresar a su grupo siempre energizado. Pero ese terrible día, Fizz llegó totalmente "apagado". Cuando uno de sus progenitores lo cuestionó, instintivamente se alejaron del grupo, para escuchar lo que tenía que decir. Este acercamiento a él los debilitó enormemente y esto les dijo mucho, sin que Fizz hubiese aún intercambiado pensamiento alguno con ellos. Comprendieron que el nivel de "contaminación" era tan profundo, que Fizz ya no se imaginaba sin estar cerca de su amiga de ahí en adelante.

Entonces tomaron una determinación como grupo, y Fizz estuvo de acuerdo: todos estarían siempre en lugares cercanos al amanecer y hasta a catorce horas de éste. Fizz estaría siempre en lugares cercanos al atardecer y a menos de tres horas de éste. Dado que el día tiene dieciocho horas de luz, eso dejaría un espacio de una hora para garantizar que nunca coincidirían. Esto sería así hasta que Fizz hubiese superado su apego, que por el momento parecía insuperable. Después de ese día, todo contacto de los Lumínicos con los seres físicos cesó inmediatamente y todo contacto de Fizz con los suyos, también. La comunión se había fracturado.

Treinta años habían transcurrido desde aquel día. El apego de Fizz por Niza era cosa del pasado, pero se había habituado tanto a su soledad, que ya tampoco extrañaba el sentido de comunión al que alguna vez estuvo tan acostumbrado. Seguía siendo tan curioso como siempre, pero lo era con plantas y animales, a quienes observaba y quienes lo observaban de vuelta sin intentar un contacto. Se mantenía fiel al acuerdo de estar siempre cerca del atardecer y no había un solo día en que no tuviera mil cosas que hacer.

Sin embargo, todos los Lumínicos –incluido Fizz– habían comenzado a notar hacía varios días que una gran porción de la tierra se mantenía tapada por nubes, por lo que, cuando pasaban por esa zona, permanecían sobre ellas, bastante lejos del suelo, o tenían que moverse hacia las zonas de los polos, donde no estaban las nubes, pero sí la nieve. La zona cada vez abarcaba un área mayor. Era como si toda la humedad del aire se estuviese concentrando en esas nubes.

La razón para evadir la oscuridad siempre había sido una muy simple: en la ausencia de luz, era imposible para un Lumínico ocultar su presencia. Adicionalmente, ningún Lumínico era capaz de atravesar objetos sólidos o líquidos, a menos que fuesen translúcidos. Algo que sí era en extremo divertido para ellos era moverse entre nubes, causando relámpagos y rayos que generaban un ruido ensordecedor… para quien pudiese quedarse sordo.

Treinta días habían transcurrido desde que comenzaron a acumularse esas nubes grises. Ese día, Fizz se sentía particularmente juguetón y pensó que podría colarse por entre esas nubes y simular un buen rayo que tocara la tierra. Comenzó a introducirse dentro de esa espesa capa de nubes y se sorprendió a sí mismo recordando a Niza. Hacía mucho que no pensaba en ella con tanta intensidad. Si hubiese una emoción que describiera su estado anímico, podría ser nostalgia, aunque estaba combinada con esa alegría que sintió la primera vez que la hizo reír. Comenzó a moverse a gran velocidad, tomando a su paso parte de la energía que saturaba las nubes y decidió salir de ellas para tocar la tierra justo en medio de una aldea.

Una varilla metálica sobresalía de una de las chozas más sencillas en esa aldea. Esa choza estaba construida con ramas de madera y forrada con piel de animales, era redonda y en el centro tenía esa varilla, que su dueño había colocado ahí para evitar que sucediera otro accidente como el que había ocurrido años atrás, cuando un rayo cayó en medio del hato de animales que usaban para producir leche. Esa varilla metálica atrajo a Fizz como un poderoso imán, imposible de resistir. Cuando Fizz se dio cuenta, casi toda su energía se había disipado en la tierra y lo que quedaba de él era un tenue haz de luz que no encontraba salida dentro de esa choza, carente de ventanas.

Un atónito joven de unos treinta y tantos años con los ojos empapados y muy abiertos estaba cubriéndose la boca con un brazo y, observando aquel tenue haz de luz que parecía tener vida propia, dejó escapar en un suspiro, una única palabra:

—Niza.

CAPÍTULO IV:

El nacimiento

*M*ina había dedicado su vida a hacerse cargo de sus cuatro hijos, mientras su compañero estaba presente de manera muy intermitente en sus vidas. Como punto a su favor, podría decirse que a los Conscientes les toma muchísimo tiempo pasar de la infancia a la niñez y, de la niñez a la adultez, aún más. Además, desde que Mina miró a los ojos a Ulgier, sintió que la nobleza que rezumaban aquellos ojos verdes era todo lo que ella necesitaba en la vida para ser feliz. Ulgier se había destacado desde muy joven (es decir, cuando apenas tenía unos ochenta y cinco años) por tener una capacidad de enfoque que no era común para los de su Raza. Lo que a la mayoría le tomaba años dominar, Ulgier logró dominarlo en cuestión de meses.

Cuando Mina conoció a Ulgier, ambos estaban en la edad del apareamiento y se atrajeron mutuamente. Los primeros dos hijos llegaron muy seguidos, con apenas cinco años entre cada uno. En el caso de los otros dos, ya Ulgier había aceptado la invitación de Jantl para que fuese su consejero y él sólo regresaba a su Territorio cuando Jantl hacía sus viajes de aislamiento, por lo que había doce años de distancia entre el hijo segundo y el tercero y diez años entre los hijos tercero y cuarto. Aun así, el último hijo llegó cuando el primero apenas estaba iniciando la niñez.

A pesar de los largos periodos de ausencia, Ulgier siempre estuvo velando porque no les faltara nada a su compañera ni a sus hijos. Había una Academia a la que él había asistido hacía mucho tiempo, que era idónea para que un Consciente desarrollara sus habilidades en total sintonía con el mundo que lo rodea.

Normalmente, las habilidades de los Conscientes comienzan a manifestarse cuando termina la infancia, que es alrededor de los 56 años. Una vez que las habilidades se asientan, lo cual ocurre poco después de los 150 años, los Conscientes envejecen aún más lentamente, y llegan a la madurez plena y, por ende, pleno uso de sus facultades, cuando rondan los 420 años, llegando a vivir un total de entre 1900 y 2000 años. La edad del apareamiento va de los 240 a los 900 años para las hembras y de los 280 a los 1600 años para los varones, aproximadamente. Con estos tiempos para crecer y desarrollarse, los Conscientes han llegado a ser una Raza muy cauta y que desarrolla grandes talentos después de muchas décadas o siglos.

El caso es que Ulgier se aseguró que sus cuatro hijos ingresaran a la Academia cuando la edad era la adecuada y también quiso que ellos aprendiesen a hablar el antiguo idioma Consciente, aparte del idioma común, costumbre que comenzó a caer en desuso dos siglos después de la Gran Unificación, que fue cuando Jantl decidió instaurar el proceso de registro del conocimiento con nosotros los Pensantes.

Los costos de ingresar a la Academia eran altos, pero las familias tenían suficiente tiempo para ahorrar y acumular las compensaciones necesarias. Adicionalmente, la regencia de Jantl había traído prosperidad y abundancia en todos los Territorios y Ulgier en lo personal no era nada mal compensado por sus servicios. Se podría decir que, entre los Conscientes, Mina y Ulgier, con sus cuatro hijos, eran una familia "acomodada" para el promedio. De hecho, era raro que hubiera familias tan numerosas. Por lo general, las parejas de Conscientes crían uno o a lo sumo dos vástagos.

Las habilidades de los Conscientes normalmente inquietan a las demás Razas, motivo por el cual tienden a agruparse en guetos alejados de las tribus de Forzudos, de las colonias de Pensantes y de las congregaciones de Eternos. Incluso, durante varios siglos hubo un conflicto fuerte entre los Eternos y los Conscientes, que se disputaban la propiedad de un enorme yacimiento de oro que estaba ubicado justo a la mitad del camino entre los dos asentamientos más importantes de ambas Razas: Lendl, la congregación más grande y poblada de los Eternos y Kontar, el gueto más numeroso y que constituía el centro de actividad más importante de los Conscientes, al estar la Academia situada en él.

Todo este conflicto se había exacerbado por un grupo fanático de Conscientes que se autodenominaba "La Orden", que era dirigido por un extremista Consciente que quería erradicar no sólo a los Eternos, sino a todas las demás Razas. Jantl, apoyada por fieles aliados que había ido construyendo en sus múltiples viajes, había logrado desmantelar La Orden, a costa de mucha sangre derramada. Luego, había buscado eliminar estas separaciones entre las Razas al construir la única Gran Ciudad que existía en todos los Territorios y que estaba estratégicamente ubicada en el centro geográfico de todos ellos, en un hermoso y amplio valle, con acceso a abundantes recursos hídricos.

Sin embargo, en la Gran Ciudad, los asentamientos se comenzaron a segregar de manera natural y las mismas construcciones sociales que se encontraban aisladas, diseminadas por todos los Territorios, se podían encontrar replicadas en la Gran Ciudad, en menor escala, pero más evidenciadas en castas sociales que la misma Jantl repudiaba, pero cuya existencia era innegable: los Eternos eran considerados la casta élite y la mayoría vivían en una sección de la Gran Ciudad que era considerada la más limpia, culta y ordenada; los Pensantes éramos considerados la casta intelectual y muchos nos congregábamos en asentamientos que eran llamados ciudades universitarias, a las que sólo podían asistir otros Pensantes y uno que otro Eterno después de pasar pruebas muy estrictas; los Conscientes eran considerados la casta de sabios y replicaban sus guetos en las zonas periféricas, llamándolos "monasterios", a los que sólo podían ingresar Conscientes, mientras que los Forzudos eran considerados la casta trabajadora y la gran mayoría eran habitantes temporales de la Gran Ciudad, llegando a ella durante el día para comerciar o para ofrecer bienes o servicios a las otras Razas, así como para derrochar gran parte de lo que ganaban en bares y centros de entretenimiento, que normalmente eran propiedad de algún Eterno, pero que eran administrados y atendidos por Forzudos. A pesar de todo, había algunos Forzudos que, a costa de mucho esfuerzo y trabajo arduo, habían logrado amasar pequeñas fortunas y se "colaban" en los asentamientos de la casta élite, pero eran los menos.

En cuanto a los monasterios, Ulgier personalmente dirigía uno de éstos y había sido idea de él replicar en ellos el modelo de enseñanza de su antigua Academia, aunque el tono que desarrollaron estos monasterios tenía un tinte más orientado a definir y exigir un código de conducta, como si de una religión se tratase, y sus estudiantes eran denominados acólitos. Esta visión la tuvo Ulgier y se la planteó a Jantl cuando inició en el cargo de consejero, porque temía que los de su Raza abusaran de sus habilidades, como había sucedido muchos milenios antes, antes de que fuera creada la Academia. La mayoría de los Conscientes que se habían establecido en la Gran Ciudad, aún tenían hijos jóvenes, pero no tenían posibilidades de enviarlos a la Academia. Ulgier vio, en los monasterios, una excelente opción para reclutar y orientar –aunque sus detractores le llamaban controlar– a los Conscientes.

A los bares y centros de entretenimiento llega gente de todas las Razas, aunque en menor medida Conscientes, a quienes el exceso de ruido y las multitudes les parecen molestos en general. Para nosotros los Pensantes, en cambio, el ruido y las multitudes son un muy bienvenido descanso para separarnos por un rato de esa conversación continua que existe entre todos nosotros a nivel mental y, con un poco de alcohol, nos "desconectamos" totalmente, lo cual es un verdadero alivio. Los que tienden mucho a los excesos son los Eternos, a quienes ninguna droga, licor o vicio les hace ningún efecto o daño permanente y, con unas cuantas horas de sueño, son capaces de despertarse al día siguiente tan frescos y radiantes como si nada hubiese pasado la noche anterior.

Cuando Kempr asumió el rol de Regente Supremo, las castas se comenzaron a marcar aún más y los guetos de Conscientes se concentraron en las cuatro esquinas de la Gran Ciudad. Con la partida de Ulgier, muchos de los acólitos abandonaron los monasterios, exceptuando el que él había dirigido, cuya población subió considerablemente. Todos los asentamientos de Eternos se concentraron alrededor del Castillo, ubicado en el centro de la ciudad, y aquellos donde habitaba alguna familia de Forzudos fueron abandonados por todos los Eternos, y pasaron de ser asentamientos de élite a ser asentamientos de "trabajadores ricos" y luego de familias de "clase media" y la antigua gloria de aquellas mansiones decayó mucho. Las ciudades universitarias fueron cercadas para limitar el acceso y los pocos estudiantes Eternos que asistían a ellas fueron expulsados, lo que obligó a los Eternos a construir su propia universidad de élite, expropiando a los dueños de un asentamiento de Forzudos que fueron obligados a regresar a sus tribus de origen o a moverse a otras zonas de la ciudad, que comenzaron a hacinarse.

En uno de los guetos de Conscientes se constituyó secretamente una Secta exclusiva para ellos, que comenzó a alejarse mucho de la visión a largo plazo y de integración que perseguía la Academia en la que alguna vez estuvo Ulgier, aunque tenía un tinte religioso aún más fanático que el de los monasterios. La persona detrás de la creación de dicha Secta era increíblemente joven para ser un Consciente con habilidades —y demasiado robusta para ser un Consciente— y comenzó a reclutar a otros Conscientes jóvenes que, influenciados por el estilo de vida más acelerado de la Gran Ciudad, no querían esperar décadas, y mucho menos siglos, para desarrollarse. En total, podrían ser unos cien adeptos, con edades que oscilaban entre los 60 y los 80 años, con excepción de su líder que, cuando inició la Secta, apenas tendría unos 27 años.

Habrían transcurrido ciento treinta y cinco años desde que Ulgier regresó a su gueto, cuando esta Secta fue fundada. Sin embargo, la semilla había sido plantada mucho tiempo antes. Rinto, el hijo menor de Ulgier, era lo que la gente llamaba un "espíritu libre". Poco caso hacía Rinto de los consejos que le diera su madre y, en las contadas ocasiones en que Ulgier se hacía presente, Mina no lo quería agobiar con estos temas, pues consideraba que bastantes problemas tenía él que resolver como consejero de la Regente Suprema y como director de un monasterio, como para estar atendiendo este tipo de problemas menores, y ella se esmeraba porque esas pocas semanas que pasaban juntos de verdad representaran un descanso para su compañero. En la Academia, el desempeño de Rinto era muy irregular, pues en las materias donde podía dar rienda suelta a sus habilidades era excelente, pero aquellas que le exigían dedicación, horas de estudio y esfuerzo las reprobaba estrepitosamente. Y, dado el ritmo al que se movía la Academia, fallar en una de estas materias era algo que ocurría después de que habían transcurrido, en el mejor de los casos, dos años y hasta diez en el peor escenario.

Cuando Ulgier regresó a su gueto, se encontró con la sorpresa de que sólo tres de sus cuatro hijos se habían graduado de la Academia y seguían sus pasos y filosofía de vida, mientras que el menor de ellos abusaba de sus habilidades para satisfacer sus necesidades primordiales y era considerado por los de su misma Raza un vago bueno para nada, aunque para algunas tribus de Forzudos era casi un santo.

Habiendo tenido el exabrupto que tuvo cuando se enteró de la dimisión de Jantl, Ulgier se controló mucho cuando supo esto, pero no pudo evitar que un latigazo de su ira contenida azotara a su hijo menor donde más le dolía: su compañera. Ella estaba esperando al que sería el primogénito de Rinto. Cuando Mina le contó lo que pasaba con su hijo menor, cerró el relato comentándole: "pero lo bueno es que sentó cabeza, y está esperando un hijo". Para Ulgier esta fue la gota que derramó el vaso y por un instante maldijo a la criatura que aún estaba en el vientre. Muy tarde se dio cuenta de la intención y odio con que había emitido ese pensamiento, el cual ya había alcanzado a la madre y a la criatura, provocándole un aborto espontáneo, el cual la hizo desangrarse a muerte.

Rinto regresó a casa cuando ya casi oscurecía para encontrarse con una espantosa escena y a su padre llorando, de rodillas, pues en vano había tratado de revertir el efecto, pero le fue imposible. En un ataque de ira totalmente incontrolable, Rinto causó que la casa entera se desmoronara. Ulgier invocó un potente hechizo de distanciamiento que los lanzó a ambos en direcciones opuestas, lejos de la casa, que quedó hecha escombros. Rinto fue a parar a una zona cubierta de nieve a cientos de kilómetros y ahí lloró amargamente por meses su pérdida. Habría muerto de hambre y de frío, de no ser porque transformaba las piedras en abrigo y casa, la nieve en comida y el aire en fuego y así estuvo viviendo, como un ermitaño nómada, desterrado muchos, muchos años.

En sus andanzas, a veces se encontraba con pequeños poblados. Su vida perdió totalmente el sentido para él y sólo lo mantenía vivo la idea de destruir todo lo que su padre había construido. Pero no físicamente, sino desde sus bases mismas, destruyendo la filosofía que vida que, según él, era una gran hipocresía que le había permitido vivir controlando los Territorios, pero no le había impedido matar a su propio nieto.

Así llegó a una tribu de Forzudos que se dedicaban a producir cerveza, la cual vendían con muy buenas ganancias en diferentes poblados, pero principalmente en la Gran Ciudad. Él nunca había probado la cerveza y esa primera noche, gracias a la hospitalidad de sus anfitriones, bebió mucho más de la cuenta. Por una noche, recordó aquellos tiempos en que usaba sus habilidades para ayudar a tribus de Forzudos con tareas cotidianas y se sintió feliz.

Una muchacha robusta y guapa había puesto sus ojos en él desde que lo vio llegar a la tribu y lo invitó a su casa cuando notó que se estaba cayendo de borracho. Ya a solas, ella lo despojó de la capucha gris que constituía toda la vestimenta que el forastero llevaba encima y se quedó viendo aquel cuerpo delgado y huesudo con una mirada de entre asombro y susto. Con gran placer notó que el miembro del forastero era mucho mayor que cualquiera que hubiese visto en el pasado y comenzó a acariciarlo con tanta efectividad que logró endurecerlo completamente. El forastero la veía, pero no le decía nada. Ella gozó esa noche como nunca lo había hecho antes y arrebató al forastero su semilla varias veces, hasta que ambos quedaron dormidos plácidamente.

A la mañana siguiente, ella estaba despierta desde temprano, cantando y preparando algo de comer. Él se despertó azorado y se vio desnudo en el lecho. La mujer lo saludó contenta:

—Buenos días, dormilón.

—Buenos días —contestó él de mala gana. Y de inmediato le preguntó: —¿Qué ha pasado? ¿Por qué estoy desnudo?

—¿En serio no te acuerdas? —dijo ella, fingiendo estar ofendida.

—No, en serio no recuerdo nada —y se comenzó a poner la capucha.

—Hicimos el amor toda la noche.

—¿Qué? ¿Cómo es eso posible?

—Pues… cuando un hombre y una mujer están juntos y se atraen, eso es posible.

—Tú y yo somos de distintas Razas, ni siquiera debió ser posible que copuláramos.

—Yo noté la diferencia de dimensiones, pero logré manejarlo sin problemas.

—Si llevas una criatura en el vientre, te la vendré a arrebatar cuando deje de ser un infante.

—Que yo sepa, nunca ha existido un híbrido entre ninguna de las Razas. Es médicamente imposible, según me han dicho.

—¿Cómo te llamas?

—Frida. ¿Quieres desayunar?

—No. Ya debo partir. Esto nunca debió pasar —y, extendiendo su mano derecha, la miró fijamente a los ojos, mientras decía, en un lenguaje incomprensible para Frida: —El fruto de tu vientre, Frida, me llamará cuando sea el momento.

—Ya vete. Me asustas.

Tendrían que pasar siete años y ocho meses antes de que ella volviera a ver ese rostro barbudo y demacrado. Siete meses y medio después, una bebé sana y fuerte estaba demostrando que la procreación entre Razas era posible.

CAPÍTULO V:

Conexiones y revelaciones

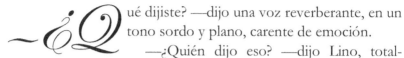

ué dijiste? —dijo una voz reverberante, en un tono sordo y plano, carente de emoción.

—¿Quién dijo eso? —dijo Lino, totalmente asustado, mientras se levantaba con un salto.

—Fui yo —y esa tenue luz que parecía tener vida propia comenzó a alejarse de la varilla metálica y se acercó a la cara de Lino.

—¿Qué eres? ¿Un fantasma? —dijo Lino, con un tono incrédulo.

—No sé qué es eso. ¿Dijiste "Niza"? ¿Cómo sabes ese nombre? —inquirió el haz de luz, que se estaba haciendo más grande con cada segundo.

—Todo el mundo conoce ese nombre. ¿Por qué te importa tanto?

—Hace mucho tiempo tuve una amiga. Su nombre era Niza.

—Niza es mi amiga. ¿Qué eres? ¿Cómo es que fuiste amigo de Niza?

Para ese momento, el haz de luz ya tenía el tamaño de Lino. Comenzó a tomar una forma definida. Lino se quedó atónito cuando se vio a sí mismo replicado en cada detalle, en una escultura hecha de luz, que tenía incluso "húmedos" los "ojos".

—Quiero que me digas lo que sabes de Niza —dijo la imagen.

Lino recordó la meditación que acababa de terminar hacía tan solo unos instantes y repitió en voz alta sus últimas palabras:

—Necesito sólo una luz que me guíe para ayudar a Niza…

—¿Ayudar a Niza? ¿Ella está aquí? ¿Qué es lo que le pasa? —la reverberación se escuchaba más intensa que al inicio. Si Lino pudiese haber descrito la intención detrás de esa voz tan extraña, habría dicho que estaba llena de angustia.

—¿Eres tú, Quince? ¿Te estás manifestando desde el más allá en nuestro plano físico?

—No entiendo —dijo la imagen. Y volvió a preguntar: —¿Qué es lo que le pasa a Niza?

—Niza ha cambiado mucho. Se ha vuelto cruel y muy poderosa. Y nos está haciendo daño a todos —y su cara se puso triste.

—"Cruel"… "Poderosa"… No entiendo esas palabras. Pero sí entiendo que estás triste —dijo la imagen, replicando la expresión de tristeza de Lino. —Creo que es más fácil que me expliques lo que pasa si me tocas.

Lino supuso que esta criatura usaba algún esquema de comunicación telepático como el que usamos los Pensantes, pero que se tenía que activar por contacto. Extendió su mano para tocar la "mano" de la imagen. Una suave corriente eléctrica le inundó todo el cuerpo. Su mente comenzó a llenarse de imágenes, que pasaban en rápida secuencia: vio la escena de un parto, vio una bebé en una cunita riendo, vio la misma bebé más y más grande, vio una pequeña niña, la vio jugando, sonriendo… «¡Niza…!» pensó. Un profundo sentimiento del más puro amor lo inundó por completo y se humedecieron sus ojos. Exhaló un suspiro de asombro. En eso, vio una extraña escena donde había un encapuchado tirado en el piso y una mujer robusta recibiendo una intensa descarga eléctrica, la niña lloraba desconsoladamente, la niña se desvanecía. Un sentimiento de tristeza como nunca había sentido antes lo abrumó tanto, que cayó de rodillas.

—¡Basta! —y se quedó en el piso agachado, intentando sobreponerse. Agradeció todo su entrenamiento previo, pues cualquier otro Forzudo no habría soportado ese bombardeo mental.

—Tú también la amas —dijo la imagen. —Tú la conoces desde ese día que ella desapareció. Habéis hecho muchas cosas juntos. Ya entiendo por qué estás triste por ella. Ya sé dónde está ella ahora. ¿Cómo salgo de aquí?

—¿No puedes simplemente irte? —preguntó Lino, un poco confundido.

—No puedo. No sé cómo llegué aquí. No puedo ver el cielo.

—Estuve pidiendo ayuda y llegaste. Y conoces a Niza. ¡Y la amas! Eso tiene que significar algo. Si te digo cómo salir, ¿prometes que regresarás? Creo que juntos podemos ayudar a Niza.

—"Prometes"… No conozco esa palabra. Pero sí quiero ayudar a Niza, aunque no entiendo cómo. Pero tú también la amas.

Lino comprendió que esta criatura era pura e inocente, como un niño, aunque en extremo poderosa, y que estaba profundamente ligada a Niza. Se acercó a la puerta de la choza, que más que puerta era una especie de toldo de cuero, y lo abrió, diciendo:

—Puedes irte. Regresa cuando quieras.

En un instante, la choza quedó a oscuras. Lino se quedó pensando en todo lo ocurrido y una luz de esperanza se encendió en sus ojos.

CAPÍTULO VI:

Misterios inexplicables

*K*ira se despertó con sobresalto. Otra vez la niña estaba gritando dormida. Su hijo ya se había acostumbrado a estas escenas y la estaba viendo con una expresión entre curiosa y compasiva. Los moretones que tenía en sus delgados bracitos ya habían desaparecido hacía varias semanas, pero estas pesadillas la seguían atormentando. Siempre se despertaba, helada y empapada en sudor y, durante unos segundos, veía todo con los ojos muy abiertos, mientras comprendía que no estaba ya más en su casa, cerca de su madre.

Kira tenía la costumbre de dejar encendida todas las noches una lámpara de aceite que colgaba del techo, en el medio de la habitación, la cual emitía una tenue luz que apenas permitía distinguir las siluetas, pero que era suficiente para levantarse al baño en medio de la noche sin tener que estrellar el pie contra algún objeto en el piso. Una vez más, se levantó y se acercó a Niza, y le comenzó a acariciar la frente, diciendo con ternura:

—Ya pasó. Fue sólo un mal sueño. Duérmete, pequeña.

La niña cerró los ojos, y se quedó repasando las escenas de su pesadilla. Sus brazos, piernas y pecho aún le dolían y no entendía por qué se había adelgazado tanto. Extrañaba a su madre, a quien creía muerta, y no podía sacar de su cabeza la cara de aquel horrible personaje. Pero a quien realmente extrañaba era a su ángel guardián. No recordaba un solo día de su vida en que no sintiera su presencia, su calor que siempre era como si un hormiguero le recorriera todo el cuerpo, pero sin hacerle daño. Siempre se le aparecía cuando estaba sola y, cuando una vez le comentó a su madre acerca de él, se dio cuenta que ella creía que eran inventos suyos. Desde esa ocasión, decidió guardar el secreto. Había tenido tiempo de repasar una y otra vez lo sucedido y no entendía por qué al final su ángel se había vuelto malo. Sendas lágrimas se deslizaron por su carita y, sin darse cuenta, se quedó dormida.

Los días se pasaban entre risas y juegos con su nuevo amiguito. Se habían vuelto muy unidos y cómplices de mil picardías. Les gustaba mucho subirse a un gran árbol que estaba al otro lado del arroyo, lo que les daba excusa para darse siempre un buen chapuzón. Para evitar que su madre se enfureciera porque regresaban a casa con la ropa empapada, Lino ya había inventado una técnica para cruzar el arroyo sin que se le mojara la ropa: se quitaba toda la ropa, y envolvía con ella una piedra que era como del tamaño de su puño y lanzaba la piedra con ropa hasta el otro lado del arroyo. Entonces se metía a aquella agua fría sin ninguna preocupación. Niza hacía lo mismo y entonces se zambullía detrás de él. Los dos se reían a carcajadas y se lanzaban agua, haciendo competencias de quién aguantaba más la respiración debajo del agua. Luego salían del arroyo del otro lado, tiritando de frío y se ponían la ropa. Subían al árbol y se comían con gran deleite un par de aquellos frutos enormes que colgaban de sus ramas, dulcísimos y que siempre les dejaban los dientes llenos de hebras. Entonces tonteaban enseñándose los dientes todos llenos de hebras amarillas y se morían de risa.

Y así pasaban los días, a veces jugaban con el ganado, a veces se subían a los carretones de los campesinos que cargaban heno y se escondían dentro, esperando que su dueño se acercara y salían de improviso haciendo gran aspaviento. Los campesinos ya sabían de estas pillerías y fingían asustarse muchísimo, lo cual los desternillaba de risa. Era una vida muy sencilla y feliz. Poco a poco fueron quedando atrás los fantasmas de su pasado y Niza dejó de tener las pesadillas. Los dolores en sus huesos habían desaparecido por completo.

Cuando cumplió doce años, su cuerpo comenzó a cambiar drásticamente: aquella flacura que había sido característica en ella desde que llegó a la tribu comenzó a desaparecer y sus brazos, sus piernas y su torso comenzaron a adquirir una robustez muy similar a la de los demás miembros de la tribu. A los catorce años ya había desarrollado un hermoso busto que siempre quedaba semi expuesto con los escotes que eran comunes en las vestimentas femeninas y su carita se volvió regordeta, con unas mejillas rojas y brillantes. Los demás muchachitos de la tribu comenzaron a lanzarle más miradas de las que acostumbraban y ella notó el efecto que tenía en ellos. Se burlaba de ellos con su cómplice y compinche, el buen Lino, que siempre le reía sus ocurrencias.

—Mira qué tonto es Merno —le dijo una vez. Y dijo, con fingida preocupación, alzando la voz: —Lino, ¡tengo tantas ganas de comer uno de aquellos frutos! —y señaló un árbol que estaba al otro lado del arroyo, cuyo tronco no permitía subirse a él con facilidad. —¿Cómo haré para comerme uno? ¿No me lo podrías traer?

—¡Claro que no! —le dijo Lino, fingiendo enojo. —No sé cómo trepar ese árbol.

—¡Yo te lo traigo, Niza! —dijo solícito Merno.

Y sin esperar segundas razones, salió corriendo hacia el arroyo. Se empapó de pies a cabeza y se acercó al árbol. Si era difícil trepar ese árbol estando seco, mucho más lo era estando mojado. Merno hizo varios intentos, pero se resbalaba. Volvía a ver hacia donde estaba Niza, preocupado y avergonzado. En ese momento, Niza se quedó mirando fijamente el fruto más maduro que estaba colgando justo encima de la cabeza de Merno. El fruto le cayó encima y se destrozó, llenándolo de un jugo rojizo y pegajoso. A Lino le dio lástima, pues no pensó que eso pudiera pasar, pero Niza se estaba riendo a carcajadas. Después de muchas situaciones parecidas, Lino comenzó a entender que esos desafortunados "accidentes" no lo eran tanto y pensó que, si eran provocados por Niza, eran bromas muy crueles.

Un día, que consideró que la broma fue particularmente cruel, se decidió a encararla:

—¿Tú causaste que se reventaran esos odres, Niza?

—¿De qué me hablas? Esos odres ya estaban muy viejos, fue estúpido de parte de Brino llenarlos tanto.

—Pero… Tú misma fuiste quien le sugirió que los llenara *a reventar*, a cambio de un beso.

—Claro, pero yo no tuve la culpa de que los odres no aguantaran la presión.

—Era el vino más caro que se vende en la tienda, Niza. Brino va a durar mucho en pagar esa deuda… ¡Y ni siquiera tuvo el consuelo del beso!

—Por supuesto que no lo iba a besar… ¡No me dio el vino y me echó a perder tres odres!

—¿¡TE echó a perder tres odres!? Esos odres estaban en perfecto estado, Niza. Le diré a mamá que tú los rompiste.

—¡No te atrevas, Lino! Además, ¿qué le vas a decir? ¿Que usé una aguja? Todo el mundo vio que se le reventaron a Brino en sus manos.

—No. Le voy a decir que usaste *magia*.

—¿Magia? ¡Ja! ¿Qué tontería es esa?

—Desde hace mucho he notado que tú inicias situaciones donde, al final, sucede algún accidente. Eso no puede ser siempre una coincidencia.

—Pues, tal vez, esos accidentes sólo suceden porque ellos *se lo merecen*.

—¿Qué podría haber hecho Brino para merecer una deuda de tres odres del vino más caro?

—Acuérdate cómo se burlaba de mí cuando era más pequeña. Siempre me llamaba "flacucha", "escuálida" o palabras peores. Yo creo que él sólo recibió su merecido.

Lino se quedó callado y horrorizado. Se puso a recordar los accidentes y, en efecto, cada muchacho al que le había pasado algo, alguna vez se había burlado de Niza, o le había jugado sucio. Sintió gran impotencia y preocupación de que la siguiente víctima de un accidente fuese él mismo. Eso nunca ocurrió, pero Lino no se atrevió a volver a hablar del asunto. Curiosamente, desde ese día, cesaron los accidentes.

Sin embargo, al día siguiente de esa discusión entre ellos dos, en ambos lados del arroyo amanecieron un montón de peces muertos.

Capítulo VII:

Reclutando un nuevo discípulo

—**M**uéstrame lo que sabes hacer —la femenina voz estaba cargada de autoridad y, una vez que emitía una orden, era imposible resistirse a cumplirla.

—Claro, mi Señora —dijo aquel jovencito de apenas 65 años. Acto seguido, colocó el dedo pulgar de ambas manos en contacto con los respectivos dedos índice y medio y replegó los brazos hacia atrás, para extenderlos luego con gran fuerza e impulso hacia el cielo, al tiempo que exclamaba: —*¡Magla!*

El aire de la habitación comenzó a volverse denso y una espesa niebla lo llenó todo. Él no pudo observar la sonrisa de satisfacción de ella, pero dijo:

—Puedo mantener así el aire por horas.

—¿Toda la noche, si fuera necesario?

—Toda la noche, mi Señora.

—¿Y qué tal si estuviéramos en un espacio abierto? ¿Hasta dónde llega tu poder? ¿Podrías cubrir la Gran Ciudad completa?

—Nunca he intentado algo tan grande, mi Señora.

—Acá vas a aprender a hacerlo. Suficiente.

—Sí, mi Señora —el muchacho separó los dedos y extendió ambas manos hasta donde ya no podía más y dijo: —*Vazduh.*

La niebla se disipó casi de inmediato. Ella dijo:

—Arrodíllate y dime tu nombre.

Él se arrodilló en el acto y respondió:

—Goznar.

Ella colocó su mano izquierda sobre la frente del joven y dijo, en antiguo idioma Consciente:

—A partir de este momento, Goznar, quedas vinculado a esta Secta con tu sangre. Tu poder es nuestro poder. Que la muerte sea tu castigo si nos traicionas.

De varios poros de la frente del muchacho comenzó a brotar sangre, hasta que se formó un símbolo, que era idéntico al de un pendiente metálico que ella llevaba colgando del cuello. Él puso los ojos en blanco y comenzó a levitar. De la mano derecha de ella brotó una llama que ella acercó al pecho del joven. Un olor a piel y pelos quemados llenó el recinto. El trance del joven era tan profundo que no emitió ningún quejido. Del lado del corazón, quedó una herida en carne viva con el mismo símbolo de la frente. Ella bajó las manos. El joven regresó al piso y recuperó la consciencia. Sentía un intenso dolor en la frente y un inmenso ardor en el pecho. Sonrió con orgullo y dijo:

—Soy tuyo.

—Lo sé —dijo ella.

En los nueve años que tenía de haber fundado la Secta, había logrado reclutar a un centenar de discípulos. Durante el primer año que un nuevo discípulo se incorporaba, aprendía a potenciar su mayor habilidad a extremos que eran solamente concebibles después de un siglo de práctica. Cuando un joven Consciente se enteraba de esto, hacía todo lo posible para que lo aceptaran en la Secta.

Sin embargo, el proceso de reclutamiento era muy discreto y era hecho con mucho cuidado por los mismos discípulos, que comenzaban a valorar muchas cosas de un posible candidato —que normalmente era alguien a quien conocían desde hacía décadas— incluyendo cuál era su habilidad más fuerte. La Secta buscaba potenciar únicamente esa habilidad y concentraba todo el proceso de potenciamiento en dicha habilidad. Esto era totalmente distinto al proceso de crecimiento tradicional de los Conscientes, en el cual se buscaba desarrollar muchas habilidades en paralelo a lo largo de muchos años, mientras se iban impartiendo clases de ética, valores, autocontrol, entre muchas otras.

La Secta les decía a sus miembros que cada uno estaba ahí para cumplir un Propósito y que ese Propósito era su Destino. Esto generaba un sentido de pertenencia y de lealtad que era inquebrantable. A cambio, la Secta no sólo les daba el entrenamiento acelerado, sino que los suplía con víveres que podían ser considerados un lujo y ciertas pociones que eran producidas por los Eternos, las cuales eran extremadamente caras y que ayudaban a acelerar el potenciamiento, acelerando el envejecimiento.

Esto era para los discípulos el mejor de los regalos, pues los hacía sentirse "hombres" ya maduros. Sin embargo, como bien sabemos, la madurez es un proceso que no sólo marchita el cuerpo, sino que fortalece el carácter y enriquece el espíritu. Estos pobres muchachos estaban logrando lo primero, sin haber alcanzado lo segundo, que sólo lo logra el tiempo y, en su misma inmadurez, no comprendían la gravedad de lo que estaban haciendo.

A la Líder de la Secta poco le importaban los principios éticos y su mismo maestro la había ayudado a potenciar sus habilidades en tan sólo diez años. El poder que ella tenía era inmenso, lo cual no era extraño, pues provenía de una muy antigua familia de Conscientes con muchísimo poder. Su maestro entró en contacto con ella cuando apenas tenía 15 años y, desde que la encontró, sintió que tenía un inmenso potencial. Comenzó a entrenarla de mañana, todos los días, dos horas después del amanecer. Mientras la entrenaba, le contaba historias acerca de cómo los Conscientes habían renunciado al poder y al dominio del mundo que por derecho les correspondía y de cómo habían dominado el mundo antes de la Gran Unificación.

En una ocasión, le comentó que los Eternos le tenían miedo a los Conscientes y que por eso hacía siglos una Eterna se había asegurado de tenerlos a todos bajo control. Le explicó que el principal responsable de esa lamentable opresión fue uno de ellos mismos, quien sólo merecía el desprecio y la deshonra, por haber traicionado a los de su propia Raza. Siendo ella tan joven e impresionable, creyó ciegamente en todo lo que le decía su maestro.

—¿Y cómo se llamaba ese maldito? —preguntó llena de odio.

—Aún vive. Se llama Ulgier —dijo él, mordiendo las palabras.

—¿Y por qué nadie lo ha matado aún? Yo quisiera hacerlo.

—No es la forma, mi querida aprendiz —dijo, mientras su desfigurado rostro sonreía malignamente. Y agregó: —El mejor castigo para él, es que pueda ver que su traición quedó sin efecto, a pesar de todo su esfuerzo de siglos. Hay muchos que le son fieles y están en un trance inducido por él, son en extremo poderosos y darían la vida por defenderlo.

—Yo quisiera tener bajo mi mando seguidores tan fieles y poderosos, que estén dispuestos a morir por mí —dijo ella.

—Todo a su tiempo, ahora lo que debes hacer es desarrollar todo tu potencial al máximo. Entonces, podrás reclutar a tus seguidores y planear una estrategia. Yo estaré ahí para guiarte.

—Gracias, maestro.

—Con el mayor de los gustos, Niza.

CAPÍTULO VIII:

La tormenta

uando Lino cumplió 15 años, Quince le anunció que era tiempo de iniciar su entrenamiento avanzado.

—Tienes que ver el mundo, Lino, y aprender de él —dijo. Y agregó: —Visitaremos algunas colonias de Pensantes todo este año. El año que viene, entraremos en contacto con dos guetos de Conscientes y, para el año que sigue, nos concentraremos en varias congregaciones de Eternos.

A Lino se le iluminaron los ojos. ¡El mundo era tan grande! Él nunca había tenido oportunidad de relacionarse con nadie que no fueran Forzudos. ¡Tenía tantas preguntas! Comenzó con una de ellas:

—¿Y por qué vamos a comenzar primero con los Pensantes?

—Porque lo primero que debes aprender a dominar es tu mente. Si te fijas, todos estos años hemos estado dando especial cuidado a que desarrolles la capacidad de enfocarte, de meditar, de analizar, de resolver problemas.

—¿Y los Pensantes me ayudarán a dominar mi mente?

—No, eso lo has venido aprendiendo durante estos años. Los Pensantes te ayudarán a *probarte a ti mismo* que de verdad dominas tu mente. Adicionalmente, con ellos pasarás una de las más duras pruebas que puede enfrentar cualquier Forzudo en el campo de la mente.

—¿Cuál es esa prueba, maestro? —preguntó, casi saltando de emoción.

—La de la comunicación sin palabras, mi querido aprendiz.

Esa noche, a Lino le costó mucho conciliar el sueño, pensando en todo lo emocionante que estaba por venir. Se sentía orgulloso de lo que había logrado hasta el momento y agradecido por tan buenos maestros. Su madre siempre le recordaba con orgullo a su tatarabuelo, Mindo, el primer Forzudo que aprendió a leer y escribir. Todo el esfuerzo y arduo trabajo que ella había hecho todos estos años había sido para asegurarse de que su hijo llegara a ser tan inteligente y sabio como su ancestro.

Para Kira fue una bendición y una excelente señal el día que Quince aceptó a Lino como su aprendiz cuando apenas tenía cinco años, porque eso le garantizaría acceso a los mejores conocimientos con costos reducidos, lo cual era muy importante para ella, una mujer que se había quedado viuda muy joven, lo cual la había obligado a dejar sus propios estudios a un lado para dedicarse a trabajar y ganar el sustento para ella y su niño.

Quince no le cobraba nada a Kira por entrenar a Lino, sólo le pedía que le diera de comer. A quienes sí tenía que pagarle era a los otros maestros, que le enseñaban temas más generales, como escritura y lectura, cultura de las Razas, matemáticas, entre muchos otros.

Quince estaba enfocado totalmente en el desarrollo de la mente, el cuerpo y el espíritu, a través de la transmisión de una filosofía de vida que había comenzado a desarrollar un ancestro de él, quien había sido muy amigo del tatarabuelo de Lino. Esta filosofía incluía un desapego total por lo material y llevar una vida modesta, dedicada al crecimiento interior y a ayudar a los demás. Ese era el tipo de persona que Kira quería que fuera su hijo. Para eso era que trabajaba con gusto y con amor.

Cuando Niza llegó a sus vidas, Kira comenzó a sentir que lo que ganaba no era suficiente para alimentar cuatro bocas. Quince se dio cuenta de esto a los pocos meses y comenzó a sensibilizar a los demás miembros de la tribu, quienes comenzaron a apoyar a Kira de muchas formas muy sutiles: le daban "por error" un poco más de grano del que había pedido, o "por descuido" dejaban un par de huevos en el fondo de la canasta donde ella los había traído para intercambio, entre una miríada de pequeños detalles que comenzaron a hacerle más llevadera esa carga, impuesta por esa "hija" adicional que la vida le había traído.

A Kira nunca le quedó muy claro cómo era que Niza había llegado al corral aquel día, pero de lo poco que lograba pescar de las enseñanzas de Quince, desarrolló la creencia de que había sido con un propósito que ella no comprendía. Y vivía en paz con ello.

A los pocos meses de que Niza había llegado a sus vidas, ésta le preguntó a Kira que por qué ella no estaba estudiando como Lino lo hacía. Kira le contestó que el costo para que estudiaran los dos no lo podía pagar, pero le sugirió que por qué no estudiaban juntas un rato por las noches, apoyándose en los libros que Lino usaba para estudiar durante el día, a lo que Niza respondió emocionada que estaba bien. A Kira le encantó poder retomar el estudio y sintió que eso la unió más a Niza, quien hasta entonces había mantenido una distancia con ella.

Niza notó que Quince llegaba diario a la casa muy temprano, desayunaba con ellos tres y luego se llevaba a Lino toda la mañana. Regresaba a almorzar y luego se iba, momento en que Lino dedicaba tres horas, todos los días, a leer los libros y a hacerle preguntas a diferentes tutores que llegaban a la casa. Después de eso, quedaba libre y era cuando salía con Niza a jugar hasta que anocheciera. Niza estudiaba los libros sola mientras Lino estaba ausente y Kira trabajaba, y prestaba mucha atención durante esas sesiones con los tutores, para luego compartir con Kira por las noches lo que había aprendido.

Kira descubrió en poco tiempo que Niza era sumamente inteligente, mucho más que cualquier Forzudo promedio, y pensó si esa complexión tan delgada sería señal de que no era una de ellos. Esas dudas se disiparon cuando Niza llegó a la adolescencia.

La primera vez que Quince y Lino salieron para visitar una colonia de Pensantes, fue la primera vez que Kira y Niza se quedaron solas en la casa. A la tercera noche, Niza le preguntó a Kira el motivo de ese viaje, a lo que Kira contestó que Lino había iniciado la etapa avanzada de sus estudios. Niza sintió que ella se estaba "perdiendo" de la parte más importante del aprendizaje, pero no le dijo nada a Kira, pues comprendía que no le podía costear los estudios del todo y, más bien, se sentía agradecida con ella por el apoyo que le había brindado todos esos años. Sin embargo, esa noche se acostó sintiéndose muy triste. A eso de la medianoche, comenzó a llover y a relampaguear.

Alrededor de la hora a la que Kira se levantaba para comenzar a preparar la comida del día, un rayo cayó en medio del cercado donde se guardaban los animales de pastoreo y calcinó a uno de los animales instantáneamente. El estruendo fue tan grande que todos salieron de sus casas o chozas a ver qué había ocurrido. En medio de aquella lluvia y rayería, también estaba Kira entre la muchedumbre, viendo horrorizada aquél pobre animal totalmente carbonizado y al resto de ellos cerca de las orillas, empujándose unos a otros frenéticamente, como queriendo derribar el cercado. Niza se despertó asustada y salió a ver qué pasaba, pero en la puerta estaba parado un hombre envuelto en una capucha gris. Ella se quedó paralizada de horror, pues le recordó a aquel personaje de su infancia por el que había muerto su madre. El hombre notó su desconcierto y le dijo suavemente:

—No tengas miedo, muchacha. He recorrido una gran distancia buscando a alguien que sea digno de mis enseñanzas. Sé que has estado pidiendo por un maestro que te guíe. Meditando, he escuchado tu súplica —al decir esto, se descubrió la cabeza que hasta ese momento había estado cubierta por la capucha gris.

Una espantosa cicatriz le desfiguraba medio rostro del lado izquierdo y no le crecía el pelo de ese lado de la cabeza. Niza se cubrió la boca y reprimió un grito. Sin embargo, no reconoció en aquellas maltratadas facciones al agresor de su infancia y sintió una gran compasión por él.

—Disculpa que te haya asustado mi apariencia —dijo el hombre—, pero como te imaginarás, he llevado una vida muy dura debido a mi deformidad, que es de nacimiento. Sin embargo, eso no me ha impedido aprender muchas cosas que estoy dispuesto a enseñarte, si tú me lo permites.

—Yo tengo muchas ganas de aprender —dijo ella, tímidamente.

—Excelente. Búscame por la mañana cerca del arroyo, donde está la gran roca, para iniciar tu entrenamiento.

Un relámpago iluminó el cielo y Niza cerró los ojos. Cuando los abrió de nuevo, el hombre había desaparecido. Kira venía regresando a la casa, completamente empapada y le contó con mucha agitación lo que había pasado con los animales. Niza la escuchaba con la mirada perdida. Kira pensó que aún seguía medio dormida y no le prestó mucha importancia.

Esa mañana, cuando Kira se marchó, Niza salió de la casa, corriendo hacia el arroyo. El corazón le palpitaba con rapidez y seguía dando vueltas en su cabeza algo que el encapuchado le había dicho: «Meditando, he escuchado tu súplica»… ¿Cómo podría él haber "escuchado" algo que ella no le había dicho a nadie? Eso le despertó una gran curiosidad y pensó que ella quería aprender a "escuchar" a los demás de esa manera. Intuitivamente comprendió que todo lo que iba a aprender era algo secreto, como secreta era esa capacidad que ella tenía de hacer realidad cosas que deseaba con mucha fuerza.

Cuando llegó a la gran roca del arroyo, vio que el encapuchado la estaba esperando. Él esbozó una mueca, que ella interpretó como una sonrisa, y le dijo:

—Muchas gracias por venir. Te prometo que no te arrepentirás. ¿Cómo te llamas?

—Me llamo Niza, señor.

—Encantado de conocerte, Niza. Mi nombre es Rinto y de hoy en adelante seré tu maestro.

Niza esbozó una amplia sonrisa. Esa mañana, el sol brillaba como nunca y ni una sola nube cubría el firmamento.

CAPÍTULO IX:

Encuentro en los Picos Nevados

*L*as nubes grises eran sumamente espesas y ya tenían un par de kilómetros de altura, lo que era distancia suficiente para que cualquier Lumínico, al atravesarlas, se cargara de una gran cantidad de energía. Fizz llegó a la parte superior, donde brillaba el sol en todo su esplendor, y él mismo estaba radiante, casi incandescente. Estaba que no cabía de felicidad. ¡Había encontrado a Niza! Sin embargo, tenía que ser muy cuidadoso, pues el lugar donde ella se encontraba –que era el que Lino le había transmitido cuando se tocaron– estaba cubierto de esas nubes, por lo que él no podría ocultarse. Además, si intentaba bajar a tierra tan cargado de energía, podría convertirse en un rayo y quedar atrapado como acababa de suceder.

Además, Lino le había dicho que quería que juntos ayudaran a Niza. Y él quería ayudarla más que cualquier otra cosa. Así que lo que hizo fue dirigirse hacia la zona cubierta de nieve y estuvo jugando un rato, recordando a ese otro ser físico con el que habían hecho contacto tantas veces él y sus congéneres y que nunca había vuelto a encontrar en sus andanzas. Pensó en sus congéneres, a los que tenía tanto tiempo de no ver.

El sol pintaba los Picos Nevados de tintes dorados y de un rojo incandescente. El cielo lucía una bellísima degradación de colores que iban del celeste pálido hasta el malva, pasando por tonos rojizos y naranja. La blancura de la nieve iba adquiriendo tonos grisáceos, conforme el gigantesco disco de luz se iba ocultando en el horizonte.

Fizz se quedó admirando todos estos cambios de color y pensando en todo lo que había sucedido unas horas antes. En el firmamento comenzaron a aparecer, tímidas y titilantes, algunas estrellas. La nieve adquirió un tono azulado cuando un gigantesco disco plateado comenzó a surgir del lado opuesto a donde se acababa de ocultar el sol. El cielo había adquirido el aspecto de un insondable manto negro, todo cubierto de diminutos puntos brillantes. Fizz se quedó extasiado, contemplando el mundo como nunca antes lo había visto.

En eso, miles de partículas de nieve entraron en su espacio, convirtiéndose al instante en minúsculas gotas de agua, que parpadearon al igual que los puntos del cielo, cuando las tocó la luz blanca de aquel disco plateado que adornaba el cielo tan majestuosamente. Se dio cuenta que a su lado estaba aquel ser físico de ojos color violeta al que tenía tantísimo tiempo de no ver y se sintió feliz.

—Hola, Fizz —dijo Jantl.

CAPÍTULO X:

Nace un nuevo gobierno

En cada uno de sus viajes de aislamiento, Jantl tocaba asentamientos que estaban muy lejanos a la Gran Ciudad y tenía contacto con su pueblo en sus luchas y congojas diarias. Ella nunca se identificaba como la Regente Suprema, pero en las tribus de Forzudos siempre llamaba la atención de inmediato, por su porte gallardo y esbelto y por su belleza. Los Pensantes la identificábamos, aunque nunca la hubiésemos visto antes en persona. Entre los Conscientes ella podía pasar desapercibida, con sólo vestir ropajes menos suntuosos, cubriéndose las orejas y evitando el contacto visual directo.

Durante todos los siglos de viajes, Jantl logró construir un complejo e intrincado mapa mental de *todos* los Territorios. Siempre que le era posible, ayudaba con asuntos urgentes –desde asistir partos hasta jalar con su bestia de transporte un carretón atascado en el lodo– pero mayormente recopilaba quejas del pueblo y problemas mayores y eso lo llevaba de regreso a su Silla Magna para hacer cambios y resolver en favor de su pueblo.

Después de poco más de nueve siglos haciendo esto, hizo un balance y comprendió que, aunque había logrado hacer cambios importantes en beneficio de muchos, esos cambios pasaban por tediosos procesos políticos, donde había un forcejeo y muchos intereses de por medio que había que combatir. Ulgier se hacía cargo de muchos de estos procesos directamente y, para ella, su apoyo era invaluable. A pesar de todo, estaba exhausta –mentalmente, claro, pues con un par de horas de sueño, el cuerpo de un Eterno se repone totalmente– y más que exhausta, saturada de lidiar por tantísimo tiempo con esa burocracia, y concluyó que lo que realmente la llenaba era estar cerca de su pueblo, ayudarles en el día a día, reír con ellos, llorar con ellos, amarlos de uno en uno y no como a una masa abstracta de individuos sin rostro.

Tomó la decisión de procrear, pues quería trasladar su puesto a alguien a quien hubiera conocido y formado ella misma y así fue como, en uno de sus últimos viajes, llegó a una pequeña congregación de Eternos ubicada cerca de la costa, donde había trabado amistad con uno de ellos, Virtr, cuyo corazón noble la dejó muy positivamente impresionada. Él operaba una pequeña granja donde producía todo tipo de alimento que era del consumo preferido de los Eternos. Su mirada irradiaba una paz que quedaba solemnemente enmarcada en esos ojos azules y esas facciones varonilmente perfectas. Jantl llegó a casa de Virtr de noche y tocó la puerta. La recibieron dos trozos de cielo, con una sonrisa de auténtica felicidad.

—¿Cuánto tiempo ha pasado desde la última vez que nos vimos? —preguntó retóricamente, aunque sinceramente sorprendido.

—Cuarenta y cinco años, tres meses y seis días —dijo ella.

—Y ya ves, acá las cosas siguen igual. Qué gusto verte de nuevo. Pasa.

Ella entró en aquella sencilla cabaña y notó pequeños cambios y reparaciones que se le habían hecho durante su ausencia. Se sentó en una de las sillas de la mesa. Él encendió la lumbre y puso a calentar agua para prepararle algo de beber. Sin muchos rodeos, ella le dijo:

—He venido porque quiero tener un hijo tuyo —se quedó callada, esperando una reacción.

Él, con toda tranquilidad, arrastró la otra silla que había cerca de la mesa y la acercó a la de ella. Se sentó, le tomó las manos y, clavando su mirada en esos hermosísimos ojos color violeta, le dijo:

—Desde la primera vez que te vi, hace trescientos setenta y dos años, un mes y diez días, pensé que, si tendría alguna vez un hijo, sería contigo.

—Apaga la lumbre, creo que no quiero tomar nada por el momento —dijo ella.

En la pared, la lumbre proyectó dos sombras que se fundieron en una. En el más tierno, calmo, puro y genuino acto de amor, Kempr fue concebido esa misma noche.

Desde muy joven, Jantl comenzó a involucrar a su único hijo en todos los asuntos del Gobierno. Ella lo dejó disfrutar su niñez y adolescencia, dándole acceso a una vida llena de comodidades y lujos, y dándole acceso a los mejores tutores de todas las Razas. Cuando Kempr cumplió quince años, ella lo convenció de que aplicara para ingresar a la ciudad universitaria más prestigiosa de la ciudad. Cuando le comunicaron que no había pasado la prueba de admisión, Kempr no comprendió por qué su madre, que era la Regente Suprema, no tenía el poder para obligarlos a aceptarlo. Inútiles resultaron las pacientes y extensas explicaciones que Jantl le dio al respecto, y una nube de resentimiento se le acomodó en el alma. Después de eso, Kempr canceló todas las lecciones que le impartían tres de sus diez tutores: justamente las lecciones que le impartíamos los Pensantes, y las sustituyó por tiempo que dedicaba a realizar deportes extremos, que se convirtieron en un verdadero vicio para él.

Cuando Kempr había cumplido los 20 años, Jantl recibió de nuevo la visita de una de las entidades de luz a quienes tenía todo ese tiempo de no ver. Ella los llamaba "Lumínicos" y no le había comentado a nadie de su existencia. Identificó que el visitante era Fizz. Extendió sus manos y dejó que la criatura la envolviera por completo. Le "narró" todo lo que había vivido durante esos veinte años y Fizz comprendió el profundo amor que ella sentía por aquella pelotita de carne y hueso que estaba envolviendo con sus brazos la última vez que la vio y pudo recorrer todo su proceso de crecimiento hasta entonces, desde la perspectiva de Jantl, claro está. También pudo ver cómo había sido concebido, cómo lo había llevado en su vientre y cómo había llegado a este mundo. Fizz recibía toda esta información sin juzgarla, simplemente aceptándola y entendiendo aún más quién era Jantl y cómo era "estar en sus zapatos". Para Jantl representó una descarga emocional que le dio nuevos bríos para enfocarse en colocar a su hijo en la Silla Magna en el transcurso de las siguientes dos décadas.

Ulgier comenzó a notar cómo Jantl pasaba horas conversando con su hijo de asuntos de gobierno y pensó que ella lo estaba preparando para ser consejero adjunto. La verdad era que, entre la dirección del monasterio y la atención de los diversos asuntos de gobierno, Ulgier tenía sus días saturados. Dormía menos de lo que necesitaba y demasiado seguido tenía que recurrir a pequeños hechizos de despertar y enfoque, que sólo le permitían permanecer alerta, mas no ayudaban realmente a que su mente descansara, sino todo lo contrario.

Así que Ulgier vio con buenos ojos que se nombrara a un consejero adjunto y nada menos que al hijo de la Regente Suprema. Incluso, cuando ella comenzó a consultarle a su hijo acerca de algunas decisiones, Ulgier lo vio como parte del proceso natural de llegar a convertirse en un consejero. Consideraba a Kempr como un muchacho muy inteligente y con muchos bríos, pero a quien le tomaría aún varias décadas alcanzar un nivel de madurez adecuado.

Los Conscientes cultivan la paciencia como uno de sus más preciados atributos, así que Ulgier no tenía problema alguno con esperar un siglo más para ir trasladando parte de sus cargas a Kempr. Se alegró de pensar que esto también le permitiría atender mejor el monasterio y visitar a su amada Mina con más frecuencia.

Justamente debido a esto fue que, cuando Jantl anunció públicamente su intención de dimitir y ceder su puesto a su hijo, a Ulgier lo tomó totalmente desprevenido esta decisión, la que juzgó demasiado repentina, pues él consideraba a Kempr aún un crío. ¿Cómo iba a ocupar la Silla Magna un mozalbete para quien aún era motivo de emoción practicar deportes extremos? Las horas perdidas de sueño y el abuso de hechizos de falso descanso habían hecho estragos en la mente de Ulgier quien, presa de un arrebato de ira totalmente ajeno a él, intentó enfocar toda su intención en un punto profundo de la tierra, justo debajo de donde estaba. Esto fracturó una placa tectónica que estaba a unos 80 kilómetros de profundidad, lo cual desencadenó un gran terremoto y una serie de réplicas. El muro frontal del Castillo se partió en dos desde sus cimientos y muchas construcciones muy viejas se desplomaron. En medio de toda la conmoción, Jantl notó en la cara de su antiguo y fiel consejero que algo estaba terriblemente mal y temió lo peor. Varias horas después, cuando había pasado el susto, Ulgier la llamó a solas, se puso de rodillas, le tomó las manos y las acercó a su cara, que estaba empapada en llanto.

—Perdóname, mi Señora. Te he fallado. He sido yo quien causó el terremoto.

Jantl confirmó sus terribles sospechas y sintió una profunda tristeza. Pero se aferró a tantos siglos de fiel servicio, a tantos desvelos y sacrificios que él había hecho, a todos esos años lejos de su familia persiguiendo el bien común y a esa confesión sincera que ella no había solicitado, y eso la hizo mantenerse ecuánime, para decirle:

—Yo te perdono, mi querido Ulgier. Sé que podrás reparar los daños, pero pienso que este arrebato tiene raíces muy profundas que es importante que corrijas, si vas a ser el consejero de mi hijo.

—Me siento incapacitado para seguir siendo el consejero del Regente Supremo, mi Señora. Creo que ya estoy demasiado viejo.

—Comprendo y acepto tu renuncia, con agradecimiento infinito por todos estos siglos de servicio y por ser un excelente consejero.

—Gracias, mi Señora —dijo, y sus ojos volvieron a inundarse de lágrimas.

—Vete en paz. Regresa con los tuyos. Imparte tu sabiduría entre los más jóvenes de tu Raza. Fortalece tu gueto. Creo que te necesitan más que nosotros.

Ulgier se puso de pie, con el corazón agradecido y con la ilusión de regresar a su hogar después de tantísimo tiempo. Los días que siguieron supervisó de cerca todas las reparaciones, se aseguró de que se compensaran las pérdidas de bienes y participó de manera muy sentida y sincera en las honras fúnebres que se celebraron para los diez decesos provocados por el sismo. Cuando abandonó la ciudad, todos lo despidieron como a un héroe. Sólo Jantl sabía que él había causado todo y, pensando que su hijo tenía que tomar las riendas del mando sabiendo esto, se lo contó en confidencia cuando ya Ulgier había partido. Kempr se molestó muchísimo con su madre y la reprendió duramente por haber ocultado algo tan grande. Ella le suplicó que guardara el secreto, en honor a todo el bien que su antiguo consejero había hecho y por respeto al amor que ella le profesaba al futuro Regente Supremo y al voto de confianza que le había dado, que había sido el causante indirecto de estas desgracias. Kempr aceptó de mala gana guardar el secreto.

Pocos días después, una solitaria y pensativa Jantl se alejaba de la Gran Ciudad a lomo de bestia. Sus violáceos ojos mostraban una tristeza inmensa. Su alma estaba herida. Aunque las heridas del cuerpo de un Eterno sanan en cuestión de días sin dejar cicatriz, las heridas del alma sanan con lentitud debido precisamente a su memoria eidética, que les permite recordar cada instante como si recién hubiese sucedido. El generoso proceso de "olvidar y dejar atrás" que resulta tan natural para las otras Razas no es posible para los Eternos. Guio a su bestia por semanas. Se alojó en una colonia de los nuestros varios días y ayudó en el proceso de cosecha del fruto con el que producimos el vino. Después de eso, siguió su camino y, por mucho tiempo, no se volvió a saber de ella. O, al menos, no llegó a conocimiento de ningún Pensante la ubicación de su paradero.

Sin embargo, antes de partir, Jantl convocó a los Ancianos de la colonia y permitió que conectaran sus mentes a la de ella. Siglos y siglos de historia fueron trasladados en cuestión de horas a las mentes de todos los Pensantes de la Colonia y, en cuestión de días, el conocimiento estaba difundido entre todos los de nuestra Raza. Adicional a esto, hizo una solicitud especial que, en honor a todo lo que ella representaba y que ahora estaba más que claro entre los nuestros, nos vimos impedidos a rechazar: quería que un Pensante, sin que Kempr lo supiese, se mantuviera cerca de él y al tanto de su devenir, por los siglos que fuese a perdurar su mandato.

No es costumbre de ningún Pensante invadir la privacidad de la mente de las otras Razas, a menos que nos sea solicitado explícitamente por el "invadido", o porque se busca un bien mayor, que tenemos que comprender en su totalidad antes de hacerlo. Esta petición nos obligó a reorganizar muchas cosas con Pensantes de la Gran Ciudad y a idear formas creativas de mantenernos al tanto. Los tres antiguos tutores de Kempr resultaron ser piezas clave para construir una red de individuos que nos permitieran tener acceso a él cuando dormía, momento en que podríamos extraer sus recuerdos del día para asimilarlos dentro de nuestro colectivo y así honrar este acuerdo a perpetuidad.

Los Pensantes envejecemos muy rápido –consideramos "anciano" a alguien que ya tiene 240 años o más– por lo que mantener esa red de individuos con fácil acceso al Regente Supremo requería de al menos un aliado más "perdurable" … Y lo encontramos en Baldr, antiguo discípulo de uno de los tutores de Kempr, quien se había graduado con honores de la ciudad universitaria en la que Kempr no fue aceptado, habiéndose colocado en el Castillo hacía algunos años como el responsable de la biblioteca y en quien Kempr confiaba totalmente.

Kempr se juró a sí mismo no ser tan permisivo como su madre y gobernar con mano firme, sin que nadie le dijera lo que tenía que hacer. El gran salón del Castillo donde se celebraban lujosas cenas y espléndidos banquetes tenía un ventanal inmenso que daba a una amplia campiña, que era parte del territorio que rodeaban los muros del Castillo, en la cual se organizaban cada cierto tiempo torneos y competencias de diversa índole. Justo estaba él terminando de desayunar en este gran salón a la mañana siguiente de que se fuera su madre, cuando vio pasar al capataz del Castillo arreando a uno de sus más hermosos ejemplares para llevarlo al establo. Abrió una puerta de cristal que estaba en medio del gigantesco ventanal y caminó a la terraza, desde donde llamó al joven capataz, que tendría probablemente su misma edad.

—¡Mindo! —gritó. El capataz detuvo en seco su andar y volteó asustado hacia el lugar del que provenía la voz, que reconoció era la del Hijo de la Señora.

—A sus órdenes, mi Señor —dijo, inclinando la cabeza con respeto.

—Tengo un nuevo trabajo para ti —y una extraña sonrisa le iluminó el rostro.

CAPÍTULO XI:

El retiro

*V*irtr estaba aplicando a varias plantas una mezcla de sal con un polvo negro que salía después de tostar y moler las semillas de un arbusto que crecía alrededor de su casa. Esta mezcla resultaba tremendamente efectiva para erradicar un hongo rosáceo que se comenzaba a desarrollar en la base del tallo de las plantas con las que producían harina. Este hongo, si se dejaba sin atender, se volvía una plaga que mataba toda la siembra en cuestión de semanas. Virtr escuchó cómo alguien se venía introduciendo en la plantación, pero no podía ver quién era pues ya las plantas habían crecido a una altura mayor que su propia estatura.

—Hola, agricultor —dijo una voz que él reconoció inmediatamente. Se incorporó para encontrarse de frente con unos ojos color violeta que no habían cambiado nada desde la última vez que los vio, hacía más de cuarenta años.

—Qué agradable sorpresa. Siempre es un gusto que me visites —dijo él, al tiempo que una amplia sonrisa mostraba sus dientes perfectos.

—No vengo de visita. Vengo a sentar cabeza en esta congregación.

—¿En serio? Qué feliz me hace esa noticia. ¿Cómo está nuestro hijo?

—Está muy bien. Está ocupando la Silla Magna.

—Me alegro por él. Ojalá nos visite algún día —ese "nos" logró que un breve escalofrío recorriera el cuerpo de Jantl, en una mezcla entre felicidad y miedo. Él notó ese breve estremecimiento y preguntó: —¿Pasa algo?

—Nuestro hijo no sabe que estoy aquí. Y no quiero que lo sepa. En realidad, he venido a exiliarme. Y este es el único lugar que he sentido como mi hogar fuera del que, hasta hace poco, consideraba mi hogar.

—Me honra que nuestra amistad te haga sentir de esa manera.

—Creo que, desde mi última visita, lo nuestro pasó a ser algo más que una amistad.

—¡Tienes razón! —dijo él, echándose una sonora carcajada. Y agregó: —Construiremos una vida juntos, si eso te place. Eres la única mujer que ha habido en mi vida.

—Nada me gustaría más —dijo ella y se acurrucó en sus brazos, sintiendo cómo su alma comenzaba a sanar con ese abrazo.

De una manera totalmente natural, Jantl se incorporó a la vida de la congregación. La cabaña de Virtr, que había resultado ser suficiente para él, logró acomodar a la nueva habitante sin problemas. Disciplinada y metódicamente, desarrollaron una rutina de vida juntos en pocas semanas. Ella resultó ser un excelente apoyo para las actividades diarias que Virtr tenía siglos de estar haciendo solo, lo cual les dejaba mucho tiempo libre por las tardes, el cual comenzaron a usar para salir a explorar los alrededores. Incluso, ella aportó algunas ideas que resultaron excelentes para acelerar algunas de las cosechas y para incorporar otros tipos de plantas que ayudaban a regenerar más rápidamente los suelos. Virtr se sentía más acompañado que nunca, sentimiento que Jantl compartía plenamente. A veces los sorprendía la noche retozando cerca de algún árbol, como si fueran dos adolescentes. Su vida era sencilla, pero muy feliz.

Sin embargo, a las pocas décadas de llevar esa vida, Jantl comenzó a extrañar aquellos "viajes de aislamiento" que le permitían entrar en contacto con su pueblo. Sentía que la tristeza que la había embargado cuando se fue de la Gran Ciudad ya había quedado atrás completamente. Pensó en su antiguo consejero, y se preguntó cómo sería su vida, ahora que estaba en su gueto de origen, con su compañera y sus hijos cerca. Le externó estos sentimientos a su compañero y le preguntó si a él no le gustaría ir de viaje con ella.

—Soy un agricultor —dijo él, agregando: —Lo que produzco lo necesita mucha gente. Si descuidara mi labor, esas personas se verían en aprietos para conseguir lo que les proveo en otra parte.

—¿Y si alguien cuida de tus plantas mientras andas fuera?

—La única que podría hacer eso eres tú misma —dijo, mientras le sonreía, levantando las cejas.

—Bueno, vamos a hacer esto: yo me iré de viaje sola en esta ocasión y ya nos encargaremos de entrenar a alguien a mi regreso, para que tú puedas acompañarme en el siguiente. Me encantaría que conocieras a Ulgier.

—Está bien. Aunque quiero que comprendas que yo no necesito viajar. No puedo extrañar lo que nunca he hecho. Mi vida es la misma que conociste hace siglos y lo era siglos antes de conocerte.

—Tal vez te resulte extraña esta pregunta después de todo este tiempo, pero… ¿qué edad tienes?

—Dos mil novecientos setenta y ocho años, nueve meses y cuatro días.

Jantl abrió la boca sorprendida. ¡Ella misma apenas tenía poco más de mil setecientos años! Pero su espíritu era más aventurero e inquieto y su alma tenía una sed que sólo aplacaba el conocer gente nueva. Comprendió que Virtr era lo más estable que existía en su vida y que, si con alguien podría contar siempre, sería con él. A la mañana siguiente, Jantl iba saliendo de la congregación, montada en una bestia de carga. A Virtr se le hizo un nudo en el pecho cuando ella desapareció de su vista. Setenta años no eran nada, comparado con la extensión total de vida que él había vivido, pero se dio cuenta que en esos últimos setenta años era cuando se había sentido más vivo que nunca. Comenzó a ver borroso el sendero por el que se había ido su amada. Extrañado, se llevó una mano a los ojos… Era la primera vez en su vida que lloraba.

A Jantl le tomó unos dos meses llegar al gueto de Ulgier. Con mucha astucia, se desvió de la ruta más corta para evadir una colonia de Pensantes que estaba en el camino y se encontró con un par de tribus de Forzudos. En una de ellas, una familia de Forzudos le dio posada durante una noche. El hijo de esa pareja era un chiquillo de unos 10 años de edad, con una mirada que rezumaba bondad. Cuando él vio el color de los ojos de Jantl, abrió mucho sus ojitos y exclamó con total inocencia:

—¡Qué ojos tan preciosos! —sus progenitores le rieron con sinceridad esa ocurrencia. Jantl sonrió amablemente y le dijo:
—Qué gentil eres. Muchas gracias. ¿Cómo te llamas?
—Quince —dijo él. Y agregó: —¿Y tú?
—Encantada, Quince. Yo me llamo Jantl.

Ahora quienes abrieron los ojos de par en par sorprendidos fueron los progenitores de Quince.

—¿Eres la Regente Suprema?
—Era, hace más de setenta años dimití del cargo.
—Bueno, acá las noticias no llegan muy rápido, como te darás cuenta —dijo el hombre, sonriendo.
—Con eso precisamente estoy contando… ¿Podréis guardar el secreto, por favor?
—Por supuesto, mi Señora —dijeron ambos, al unísono. A Quince le hizo gracia como sonaron ambas voces juntas, diciendo lo mismo.
—¿Y tú, Quince? ¿Sabes guardar un secreto? —dijo ella, mientras le acariciaba una mejilla con ternura.
—Claro que sí, Jantl. No le diré a nadie cómo te llamas.
—Gracias, pequeño. Sé que puedo contar contigo.

Durante los setenta y cuatro años que le quedaban de vida a Quince, nunca le dijo a nadie que había conocido a la antigua Regente Suprema del mundo. Durante esos setenta y cuatro años, nunca olvidó aquellos hermosos ojos color violeta.

CAPÍTULO XII:

El secreto

*U*n estallido sordo retumbó en el aire, como si una intensa ráfaga de viento se expandiese como un poderoso anillo en todo el gueto y más allá de sus confines. Mina estaba comenzando a preparar la cena y dejó caer el utensilio que tenía en la mano, asustada. Se había quedado muy consternada cuando un par de horas antes vio a su compañero muy agitado –algo que nunca, en los casi diez siglos que tenía de conocerlo, le había visto– diciendo: «¿Qué hice?» y, acto seguido, salir corriendo de la casa. Unos segundos antes del estallido, ella sintió que su hijo menor estaba sufriendo.

Con cada uno de sus cuatro hijos, Mina había establecido una especie de conexión psíquica desde que los cargó en el vientre. Dicha conexión era muy efectiva para detectar, sin importar qué tan cerca o lejos estuviesen sus retoños de ella, si algo grave les estaba sucediendo. Ella había desarrollado con mucha destreza la habilidad de invocar a distancia potentes hechizos de protección sobre sus hijos, los cuales tenían una duración breve, pero un efecto que garantizaba inmunidad a cualquier peligro inminente. Gracias a esto Urso, su primogénito, se salvó de la mordedura de una bestia altamente ponzoñosa en dos ocasiones; Lasko, su hijo segundo, salió ileso de una caída de un acantilado; Giendo, su hijo tercero, no se fracturó nada una ocasión en la que un hechizo de levitación le falló, y a Rinto, su hijo menor, lo había salvado en incontables ocasiones de salir severamente lastimado o de una muerte segura…

En esta ocasión, apenas ella sintió que Rinto estaba sufriendo un intenso dolor, lo cubrió instintivamente con ese manto invisible que tanto lo había ayudado en el pasado y eso la tranquilizó un poco cuando escuchó el estallido, aunque siguió con la sensación de que él estaba sufriendo.

El hechizo de distanciamiento que había invocado Ulgier no sólo envió a Rinto a una gran distancia de la casa que acababa de ser destruida, sino que también Ulgier salió disparado en la dirección opuesta. Esto provocó una onda de choque que fue el estallido que escucharon todos. Ulgier apenas logró invocar a tiempo un hechizo de amortiguación que evitó que saliera malherido con la caída, que fue en medio de una zona que alguna vez había sido desértica, que estaba a poco más de trescientos kilómetros al sur del gueto. A Rinto lo salvó el hechizo de protección que invocó, como tantas veces en el pasado sin él saberlo, su madre.

A pesar de tener sólo unos pequeños raspones, Ulgier se sentía destrozado. Y no era para menos: hacía sólo unos meses había provocado un terremoto que le había causado la muerte a diez personas y ahora acababa de matar a su nieto y a su nuera, sin contar que le había roto el corazón a su hijo menor. ¿Qué le estaba pasando? Era como si una mala sombra se hubiese posado sobre él, decidida a destruir todo lo que le había tomado siglos construir para sí mismo y para los suyos.

Se imaginó a su amada compañera, lo que sentiría al enterarse de lo que había sucedido, y supo que eso le causaría un dolor muy difícil de sobrellevar, pero sobre todo de sanar. Reflexionando acerca de todo esto, lo sorprendió la noche llorando amargamente en medio de ese joven bosque. Decidió pasar la noche solo, meditando sobre todo esto. Con experticia y rapidez, creó una fogata del aire y transformó un poco de arena y una roca en un sencillo lecho donde recostarse. Por la mañana vería cómo se sentía para invocar una serie de hechizos de teleportación que lo acercaran al gueto. Los hechizos de teleportación eran muy peligrosos de invocar si no se tenía claridad del lugar exacto en el que reaparecer, pues podría materializarse en el espacio que estuviese ocupando otra persona, un objeto o un animal o planta, por lo que siempre había que invocarlos con precaución.

Mientras tanto, en el gueto, todos los habitantes habían abandonado sus casas y estaban rodeando los escombros de la que, hasta hacía sólo unos minutos, había sido la casa donde habitaran Rinto y su compañera. Entre ellos se encontraba Mina, quien lloraba desconsoladamente. Su hijo mayor la abrazaba y le acariciaba la cabeza, mientras los otros dos hermanos, junto con otros voluntarios, estaban removiendo escombros con cuidado, usando hechizos de telekinesis, esperando encontrar sobrevivientes.

Mina sentía en su corazón que su hijo menor seguía vivo, por lo que quedó muy intrigada cuando el único cadáver que apareció, después de que lograron remover la mayoría del material destruido, fue el de la compañera de Rinto. Ella no le comentó a nadie cuán agitado estaba Ulgier la última vez que lo vio y decidió esperar a que él regresara para comprender qué había sucedido. Cuando su primogénito le preguntó dónde estaba su padre, ella le dijo que él había tenido que salir a hacer una diligencia, por lo que sugirió esperar a que regresara para comentarle lo ocurrido. Esa noche, ella casi no logró dormir, muy angustiada acerca del paradero de Ulgier y de su hijo menor, por quien todos ya estaban sintiendo una gran compasión, pensando en lo que él sentiría cuando se enterase del trágico accidente.

A la mañana siguiente, Ulgier se despertó igual de apesadumbrado, pero supuso que Mina debía estar esperando tener noticias de él, aparte de que se imaginaba que ya todos se habrían enterado de lo que había sucedido con la casa de Rinto y con su nuera y consideró que era su deber estar ahí lo antes posible. Con esta determinación, usó la posición del sol para ubicar hacia dónde estaba el gueto y clavó su mirada en un punto del horizonte hacia esa dirección. Entonces, con el pulgar de la mano derecha tocó el dedo anular y con el pulgar de la mano izquierda tocó el dedo medio. Dobló los codos de ambos brazos en ángulo recto apuntando hacia el zenit el resto de los dedos, que estaban totalmente extendidos, y enderezó los brazos súbitamente hacia el punto que estaba viendo, con la mano derecha inmediatamente detrás de la izquierda, al tiempo que exclamaba: —*¡Dug skok!*

Se materializó instantáneamente a unos 80 kilómetros de donde estaba. Hizo esta maniobra cuatro veces más, haciendo breves correcciones de dirección con cada "salto" hasta que quedó aproximadamente a 3 kilómetros del gueto, distancia que recorrió caminando, pues las invocaciones sucesivas de un hechizo tan poderoso lo habían extenuado y pensó, además, que ese recorrido a un ritmo más lento le ayudaría a meditar la forma en que le contaría a Mina lo sucedido. Conforme se acercaba, escuchó sonar cada cierta cantidad de minutos la vieja campana que estaba en la plaza central, la cual, tocada de esa forma, se usaba para anunciar una muerte. Cuando llegó a la casa, sus tres hijos mayores y su compañera estaban esperándolo con ansiedad. Notó que también estaban sus nueras y sus nietos. Todos tenían una expresión muy triste en el rostro.

—La casa de Lirza y Rinto se desmoronó. Ella ha muerto y él está extraviado, pero mi corazón me dice que está sufriendo un terrible dolor —dijo Mina entre sollozos y corrió a refugiarse en sus brazos.

Ulgier comprendió que ellos pensaban que había sido la casa la que había matado a su nuera. Sus hijos, nueras y nietos los envolvieron en un gran abrazo grupal y se quedaron así largo rato. Ulgier pensó que, en el momento que Rinto regresara al gueto, probablemente revelaría la verdad de lo ocurrido, así que prefirió no traer más tristeza de la que ya estaba embargando a su familia y guardó silencio. La espina de esa mentira por omisión lo atormentó por décadas. No se volvió a saber de Rinto, a pesar de que Mina insistía que él estaba vivo.

Jamás imaginó Ulgier que tendrían que transcurrir casi ciento cuarenta y cinco años antes de volver a ver al menor de sus hijos.

CAPÍTULO XIII:

El despertar

—¿*F*alta mucho aún para llegar, maestro? —inquirió Lino, con un dejo de impaciencia.

Quince sabía que esa caminata desde la tribu de Lino hasta la colonia Mudraci, que ya llevaba casi cuatro semanas, iba a exigir de su aprendiz un poco más de esfuerzo físico del que estaba acostumbrado a exigirse a sí mismo. Sin embargo, era parte de su entrenamiento, dirigido a lograr que tuviera control no sólo sobre su mente, sino sobre su cuerpo y, principalmente, sobre su espíritu. Recordó cuando él mismo estaba de la edad de Lino y su maestro lo llevó en esa primera gira de exploración de la Raza de los Pensantes. Sólo cinco años antes de esa gira, había tenido el privilegio de conversar una noche con la antigua Regente Suprema y aquellas facciones tan perfectas que irradiaban ternura, aunque con un dejo de tristeza, las llevaba siempre en su corazón. Recordó lo que su maestro le recomendó, cuando él mismo formuló exactamente esa pregunta y le dio a su discípulo la misma respuesta:

—No te enfoques en tu cuerpo, ni en el cansancio que sientes. Concéntrate, más bien, en un recuerdo que te traiga inmensa felicidad y paz. Si no logras encontrar un recuerdo lo suficientemente poderoso, concéntrate en el mundo que te rodea y encuentra razones para maravillarte. Se te hará mucho más corto y placentero el camino.

Lino le agradeció a su maestro el consejo y –a diferencia de su maestro que, cuando recibió la misma recomendación, inmediatamente se enfocó en recordar cada detalle de aquella noche tan especial en que conoció a Jantl– su mente comenzó a repasar diferentes momentos de su vida, pero no encontró ninguno que lograra ese efecto de hacerle sentir inmensa felicidad y paz. Así que comenzó a fijarse en lo que había a su alrededor. Su vista se encontró con árboles muy altos, de copas frondosas, por las que la suave brisa dejaba entrever destellos de ese sol que mantenía en el aire una agradable tibieza, notó pequeños animalitos saltando de una rama a otra, escuchó muchos trinos de pájaros que no logró identificar, vio al azul del cielo, que no esbozaba ni siquiera una pequeña nube, servir de lienzo para que un grupo de aves trazaran una blanca línea punteada con forma de "V". Detectó en el aire muchos aromas: uno de los árboles emanaba un olor que le recordó un ungüento que su madre le frotaba en el pecho cuando estaba resfriado, un hermoso grupo de flores de un intenso color rojo que tenían un aroma que le recordaba un suave perfume que uno de los muchachos de la tribu había obsequiado a Niza…

Y, en eso, su mente se concentró en su amiga de la infancia. Se dio cuenta que pensar en ella le producía una sensación de calor en el pecho. Comprendió que, a pesar de las bromas crueles que en algún momento les hizo a algunos de los chicos de la tribu, ella seguía siendo en el fondo aquella chiquilla asustadiza y vulnerable con la que tantas veces se rio a carcajadas y que, en esencia, era una buena persona. Comenzó a construir toda una conversación de las cosas que le diría cuando regresara de su viaje y la forma en que él quería que sus lazos de amistad se estrecharan aún más. Y tan ido estaba en estos pensamientos que, cuando se dio cuenta, habían llegado a la colonia Mudraci. Quince sonrió complacido al ver la cara de asombro de Lino.

La colonia Mudraci es uno de nuestros asentamientos más antiguos. Yo personalmente nunca he estado en ella, pero la conozco perfectamente gracias a la Red Mental que forman todas las mentes de los de nuestra Raza. Para nosotros la preservación del conocimiento es lo más importante y muchos Pensantes dedicamos nuestras vidas a registrar distintas áreas del conocimiento en grandes volúmenes a los que les hemos dado mantenimiento muchos de nosotros por siglos. Ese proceso de registro fue instaurado por Jantl cuando ya llevaba unos doscientos años en la Silla Magna, y ella fue de las primeras Eternas que hizo intentos serios por crear un puente entre nuestra Raza y las demás, pues para nosotros la comunicación verbal había dejado de ser necesaria hacía muchos siglos.

Aún hoy en día, el comercio entre las demás Razas y la nuestra es muy limitado y siempre que nos es posible establecer una conexión mental con alguien, lo preferimos a la conversación, que para nosotros resulta extremadamente lenta, ineficiente e inexacta. Para nosotros es sorprendente que haya tantas interpretaciones distintas que la gente da a las mismas palabras, pues nos basta con comunicar la idea, el concepto y con claridad inmediata la otra persona comprende, sin segundas interpretaciones o subtextos. Por la misma razón, conceptos como la mentira o la hipocresía nos resultan extremadamente difíciles de comprender.

Cuando un representante de alguna de las otras Razas se incorpora momentáneamente a nuestro flujo de comunicación continua, se siente, a falta de una mejor analogía, completamente "desnudo" y expuesto. Para nosotros es común estar en contacto con todos los rincones de la mente de los demás y lo que otras Razas consideran intimidad, para nosotros es simplemente quien los demás son.

Sin embargo, no todas las mentes están preparadas para esta forma de comunicarse y, a lo largo de la historia, hay muchos casos documentados de Forzudos, mayormente, aunque también existe un único caso de un Eterno y algunos casos de Conscientes, para quienes el flujo de información resulta tan abrumador que pierden el sentido de la realidad y terminan cayendo en la locura. Por este motivo, nuestra conexión mental está, en términos generales, vedada a las demás Razas.

El maestro de Lino, cuando tenía una edad cercana a la que tenía Lino la primera vez que nos visitó en Mudraci, fue el primero de su Raza que fue capaz de establecer un vínculo mental con nuestra Raza y salir cuerdo de la experiencia. Así mismo, fue Quince quien desarrolló un mecanismo de "bloqueo" de esa conexión telepática que para nosotros es posible establecer con cualquier mente en forma unidireccional. Entre los Pensantes, Quince fue, mientras estuvo con vida, uno de los Forzudos más queridos y respetados.

Por eso, cuando varios de nosotros lo vieron arribar a Mudraci con un nuevo discípulo, fue motivo de alegría y de una cálida bienvenida. De inmediato se dirigió a la Casa de Gobierno de la colonia a saludar a los ancianos y a presentar a su aprendiz. En unos cuantos minutos nos comunicó cómo había sido el proceso de Lino de los últimos diez años. Lino sólo los miraba sonreír y hacer otras expresiones faciales en rápida sucesión, mientras mantenían cerrados los ojos.

En eso, sintió que alguien le tocaba un hombro mientras le susurraba al oído: «Bienvenido a Mudraci, Lino. Es un honor recibirte a ti y a tu maestro». Por un momento, se vio a sí mismo y a su maestro desde cuatro diferentes ángulos, no, no, *cinco* diferentes ángulos, siendo este último como si él mismo estuviese parado detrás de sí mismo, viéndose desde arriba. Y pensó: «qué chistoso se ve mi cabello por detrás». Los cinco ancianos y Quince soltaron una sonora carcajada, que Lino escuchó desde siete diferentes perspectivas: la suya propia y las de cada uno de ellos. «Basta por ahora» dijo una de las "voces" y Lino volvió a quedar "solo" con sus pensamientos.

Los días que siguieron, más y más de nosotros se incorporaban por breves periodos a la mente del quinceañero. Después de cada sesión, Quince lo orientaba de nuevo y le ayudaba a "regresar". Diez años de meditaciones guiadas habían demostrado ser un excelente ejercicio para que la mente de Lino estuviera preparada para esta experiencia. En ese intercambio de ideas, Lino confirmó muchas de las enseñanzas que había aprendido de sus otros maestros y refutó otras. Fue un proceso muy enriquecedor para él, aunque también muy extenuante, que tomó aproximadamente dos semanas, donde cada día se incrementaba gradualmente el tiempo de exposición a nuestra Red Mental, así como la información que se le compartía y que se obtenía de él.

El último día, Lino estableció una conexión mental con nosotros que duró dieciséis horas seguidas. En ese lapso, "visitó" otras colonias y "conoció" a varios Pensantes que se encontraban en lugares muy distantes de Mudraci. Pudo, incluso, "ver" la Gran Ciudad, en la que nunca había puesto un pie en su vida. Cuando terminó la conexión, abrió los ojos y se encontró con los de su maestro, que lo miraba complacido y con una gran paz en la mirada.

—El mundo es enorme, maestro —dijo.

—Así es, mi querido aprendiz, y ya habrá tiempo para que conozcas una buena parte de él —le dijo Quince con ternura.

—Gracias por todas tus enseñanzas y por ayudarme a conocer a estas personas tan interesantes. No tengo palabras para expresarte mi agradecimiento.

—¡Ya estás comenzando a hablar como todo un Pensante! —dijo Quince, riendo divertido.

Lino se rio mucho con ese comentario. Esa noche, sus sueños estuvieron llenos de imágenes, sonidos e ideas que nunca habían estado en ellos antes. En uno de sus sueños, estaba en su casa, hablándole a Niza con un temblor en la voz, acerca de que un rayo había matado a uno de los animales de pastoreo. Notó que su voz no era su propia voz, sino la de su madre. Niza no le prestaba atención, y despertó. «¡Qué raro sueño!» pensó. Volvió a cerrar los ojos y se quedó dormido de nuevo.

Cuatro semanas después, cuando Lino regresó a su tribu, su madre le contó que un rayo había caído en medio del hato de animales lecheros y él recordó ese extraño sueño. Al día siguiente, se lo comentó a su maestro:

—Maestro, creo que la visita a los Pensantes me dio la capacidad de ver el futuro —y le relató lo ocurrido.

—No soñaste con el futuro, Lino. Soñaste un recuerdo de tu madre. El entrenamiento al que fuiste sometido lo que te ha permitido es establecer un vínculo psíquico con ella, lo cual es muy natural, debido al vínculo afectivo que os une.

—¿Y puedo establecer ese vínculo con cualquiera? —preguntó Lino, intrigado.

—En realidad, hay diferentes niveles de vínculos que puedes establecer con las personas. Algunos de ellos requerirán que pidas su consentimiento. En otros casos, como éste de tu madre, se establecerán sin que medie un proceso consciente de tu parte. Hay otros, donde podrás "amarrar un hilo", por así decirlo, entre tu mente y la de otra persona, de manera que, si sigues ese "hilo", te permitirá llegar hasta donde esa persona se encuentra, sin importar la distancia, caminando o a lomo de bestia, claro está. Este año te enseñaré a establecer cada uno de esos diferentes niveles de vínculos y a romperlos a voluntad. Sin embargo, el lazo que ya creaste con tu madre es irrompible.

—¿Podría crear ese vínculo contigo, maestro? —dijo emocionado Lino.

—¡Claro! Podremos intentarlo en los próximos días. También podrías practicar con Niza, dado el cariño que os tenéis.

Lino se quedó pensando que, finalmente, podría indagar en la mente de su amiga y descubrir los secretos que le había estado guardando todos estos años. Lo asaltó otra duda, que de inmediato planteó a su maestro:

—¿Niza tiene que saber que formé el vínculo con ella? Al fin y al cabo, mi madre no sabe que ya existe uno entre ella y yo.

—El caso de tu madre es excepcional y se dio porque, hasta cierto punto, toda madre ya tiene una conexión psíquica y emocional con sus hijos desde antes de nacer. Ese tipo de conexión es casi automático.

—¡Oh! —exclamó Lino. Y dijo: —Entonces, debo lograr que Niza acepte nuestro vínculo antes.

—No necesariamente —dijo Quince. Y agregó: —Siempre que tu intención sea positiva, sobre todo si persigues hacer un bien, el vínculo podrá establecerse sin que la otra persona lo sepa siquiera. Sin embargo, si lo que pretendes es "husmear" en la mente de otro para tu propio beneficio, ése sería un uso incorrecto de tu habilidad recién adquirida —estas últimas palabras de su maestro calaron profundamente en Lino.

Al día siguiente, Lino le pidió ayuda a Quince para armar un pequeño rancho de meditación que, a la vez, tuviera la capacidad de atraer los rayos hacia sí, sin hacerle daño a nadie, y se dirigieron a un espacio de la tribu donde Lino consideraba que sería el punto idóneo para construirlo. Durante su visita a la colonia Mudraci, uno de los conceptos que había aprendido de uno de los Pensantes que daba clases en una universidad de la Gran Ciudad había sido precisamente el principio de funcionamiento de un pararrayos, por lo que pensó que sus conocimientos estaban comenzando a dar frutos rápidamente.

Regresó a la casa para traer una cuerda de medición y vio cómo Niza salía corriendo de la casa, y se dirigía hacia el arroyo. Como sabía que su maestro se había quedado esperando, no se fue tras ella, pero más tarde esa noche, aprovechando un momento en que su madre los dejó a solas para ir a obsequiarle sendos trozos de pastel a dos vecinas, le preguntó al respecto.

—¿A dónde ibas tan de prisa en la mañana, Niza?
—¿Me estás espiando? —dijo ella, con un respingo.
—Para nada. Sólo que tuve que regresar por una cuerda de medición y te vi salir de la casa muy apurada.
—Es Lukbek. Me comentó el otro día que le está costando mucho comprender las Matemáticas —mintió. —Y bueno, como a mí no me cuestan nada, pensé que sería bueno ayudarle.
—Me alegro por ti. Has madurado, Niza —dijo sonriendo.

Ella le sonrió también, mientras recordaba cómo ese día su maestro le había enseñado a caminar sobre las hojas secas sin emitir ningún sonido. Lino durmió esa noche plácidamente, mientras una muy sigilosa Niza salía de la casa sin hacer ruido alguno, para encontrarse en el pedrusco del arroyo con su maestro, que le había prometido enseñarle esa noche un ritual que sólo podía ejecutarse cuando la luna llena estaba en su punto más alto.

—¿Para qué es este ritual? —preguntó ella con ansias, apenas llegó.

—Para que nadie pueda leer tus pensamientos. Es un ritual muy poderoso y definitivo. ¿Trajiste lo que te pedí?

—Por supuesto —dijo ella. Y sacó de una bolsa una cadena de plata que pertenecía a Kira, un rizo de su propio cabello que había cortado antes de salir y un gran alfiler.

Él le punzó con rapidez un dedo y comenzaron a brotar gotas de sangre, que se veía negra bajo aquella tenue luz.

—Empapa la cadena y el trozo de cabello con tu sangre —le dijo.

Así lo hizo ella. Él colocó su mano izquierda sobre la frente de ella y dijo: —*Spava*, Niza.

Ella cayó en un sueño profundo, que más bien parecía un trance. Él posó su mano derecha, sobre la mano de Niza que aún goteaba sangre, en cuyo puño estaban aún la cadena de plata y el trozo de cabello ensangrentados, y dijo, en un lenguaje que hubiera resultado incomprensible para Niza:

—A partir de este momento, Niza, todos tus pensamientos serán míos y de nadie más. Cuando alguien que no sea yo intente hurgar en tu mente, sólo verá un negro abismo. Con esta cadena y este trozo de ti cubiertos de tu sangre, te ato a mí para siempre. Despierta.

Niza abrió los ojos, sintiendo que los acababa de cerrar apenas hacía un instante. Le preguntó a su maestro:

—¿Ya vamos a hacer el ritual, maestro?

—Ya lo hicimos, mi joven discípula. Mantén esa cadena y ese trozo de cabello siempre cerca de ti. Mientras así sea, nadie podrá leer tu mente.

—¿En qué momento sucedió? No me di cuenta…

—Yo recité el encantamiento en mi mente. Algún día te enseñaré a conjurar hechizos sin decir una palabra.

—Me encantaría aprender eso —dijo ella, ingenuamente.

—Ahora vete. Ambos debemos descansar.

—Sí, maestro. Muchas gracias.

—Gracias a ti.

Niza regresó a la casa, llena de emoción y envolvió la cadena y el trozo de cabello en un pañuelo, el cual a partir de ese día siempre escondió entre sus senos.

Unos meses después, Kira buscaba desesperadamente una cadena que le combinaba muy bien con unos zarcillos de plata, como parte de su atuendo para ir a una fiesta. Nunca la encontró.

Capítulo XIV:

La marcha de los Forzudos

Esa noche, Niza sintió un escalofrío que le recorrió todo el cuerpo. No pudo evitar recordar que, tan sólo unas horas antes, su antiguo compañero de la niñez había tenido el atrevimiento de llegar a pedirle por la vida de unos sucios campesinos que ni siquiera conocía. ¡Y lo peor era que sabía cómo localizar al líder de ese triste intento de resistencia y no se lo dijo! Era curioso que sólo a él le podía perdonar una cosa así. Desde que eran muy pequeños, Lino había sido el único en el mundo que la entendía, que la había aceptado incondicionalmente, que le ayudó a no quedarse en la ignorancia.

Ya de adolescentes, él fue su cómplice y su leal compañero. ¡Cuántas veces ella había intentado llamar su atención o causarle celos coqueteando con otros chicos! Pero Lino no parecía inmutarse ante estos devaneos y sólo le reía sus ocurrencias… Bueno, casi siempre, una que otra vez la hizo ver que se le había ido la mano con sus bromas. Sin embargo, nunca la delató con Kira, ni con nadie. Incluso, cuando él descubrió que había sido ella quien tomó la cadena de plata de su madre, no dijo nada. Ella le rogó guardar silencio y él fue fiel a esa petición.

Niza se puso a recordar la primera vez que Lino salió de viaje, qué insistente estuvo al regresar con que quería "leerle la mente" y se rio recordando cuán inútiles habían sido sus intentos. Siempre pensó que eran tonterías de muchacho y que era una forma muy infantil de darle a entender que se interesaba por ella. Pero, cuando él se fue de retiro durante tantísimo tiempo, ella sintió que se había quedado muy sola en el mundo y dio gracias de que tenía a su maestro, de quien había aprendido tantas cosas.

Con Kira la relación siempre fue un poco fría, porque Niza notaba la diferencia de trato para con ella con respecto a Lino. No era que la tratase mal, pero el mejor trozo de carne de la cena era para Lino; si algún viajero había traído alguna fruta rara desde otra tribu, el primero en probarla era Lino; siempre que cosía ropa, la de tela más fina era la de Lino. Ella siempre sintió que lo que recibía era una caridad. Incluso, cuando la enviaban a comprar algo al mercado, muchos de los comerciantes siempre le daban un poco más de lo que había comprado y la veían con una mirada entre compasiva y condescendiente.

Sólo cuando llegó a la adolescencia, Niza comenzó a notar otro tipo de miradas en los chicos de su misma edad y se puso muy contenta cuando notó que ya no era aquella chiquilla escuálida por la que todos siempre le decían a Kira que tenía que alimentarla mejor.

Sin embargo, algo que siempre estuvo como un fantasma colgando sobre Niza, fue el misterio de cómo llegó a la tribu. Ni Kira ni Lino le preguntaron jamás al respecto, aunque ella recordaba perfectamente dónde había estado y dónde había aparecido al siguiente instante. Ese silencio le había carcomido el alma poco a poco y el pesar de haber visto a su madre morir de una forma tan horrible era lo que la hacía aferrarse a esta nueva "mamá" que la vida le había dado y perdonarle los favoritismos hacia su hijo legítimo.

Cada vez que Niza pensaba en las cosas tan terribles que habían ocurrido justo antes de que ella desapareciera, un escalofrío le recorría todo el cuerpo, justo como esa noche. Pero siempre que ese recuerdo llegaba a ella, se repetía a sí misma «ahora nadie podrá hacerme daño» y eso la hacía recuperarse y sentirse fuerte de nuevo. Pero esa noche no podía sacar a Lino de su cabeza, y aquella mirada de tristeza con que él la vio martillaba su mente suave, pero continuamente, y lo dura que se había portado con él la hacía sentirse triste, muy triste…

En el cielo, encima del Castillo, comenzaron a acumularse algunas nubes de tormenta y comenzó a llover suavemente. Conforme pasaban las horas, el área que cubrían las nubes comenzó a extenderse. Al amanecer, ya abarcaban la Gran Ciudad completa y seguían extendiéndose. Relámpagos comenzaron a hacer destellar las nubes y sonoros truenos hacían retumbar las ventanas. A muchos habitantes de la Gran Ciudad les sorprendió este clima, pues faltaban aún varios meses para que llegara la temporada de lluvias. Lino había pasado la noche en un hostal cercano a la puerta este de la Gran Ciudad y durante horas estuvo repasando su altercado con Niza.

Casi nueve semanas antes, Lino se había enterado de que un grupo de campesinos de varias tribus se habían estado poniendo de acuerdo para llegar juntos al Castillo a reclamarle a Niza acerca de cómo había mermado el comercio. Lo supo porque en su propia tribu Brino había convocado a varios en el centro del mercado y, subido en una pequeña tarima improvisada que armó con unas cuantas cajas, agitaba enérgicamente los brazos mientras les decía que ya era tiempo de que cambiaran las cosas, que a él y su padre se les había malogrado mucha fruta porque no la lograron vender con rapidez, debido a que las rutas de comercio que ahora les permitían utilizar eran una burla: ni una tercera parte de la producción habían logrado vender durante el último año. Cada año les recortaban más y más las rutas.

Como en años anteriores, en esta ocasión Brino y su padre habían tenido el atrevimiento de intentar utilizar las rutas usuales, donde lograban vender el producto a un precio menor, por considerarse "contrabando", pero descubrieron que ahora todas las rutas más importantes estaban vigiladas por la Guardia del Castillo, que les pedía documentación que demostrase que ellos estaban autorizados a recorrer esas rutas. Como ellos no lo estaban, tuvieron que devolverse con el producto, que ya estaba demasiado maduro. Y, cuando intentaron llevar una pequeña parte del producto que aún era rescatable para rematarlo en varios de los mercados de la Gran

Ciudad, los guardas que vigilan las entradas a la ciudad tampoco los dejaron ingresar.

Uno a uno, otros campesinos comenzaron a contar cosas similares y Brino les comentó que, cuando venía de regreso de la Gran Ciudad, se encontró con los habitantes de otra tribu a quienes les había ocurrido algo similar. Éstos les comentaron que se estaba organizando una protesta de varias tribus, y le indicaron la fecha en que todos llegarían al Castillo. Brino les dijo que era una gran idea, porque él conocía personalmente a la Regente Suprema y pensaba que, como grupo, ella los tendría que escuchar.

Seis semanas antes de la fecha en que todos llegarían al Castillo a protestar, llegó a la tribu un forastero fornido, de ojos negros, piel oscura y cabello ensortijado, que comenzó a preguntar por los líderes de la tribu, con el pretexto de querer ofrecer sus servicios. Así fue como entró en contacto con Lino, quien era considerado, a pesar de su corta edad, un líder espiritual.

Cuando estuvieron a solas, Tumbat le comentó a Lino que él se dedicaba a brindar el servicio de mensajería entre tribus, y que conocía a mucha gente. Le externó cómo su preocupación había venido en aumento, debido a que había notado que, en muchas tribus, la gente se quejaba de que se estaban perdiendo los productos perecederos y cómo el Gobierno Central había puesto muchas trabas para el comercio entre Forzudos. Lino lo escuchó con detenimiento y le preocupó el tema, más sabiendo que se estaba organizando una protesta en masa. Le preguntó a Tumbat si estaba al tanto de esta protesta, a lo que Tumbat le dijo que sí estaba enterado, pues él mismo había propuesto la fecha. Lino le agradeció la información y, sin que Tumbat se diera cuenta, estableció un vínculo mental con él, pensando que podría ser necesario conocer su paradero más adelante. Tumbat le preguntó por Brino y Lino le indicó cómo llegar a la casa donde habitaba con su familia.

Había recién oscurecido, cuando Tumbat llegó a tocar la puerta de la casa de Brino. Un hombre fornido, a inicios de sus cuarentas, con el cabello y la barba de color naranja, y una asoleada cara llena de pecas, abrió la puerta:

—Buenas tardes —dijo Brino. Y agregó: —¿Qué busca, forastero?

—Buenas tardes, amigo. ¿Es usted Brino?

—El mismo. ¿Y usted es…?

—Tumbat, mi nombre es Tumbat. Me comentó Lojmet, de la tribu Shuntai, que conversó con usted hace algunas semanas respecto a una protesta que se está organizando entre todas las tribus para ir al Castillo de la Regente Suprema y que usted manifestó interés en asistir a esa protesta. ¿Es cierto?

—Así es —dijo Brino, quien no veía nada malo en ello, sino que más bien lo consideraba motivo de orgullo.

—¡Excelente! ¿Puedo pasar? Quisiera comentarle algunas cosas importantes.

Brino le abrió la puerta al forastero y lo invitó a sentarse en una silla cercana a la mesa donde ya estaban colocados algunos platos y cubiertos. La compañera de Brino, pelirroja también, salió de una de las habitaciones y vino a presentarse con el desconocido.

—Huinta, él es Tumbat. Tumbat, ella es mi compañera.

—Encantado, señora —dijo Tumbat con respeto.

—Mucho gusto —dijo ella. Y agregó: —¿Tiene sed? Le puedo ofrecer algo de beber.

—Muchas gracias, un poco de agua está bien —y, volviendo a ver a Brino, dijo: —Es importante que tú y tus amigos sepáis algo que he venido observando hace ya algunos años.

Y así fue como Tumbat le relató a Brino los cambios que él había venido observando desde que Niza había ocupado la Silla Magna. Como él se dedicaba a brindar el servicio de mensajería entre tribus, conocía a mucha gente y había escuchado que el mismo problema estaba ocurriendo en todas. Brino lo escuchaba con atención y una parte de él aún se resistía a creer que aquella muchacha por quien se vio obligado a pagar tres odres del más caro vino trabajando por años, en espera de un beso que nunca obtuvo, estuviera ahora haciendo un daño tan grande para todos los de su propia Raza… ¿Su propia Raza? Recordó cuán delgada era ella de niña y cómo él y otros chiquillos se burlaban de ella todo el tiempo. Él nunca había conocido a algún Forzudo que fuese tan delgado.

Brino se avergonzó de recordar lo cruel que había sido con Niza, pero jamás cruzó por su mente la idea de que, a raíz de esa crueldad infantil, ella se estuviera desquitando con todos. Esto no se lo comentó a Tumbat, por supuesto, aunque sí le comentó, con cierto dejo de orgullo, que Niza se había criado en esa tribu, por lo que él estaba seguro que la presencia de varios miembros de la tribu en la protesta muy probablemente ayudaría a que ella se abriera a escucharlos y cerró comentando, con un idealismo que Tumbat consideró algo cándido, que él no creía que Niza estuviese causando estos problemas adrede, y que seguramente cuando supiese lo que estaba pasando, iba a hacer cambios.

Tumbat le preguntó a Brino si sabía quiénes eran los familiares de Niza en la tribu y Brino le contestó, sin malicia alguna, que eran Kira y Lino. En ese momento, Tumbat comprendió que existía una cercanía emocional demasiado fuerte entre esa tribu y la Regente Suprema y, por primera vez desde que había iniciado este movimiento de rebelión, intuyó que había cometido un grave error.

Pasaron las semanas y nadie en la tribu volvió a saber del forastero. Brino, junto con otros de la tribu, salieron camino hacia la Gran Ciudad. En algunos de los cruces de caminos se encontraron con miembros de otras tribus que iban en la misma dirección. Como era costumbre entre los Forzudos cuando eran grupos numerosos recorriendo la misma ruta, formaron una fila, la cual, cuando llegaron a la puerta este de la Gran Ciudad, ya medía algunos cientos de metros. Ellos venían en silencio, caminando con la vista clavada en el suelo. Los guardas de la puerta se inquietaron un poco, pero permitieron que aquella comitiva ingresara a la ciudad. Cuando llegaron a las afueras del Castillo, se encontraron con un grupo parecido de campesinos que había llegado por la puerta oeste.

Al final de la tarde, más de ochocientos campesinos abarrotaban toda el área contigua al gran muro frontal del Castillo. Los guardas de la entrada se estaban comenzando a poner bastante nerviosos. Brino se abrió campo en medio de aquella multitud, y les dijo a los guardas que venían a ver a la Regente Suprema. Los guardas tenían interpuestas sus lanzas en forma de cruz y le dijeron a Brino que tanta gente no podía pasar al Castillo al mismo tiempo. Entonces los líderes de otras tribus que habían escuchado la discusión se acercaron a la puerta y uno de ellos dijo:

—Entonces deja pasar a cinco de nosotros.

Los guardas accedieron y Brino, junto con otros cuatro Forzudos ingresaron al Castillo. Un guarda los escoltó hasta el Salón Central, donde había un grupo de gente relacionada con el Gobierno Central y, al fondo, se veía la Silla Magna y, en ella, estaba Niza sentada con una expresión de disgusto que exhalaba prepotencia. A ambos lados de la Silla Magna, se encontraban cuatro encapuchados, dos de cada lado, de cuerpos muy delgados y con las manos cruzadas dentro de las grandes mangas de sus mustios trajes grises. En el pequeño grupo Niza reconoció inmediatamente a Brino y en su cara se dibujó una sonrisa malévola.

—Buenas tardes, Niza —dijo Brino, tratando de romper el hielo.

—Cuando te dirijas a mí, me llamarás Regente Suprema —dijo ella, con soberbia y desprecio.

—Disculpe usted, Regente Suprema —dijo Brino, bajando la mirada con una expresión de temor.

—Me comentan que habéis hecho toda una revuelta en la entrada de *mi* Castillo —dijo ella, con un tono siniestro.

—No es una revuelta, Regente Suprema —aclaró Brino, con cierta preocupación. —Es que somos muchos y no lográbamos ponernos de acuerdo. Todo lo que queremos es hablar con usted.

—¿Y pensasteis que, siendo muchos, ibais a lograr asustarme?

—No, mi Señora, sólo pretendíamos que usted supiera que esto que queremos comentarle está afectando a mucha gente, a *su* gente.

—¿A qué te refieres con *mi* gente?

—A nosotros, Regente Suprema, a los Forzudos.

—¡Yo lidero a todas las Razas! Una sola de ellas no me representa.

—Tiene razón, mi Señora —dijo Brino, tratando de mantenerse conciliador. —Pero bueno, a los Forzudos nos están afectando mucho los cambios que usted hizo en las rutas comerciales. Muchos productos perecederos se han estropeado, porque no hay suficientes compradores en las nuevas rutas que usted definió. Quisiéramos que nos volvieran a permitir comerciar donde antes lo hacíamos.

—Esas rutas se definieron porque benefician a más personas. Como te dije, yo lidero a todas las Razas y tengo que velar por el bienestar de todas, no sólo por los de *tu* Raza.

—¡Pero nuestra Raza es la tuya, Niza! —espetó Brino, con cierta desesperación.

—¡Insolente! ¿Y así pretendes conversar?

Con su mano derecha comenzó a acariciar un pendiente metálico que colgaba de su cuello, al tiempo que señalaba con el dedo índice de su mano izquierda a uno de los cuatro encapuchados diciendo:

—Tertius, disciplina a nuestros visitantes.

Acto seguido, el encapuchado volteó a ver al grupo de los cinco y, sacando sus manos de entre las mangas, hizo un gesto con ellas, al tiempo que decía: —*Bol*. Los cinco Forzudos se llevaron las manos a la cabeza, y comenzaron a gemir de dolor, cayendo sobre sus rodillas. Todos los que estaban en el recinto se echaron para atrás instintivamente y comenzaron a intercambiar miradas de angustia, sin decir una palabra. Un minuto transcurrió, pero pareció durar una eternidad.

—¡Suficiente! —dijo Niza.

Tertius separó sus manos y las volvió a ocultar dentro de sus mangas. Los cinco Forzudos cayeron al suelo, exhaustos, pero aliviados al sentir que el dolor desaparecía de inmediato. Un muy sudoroso y enrojecido Brino, volteó a ver a Niza con una mirada de auténtico terror.

—Apártenlos de mi vista —indicó Niza a los guardas.

De inmediato varios guardas (Forzudos todos ellos) increparon a los que estaban tendidos en el suelo para que se levantaran y se los llevaron a una sección del Castillo que Niza había mandado acondicionar para recluir personas.

Lo siguiente que hizo fue enviar a otro de los encapuchados a la entrada del Castillo, a advertirles que los cinco representantes que habían enviado estaban bajo arresto, sentenciados a morir en un mes y que, si no disolvían la turba, todos correrían igual suerte. Y, para rematar su advertencia, extendió sus manos hacia el grupo diciendo: —*¡Guranje!* Una poderosa onda de choque los hizo caer de espaldas, dejando inconscientes a los que estaban más cerca de él.

En menos de una hora, todos había abandonado la ciudad.

Capítulo XV:

Atrapado sin salida

*R*into comenzó a despertar. El lado izquierdo de su cara le ardía y sentía un fuerte dolor en el cráneo. Se incorporó y vio a Frida desmayada en el piso, sobre un reguero de comida. Ya había anochecido. Buscó con desesperación a la pequeña por la que había venido, pero ésta ya no estaba ahí. Se acercó a un espejo que estaba en el recinto para ver por qué le ardía tanto la cara y vio que la piel del lado izquierdo de su cara se había convertido en una inmensa ampolla, su ojo izquierdo estaba hinchado y cerrado por la inflamación. En el centro del punto donde más le dolía el cráneo tenía un tremendo chichón. Cayó en la cuenta de que todo él y su ropa olían a una especie de estofado de carne con verduras. Hizo un gesto de asco y disgusto. Su cabeza aún daba vueltas y no podía pensar con claridad.

Justo en el momento en que fue a abrir la puerta, Krunt, un vecino de Frida, a quien ella había invitado a cenar, llegó y se quedó sorprendido de encontrarse con un hombre todo desgarbado, con la cara deformada, saliendo de la casa de su amiga. Lo increpó de inmediato:

—¿¡Quién eres!? —vio a Frida tendida en el piso. —¿¡Qué le has hecho a Frida, desgraciado!? —y, sin esperar segundas razones, le propinó a Rinto un fuerte puñetazo en el centro de la cara, lo que provocó que cayera inconsciente de nuevo, esta vez con la mandíbula desmontada y la nariz fracturada y sangrante.

Los Forzudos no reciben ese nombre por nada. Son seres sumamente toscos y sus huesos son extremadamente duros. En el caso de Krunt, él podía partir madera con sus puños, por lo que la escuálida complexión de un Consciente y, en especial, su frágil cara, no representaba ningún obstáculo realmente impresionante para él.

Se sorprendió al notar que la sangre que emanaba el desconocido tenía un oscuro color carmesí, que era casi negro.

Krunt se acercó a su amiga y comenzó a darle suaves palmaditas en las mejillas.

—Despierta, Frida, despierta —le dijo con ternura.

Frida comenzó a volver en sí y sintió un gran alivio al encontrarse con la cara de su amigo y vecino. Inmediatamente cayó en la cuenta:

—¡Niza! ¿Dónde está mi pequeña? —y se incorporó de un salto, viendo al padre de la niña tendido en el piso. Volvió a ver a Krunt con una mirada de agradecimiento y le dijo: —¡Muchas gracias! ¿Dónde está mi hija?

—No lo sé —dijo él, un poco confundido. —¿No estaba contigo?

—Ese hombre que ves ahí vino a quitármela. ¡Pero tú lo detuviste! Quizás ella se ha escondido.

Ambos comenzaron a buscar a Niza. La casa no era particularmente grande, pero Frida puso especial cuidado en buscar bajo las camas y en los armarios. No había rastro de la pequeña.

—Tal vez se escapó y está escondida en alguna parte —dijo él, queriendo sonar esperanzador.

Frida salió de la casa, y comenzó a llamar a Niza desesperadamente y a todo pulmón. Mientras tanto, Krunt fue a su casa a buscar una soga y aprovechó para tocar las puertas de varios vecinos, contándoles con rapidez lo sucedido. Regresó a casa de Frida y, a rastras, se llevó al forastero hasta un establo y lo ató fuertemente a una de las columnas, dejando sus manos hacia atrás.

Para entonces, un grupo de muy enojados y mal encarados Forzudos estaba rodeando al forastero, que comenzó a volver en sí. Rinto se dio cuenta de que estaba en una muy precaria situación y no tenía forma de usar sus manos, que eran el vehículo para conjurar los más potentes hechizos. Además, su mandíbula le dolía muchísimo y la nariz, ni qué se diga.

Frida entró al establo, con cara de angustia, diciendo:

—No sé dónde se metió mi hija. Este infeliz le debe haber hecho algo.

Krunt lo encaró de inmediato:

—¡Habla, maldito! ¿¡Qué hiciste con la pequeña!?

—No la he tocado. No sé dónde está —dijo Rinto, con temblor en la voz.

—¡No le creas! —exclamó Frida. —Justo cuando lo ataqué, estaba haciéndole algo a Niza con su mente, pues pude ver que sus bracitos se estaban volviendo más delgados. ¡La pobre gemía de dolor! Y luego, cuando estaba tendido en el piso, se levantó como en forma de espíritu y me atacó con una fuerza que no entiendo exactamente qué fue. Por eso caí desmayada.

—¡Eso no es cierto! —espetó Rinto. —Cuando quedé inconsciente, ya no supe qué pasó. ¿Espíritu…? ¿De qué hablas, mujer?

—Yo sólo digo lo que vi —dijo ella y, dirigiéndose a Krunt, dijo, casi en tono de súplica: —Tú sabes que yo no miento, ¿verdad?

Las facciones de Krunt se endurecieron aún más y volteó a ver al forastero, diciendo:

—¡Por eso nunca nos relacionamos con los de tu Raza! Todos ustedes son un puñado de hechiceros que se creen superiores a nosotros, pero no saben hacer nada con sus propias manos, ni son capaces de llevar una carga, o de arar el campo… Pero sí tienes la "valentía" para atacar a una pobre niña indefensa y a una mujer sola. Por tu bien, espero que nos digas qué hiciste con la niña. Tal vez si pasas unos días incómodo y con hambre, se mejore tu memoria.

El establo no era precisamente el mejor lugar para que un hombre herido mejorase. Pasaron varios días y, cada día por la mañana, Krunt entraba al establo, se acercaba a él, llenaba un cubo con el agua donde bebían los animales y se la lanzaba en la cara. Rinto lamía con desesperación el poco de agua que le quedaba entre los bigotes. Entonces, Krunt le preguntaba:

—¿Ya recordaste qué pasó con la niña?

Rinto sólo lo miraba con odio, sin decir nada, pero se sentía cada vez más débil, pues no estaba recibiendo alimentos. Yaciendo en su propia orina y excrementos, la herida de su cara comenzó a infectarse. Deseó morir.

Cuando habían transcurrido siete días, Frida comprendió que, si ese hombre moría, perdería toda esperanza de dar con el paradero de su hija y, en secreto, le trajo comida tarde en la noche. Él estaba exhausto, entre dormido y despierto. Ella vio que el lado izquierdo de su cara estaba cubierto de un pus de un extraño color. Había una zona de su cráneo donde alguna vez tuvo pelo, pero ahora estaba calva e infectada. Su nariz estaba torcida y ambas fosas nasales estaban cubiertas de sangre seca, por lo que respiraba por la boca con dificultad. Su mandíbula estaba desencajada y un hilo de baba caía en su sucia capucha. Sintió compasión por él. Le acercó un poco de la comida a la boca y él comenzó a ingerirla con desesperación, directamente de manos de ella.

—Por favor, dime dónde está mi chiquita —suplicó, y comenzó a llorar.

—No lo sé, te lo juro. Después de que me golpeaste con la cazuela, no supe nada más.

—¿Qué era lo que le estabas haciendo para que sus bracitos comenzaran a adelgazarse?

—Si te digo, no me vas a entender.

—No soy estúpida. Dímelo y te prometo que no te haré daño.

—Estaba conjurando un hechizo para que su cuerpo adquiriese la complexión nuestra, pero me interrumpiste antes de acabar y no sé qué habrá sido de ella.

—¡Le estabas haciendo daño! ¡Y te la querías llevar contigo!

—Le quería enseñar a usar sus habilidades. Aunque tiene sangre de Consciente, no sé si la sangre tuya afectará la velocidad con que envejece. Quería asegurarme que va a vivir tanto como nosotros —en su voz, se podía notar una cierta ternura. Sin embargo, en sus ojos había una chispa de malicia.

—¿Cuánto viven ustedes? —preguntó ella, extrañada.

—Cientos de años.

—¿¡CIENTOS de años!? Yo no tenía idea... La persona más vieja que hubo en la tribu llegó a vivir 90 años. ¿Y dices que *mi* Niza podría vivir tanto tiempo?

—Si logro terminar la conversión de su cuerpo, sí. Si no, es posible que ese estado intermedio en el que la dejé la haga morir más rápido —mintió.

—¿Por qué no me lo dijiste? ¿Por qué no me explicaste? Estuviste ausente todos estos años y llegas a lastimar a mi pequeña.

—No pensé que lo entenderías, la verdad.

—Los de tu Raza pensáis que todos los Forzudos somos idiotas, seguramente.

—Me disculpo por ello, tienes razón. Pero de verdad me interesa el bienestar de *nuestra* hija. Por favor, desátame. Quiero salir a buscarla. De verdad no tuve nada que ver con su desaparición y estoy preocupado —en su voz había un tono que Frida interpretó como genuina preocupación.

—Está bien, está bien... Siento que sí la quieres, sólo que eres muy bruto para expresarlo —dijo ella, y se puso a desatar el fuerte nudo que había amarrado Krunt siete días atrás.

Rinto tenía entumecidas las manos y los brazos le dolían. Las piernas estaban adormecidas. Se incorporó lentamente y comenzó a frotarse las manos, que estaban heladas. Las heces que tenía dentro de la capucha y adheridas a sus nalgas, así como la orina que había empapado varias veces su vestimenta, despedían muy mal olor.

—¿Me permitirías bañarme? Esta ropa que traigo está sucia.

Frida se emocionó al pensar que, tratando bien al forastero, lograría que éste pudiera ayudarle a encontrar a su niña. Lo llevó a su casa, le calentó agua para el baño y, mientras él se bañaba, ella lavó la capucha con abundante agua y jabón. Él salió del baño ya limpio y seco, cubriéndose con la toalla que ella le había entregado. Ella notó un abultamiento en la toalla y no pudo evitar acordarse de la única noche que pasaron juntos y sus mejillas se sonrojaron. La herida de la cara estaba ahora limpia, pero se veía en carne viva y parecía que se había extendido y profundizado. Los dientes de su lado izquierdo se marcaban en esa delgada capa de carne que aún le quedaba en la mejilla izquierda.

—Si de verdad vas a ayudarme a buscar a nuestra hija, creo que lo mejor es que nos marchemos esta misma noche —dijo Frida, agregando: —Quisiera poder llevarte con el curandero de la tribu, pero nadie va a entender por qué te dejé libre.

—Eso es lo mismo que yo pensaba de ti… ¿Ahora me comprendes?

—Tienes razón, pero yo no pienso que ellos sean idiotas, sólo que no comprenderán lo que hay en el corazón de una madre y de lo que soy capaz para salvar a mi hija. Tú, en cambio, sí pensabas que yo era demasiado tonta para entender tus motivos.

—Yo no pienso que seas tonta, Frida —y, levantando su mano derecha, hizo un gesto mientras la veía fijamente a los ojos, diciendo: —*Prijedlog*.

Frida entró en un estado de trance. Rinto le dijo entonces:

—Irás a la choza del curandero y me traerás estos ingredientes: —a continuación, Rinto comenzó a decirle los nombres de varias hierbas y otras substancias y terminó diciendo: —Nadie podrá verte, ni oírte, ni sentirte, ni olerte, hasta que regreses con todo. Llévate esa bolsa.

Frida tomó la bolsa, salió de su casa y se dirigió a la choza del curandero. Para entonces, ya pasaba de la medianoche y todos en la tribu estaban dormidos, excepto unos cuantos hombres, incluido

Krunt, que venían de regreso del bar. Ninguno la vio pasar, a pesar de que se la encontraron de frente. Frida entró a la choza del curandero y comenzó a buscar los ingredientes y, aunque no sabía qué eran la mayoría de ellos, el hechizo la hacía saber qué era exactamente lo que estaba buscando. El curandero no escuchó nada, por lo que siguió profundamente dormido. Regresó a su casa con la mirada aún perdida y entregó la bolsa a Rinto, quien ya se había puesto su capucha limpia, aunque empapada.

—Ahora, vete a dormir. Cuando despiertes, no recordarás nada de lo que pasó desde que decidiste irme a ver al establo.

Rinto tomó la bolsa y salió de casa de Frida, cerrando la puerta, mientras Frida se iba a acostar a su cama, con una somnolencia que le cerraba los párpados.

A la mañana siguiente, cuando Frida despertó, sólo recordaba confusa que había decidido ir a ver cómo estaba el forastero, pero nada más. Pocas horas después, descubrió que Krunt había muerto en su lecho mientras dormía y que el forastero había escapado. Frida perdió toda esperanza de hallar a su hija, sin recordar que había sido ella misma quien había liberado al forastero. El curandero fue descubriendo, con el pasar del tiempo, que algunas de sus hierbas ya no estaban, justo cuando las fue necesitando para alguna receta.

Nadie en la tribu volvió nunca a saber qué fue del forastero.

CAPÍTULO XVI:

La confesión

—*B*uenos días, Mina —dijo la dulce y melodiosa voz.

Mina estaba concentrada preparando el desayuno y se sobresaltó por el saludo. Se volteó hacia la puerta de la cocina, que daba al patio trasero de la casa y se encontró con unos ojos color violeta.

—¿Jantl…? ¿En serio eres tú? ¡No sabes el gusto que me da verte! ¿Cómo está tu hijo? Ya lleva más de setenta años gobernando en la Gran Ciudad, ¿cierto?

—Así es, querida mía. La última vez que tuve noticias de él fue hace mucho, pero confío que le está yendo bien.

—Yo nunca he comprendido ese desapego de vosotros los Eternos —dijo Mina, con una mirada que reflejaba cierta desaprobación. —Pero por el hecho de que no lo comprenda, no significa que esté mal.

—Nuestra forma de amar no tiene prisa, pues tenemos todo el tiempo del mundo para hacerlo —dijo Jantl sonriendo.

—¡Es verdad! —dijo Mina, divertida. Y apuntando su cabeza hacia arriba, dijo en voz alta: —¡Ulgier! Ven a ver quién vino a visitarnos.

Ulgier estaba concentrado en su estudio, copiando en hojas nuevas varios escritos cuyo pergamino original ya estaba muy desgastado por el paso del tiempo. Se lo había propuesto como actividad para entretenerse en los ratos de ocio, cuando no estaba impartiendo clases en la Academia. Ese día en particular estaba trabajando en un libro que hablaba sobre métodos de curación acelerados mediante hierbas y descubrió que había varias anotaciones y correcciones al escrito original con la letra de su hijo menor. Una gran nostalgia lo invadió y estaba justo en ello cuando escuchó a su esposa llamarlo. Bajó las gradas y se encontró a su esposa y a la antigua Regente Suprema sentadas en la sala.

Jantl se puso de pie y una sonrisa inundada de amor fue lo primero que Ulgier se encontró cuando la vio.

—¡Jantl...! —fue todo lo que pudo decir y se le humedecieron los ojos. Abrazó a su antigua amiga y dirigente, en un abrazo que se prolongó casi un minuto.

Mina se enjugaba los ojos y comprendió que su esposo había necesitado ese abrazo, de esa persona en particular, por décadas. Cuando terminó el abrazo, les dijo:

—El desayuno está listo.

Una vez hubieron desayunado, Ulgier le dijo a Jantl que tenía que contarle algo que había sucedido hacía mucho tiempo y se dirigieron al estudio, donde él cerró la puerta tras haber entrado ambos. Jantl observó que su antiguo consejero había envejecido mucho desde la última vez que se vieron, pero por prudencia y respeto, no le comentó nada al respecto. En ese momento, Ulgier confesó aquel secreto que había guardado tan celosamente y sintió como si se desprendiese de una pesadísima carga que había llevado a cuestas demasiado tiempo. Jantl se quedó pensativa y, luego de varios minutos que a Ulgier le parecieron interminables, dijo:

—Comprendo por qué has ocultado este secreto de tu familia, lo que no comprendo es por qué, si tanto te angustia, no has hecho algo para dar con el paradero de tu hijo.

—Yo creo que él murió ese día, Jantl. Si el hechizo de distanciamiento que invoqué me envió al Antiguo Desierto, a él tiene que haberlo enviado en la dirección opuesta... Es decir, a los Picos Nevados. Yo me protegí de la caída, pero sé que Rinto no sabía invocar ese hechizo... Él nunca fue bueno en la Academia, hubo muchas cosas que no aprendió. Mina ha insistido todos estos años que él sigue vivo, pero pienso que es más la esperanza de una madre, que la realidad. Además, si él siguiese vivo, ¿por qué nunca regresó aquí a encararme?

—En todos los años que tengo de tratar con Conscientes, si hay algo que me ha quedado claro es que sus "instintos" son más agudos que los de cualquier otra Raza… ¿A Mina no le ha parecido extraño que nunca se supo nada de su hijo menor? —inquirió Jantl.

—Ella dice que ese día ella sintió que él estaba en problemas y que lo "cubrió" con un manto de protección que nace del amor que ella les tiene a sus hijos desde que los llevaba en el vientre… Eso no es un hechizo, Jantl, eso es amor de madre, solamente.

—¿Y qué explicación tiene ella para el hecho de que no se ha sabido nada de Rinto en todos estos años?

—Rinto era un hombre muy desordenado con su vida. Él siempre se andaba metiendo en aprietos y abusaba de sus habilidades. A nadie le extrañó que le hubiese sucedido un accidente fatal, máxime que Mina confirmó que lo había presentido en peligro. Yo sé que lo que ella sintió fue el momento exacto en el que yo invoqué el hechizo de distanciamiento. Si Rinto hubiese sobrevivido, de seguro habría regresado a enfrentarme. Él y yo siempre teníamos discusiones muy acaloradas por muchos temas.

—Comprendo —dijo Jantl. Y agregó: —Tú lo conoces bien y supongo que ya hiciste las paces contigo mismo. Pero sabe que tu esposa y tus otros hijos no han hecho ese "cierre", porque no saben a ciencia cierta lo que le ocurrió a Rinto. Creo que esta confesión que me has hecho, en realidad se la debes a tu familia, mi querido amigo.

Ulgier comprendió que Jantl tenía razón. Esa carga pesada que había arrastrado todo este tiempo era la culpa de no haberle dado a su familia la oportunidad de hacer ese "cierre" y su esposa seguía esperanzada de que Rinto estuviese vivo, porque él no le había dado la oportunidad de conocer la verdad.

La verdad era que Mina tampoco le preguntó nunca a Ulgier por qué había salido ese día tan agitado justo unos minutos antes del derrumbe de la casa de Rinto, ni tampoco le preguntó por qué había regresado hasta el día siguiente, con raspaduras y la ropa sucia… No creía capaz a su esposo de hacerle daño a uno de sus hijos, pero una parte de ella temía que la verdad fuese demasiado dolorosa, por lo que aprendió a vivir con esa "verdad" que la mantenía con la esperanza de que su hijo estaba vivo, en añadidura a su instinto de madre, que le decía que esto era así.

Los días que siguieron, Ulgier llevó a Jantl a la Academia y la presentó con el profesorado y los estudiantes. Hubo varias sesiones donde ellos le formularon muchísimas preguntas de cosas que para ellos resultaban interesantes, pues sabían que Jantl había entrado en contacto con prácticamente todos los guetos de Conscientes, por lo que querían detalles específicos de habilidades que hubiese podido presenciar, así como datos demográficos y geográficos, ya que querían crear un mapeo de todos los Conscientes. Esta idea tenía el nombre de Ulgier por todos lados, quien siempre había estado obsesionado con evitar que los de su Raza abusaran de sus habilidades.

Antes de partir, Jantl le comentó a Ulgier que no deseaba que se revelara a nadie fuera del gueto que ella había estado ahí. Para asegurarse de que esto fuera así, Ulgier efectuó un ritual de vinculación donde incluyó al gueto entero. El efecto de este ritual era el siguiente: si alguien afectado por el ritual tuviera intención de *hablar* de la visita de Jantl con alguien no afectado por el ritual, olvidaría por completo la visita. Cuando Jantl hubo partido, Ulgier comentó a los académicos y estudiantes de esto. Como ninguno de ellos quería olvidar la visita de tan distinguida invitada, ninguno reveló nunca a nadie todo lo que habían vivido esos días… O eso creyó Ulgier.

Jantl regresó a su congregación varios meses después. Llegó una tarde, y se dirigió al árbol donde gustaba de retozar con Virtr los días de descanso. Lo encontró acostado bajo el árbol, con sus brazos debajo de su cabeza, y una espiga entre los dientes, mientras murmuraba una suave melodía entre dientes con los ojos cerrados.

—Ya regresé, amor —dijo ella dulcemente. Él abrió los ojos y se encontró con los de ella.

—Jamás imaginé que unos pocos meses se me harían más largos que toda mi existencia previa —respondió él.

El resto de la tarde se quedaron conversando, hasta que obscureció. Una espectacular luna llena brillaba alto en el firmamento cuando decidieron ir a la casa a celebrar el reencuentro.

Capítulo XVII:

Meditaciones y revelaciones

—¡Lino! ¿Estás ahí? —dijo Huinta con desesperación, mientras tocaba la puerta de la choza de Lino repetidamente.

Lino, que estaba en su habitación leyendo, se incorporó de un salto y fue a abrir la puerta rápidamente. Se encontró con una cabellera como el fuego, iluminada desde atrás por un disco naranja y unos ojos celestes que destilaban una tristeza infinita.

—¡Huinta! ¿Qué pasa? —le dijo, mientras le hacía una señal para que entrara a la casa.

—¡Es Brino! ¡Niza lo ha hecho prisionero! ¡Y amenaza con matarlo en pocos días! ¡No es justo! ¡Él no ha hecho nada malo! —y prorrumpió en llanto.

Lino se quedó atónito. ¿Sería capaz su antigua compañera de juegos, su propia hermana, de ser tan cruel y despiadada? Asumiendo una compostura que disfrazaba su tormento interior, le dijo a Huinta, con voz calmada:

—Tranquilízate, por favor. Iré a hablar con ella y la convenceré de que cambie de opinión —le dijo, mientras le acariciaba la cabeza con ternura.

—Brino es un buen hombre, Lino. Es tan trabajador y tan noble. Nunca le ha hecho daño a nadie. Te lo suplico… ¡Tienes que liberarlo! —y se llevó las manos a la cara, sollozando.

—Te lo prometo. Mañana mismo con la primera luz del día, saldré camino a la Gran Ciudad.

—¡Gracias, gracias! —dijo ella, mientras le besaba las manos, con los ojos inundados en lágrimas. Y agregó: —Lojmet trotó durante doce días para llegar hasta acá lo más rápido posible, con la esperanza de que se pudiera hacer algo, porque sabe quién es Niza para nosotros. Aún tenemos veinticuatro días, que es lo que se tarda en llegar allá caminando. Espero que su esfuerzo no haya sido en vano.

—No lo habrá sido. Iré a lomo de bestia para ahorrar tiempo y llegar lo antes posible.

Mientras abrazaba a Huinta, Lino sentía el corazón destrozado. No lograba comprender en qué punto él y Niza se habían distanciado tanto. Le preguntó a Huinta cuál era el motivo por el que Brino había sido hecho prisionero, a lo que ella le contó lo sucedido en el Castillo.

Comenzó a pensar en la forma de dirigirse a Niza, para no exaltar aún más su molestia y lograr convencerla de que las causas por las que estaba queriendo acabar con la vida de esas personas no eran suficientemente graves. Entonces recordó la visita de aquel forastero, Tumbat, y pensó que esa organización de una gran cantidad de Forzudos, tan ajena a la visión cortoplacista de su propia Raza, había sido hábilmente orquestada por ese forastero, quien ahora no estaba asumiendo las consecuencias de sus actos.

Lino recordó que había establecido el vínculo mental con Tumbat y, concentrándose, logró dar con su paradero: estaba en la tribu Mirtai, al este del Antiguo Desierto. Con tristeza, pensó que tal vez tendría que llegar al extremo de intercambiar la vida de cinco por la de Tumbat, pues probablemente Niza fuese a necesitar un chivo expiatorio para "dar una lección" de hasta dónde llegaba su poder y control. Desechó ese pensamiento con un escalofrío y decidió que lo mejor era meditar esa misma noche, antes de partir. Le esperaba una larga travesía, atravesando el Istmo, pero si iba a lomo de bestia lograría llegar mucho más rápido.

Lino se dio cuenta que se había quedado inmerso en sus pensamientos, mientras Huinta lo observaba. Se disculpó con ella y luego le pidió que le ayudara a provisionar su partida del día siguiente, despidiéndola con un beso en la frente. Huinta salió de la choza, con una leve esperanza en el corazón.

Lino se dirigió a la choza de meditación y asumió la postura que le ayudaba a entrar en estado de total concentración. Como en muchas ocasiones anteriores, trató de conectar con su hermana y sólo encontró un negro vacío. Sin embargo, en esta ocasión, logró vislumbrar por un instante unas facciones espantosamente deformes y un miedo inexplicable se le coló en el pecho, justo antes de que la oscuridad las cubriese por completo. No comprendió el significado de esa breve visión, pero estaba seguro de que era importante.

Como alguna vez en el pasado le dijera su maestro: «presta mucha atención a todo lo que experimentes cuando meditas, pues el Universo te está hablando directamente; a veces con palabras, a veces con ideas, a veces con imágenes y a veces con emociones, siendo estas últimas las más significativas de todas». El miedo que le provocó la visión aún permanecía, disminuyendo con cada latido, pero innegable.

Se concentró en esas facciones y comenzó a recibir otras imágenes. Vio esas mismas facciones mucho más jóvenes y sin deformidad, pero con una expresión que trasmitía una mezcla de ira y profunda tristeza. Un hombre mucho mayor, que tenía cierto parecido con él, estaba de rodillas en el piso llorando y una mujer yacía en el piso, sobre un charco de sangre color rojo oscuro. Luego, el hombre mayor extendía los brazos y todo el lugar se venía al piso, sepultando a la mujer, sin que quedara rastro de los dos hombres.

Lino se concentró en esta escena y en el hombre más joven y lo siguiente que llegó a su mente fue una escena donde el hombre más joven estaba hundido en una especie de arena blanca… No, arena no, ¡nieve! Lino nunca había visto la nieve, pero había leído sobre ella y sobre los Picos Nevados. Todo el lugar era blanco. El hombre comenzó a llorar a gritos, con una desesperación y una tristeza que hizo que Lino sintiese compasión por él.

Lino siguió concentrándose en ese hombre y dejó que comenzaran a fluir otras imágenes. Vio una escena donde el hombre estaba discutiendo con una Forzuda y vio a Niza, justo como él la había visto por primera vez, pero con sus bracitos gruesos y con cara de angustia. La impresión de descubrir que este hombre misterioso estaba relacionado con su hermana, lo sacó de su trance.

Las imágenes y sensaciones que experimentó durante la meditación lo dejaron muy pensativo. Habían transcurrido casi dos horas desde que había comenzado a meditar. Se dirigió a su choza con el corazón estrujado. Kira ya había regresado y lo estaba esperando con la cena lista. Inmediatamente notó que algo le pasaba. Ella se había enterado de lo que había sucedido en la Gran Ciudad, pues no se hablaba de otra cosa en el mercado de la tribu y comprendió que su hijo, que amaba a Niza como si fuera su hermana, también sabía lo que había ocurrido. Le dio un tierno beso en la frente y le acercó un plato con comida, diciendo:

—Come, hijo mío. Te será más fácil pensar con el estómago lleno.

—Gracias, mamá —dijo él, con ternura y agradecimiento.

Comió despacio, pensando muchas cosas con cada bocado, con la mirada perdida. Kira nunca había visto a su hijo tan consternado y en su corazón se depositó una tristeza, mezclada con una preocupación y una angustia inexplicables. Esa noche, a ambos les costó mucho conciliar el sueño.

A la mañana siguiente, Lino salió un poco antes de que amaneciera y se dirigió al establo. Huinta estaba esperándolo, con un pequeño morral donde había colocado varias raciones de viaje y con la mejor de las bestias ya preparada para salir. Muntej, el responsable del establo, le dijo:

—Él corre como ningún otro. Llegarás a la Gran Ciudad en dos días. Puede correr dieciséis horas seguidas. Asegúrate de detenerte donde haya comida para él y suficiente agua —y, volviendo a ver al animal, le dijo: —Cuídalo mucho y llévalo con bien.

—Gracias, Muntej —dijo Lino. Y dirigiéndose a Huinta: —Todo va a estar bien.

Lino se colocó el morral en la espalda, sostenido con dos cuerdas que Huinta había colocado para facilitar esto, y montó la bestia. Salió de la tribu, con una expresión seria, pero con el corazón henchido de esperanza. Comenzó a galopar, sin saber cómo acabaría esta misión. La forma de dirigirse a Niza ya la tenía decidida y clara. En su cabeza iba planteando distintos escenarios y posibles reacciones de su hermana. Él la conocía mejor que nadie, él sabría llegar a ella como nadie. Tenían mucho tiempo de no verse y estaba seguro de que ese reencuentro significaría mucho para ambos.

Al cabo de dos días, Lino llegó a la puerta este de la Gran Ciudad cuando casi era mediodía. Dos guardas Forzudos, al verlo llegar, le hicieron señas de que desmontara. Él lo hizo y los saludó amablemente:

—Buenos días, amigos —dijo sonriendo.

—Buenos días, forastero —contestó secamente uno de los guardas. Y añadió: —¿Qué asunto lo trae a la Gran Ciudad?

—Vengo a solicitar una audiencia con mi hermana —dijo Lino, agregando siempre sonriente: —No sabía que ahora había que explicar por qué quiere uno visitar la Ciudad Capital.

—Son órdenes recientes, forastero. Debido a la revuelta que ocurrió hace pocos días. Y recibimos instrucciones *precisas* de ser especialmente cuidadosos con los Forzudos —y añadió: —¿Cómo se llama su hermana?

—Niza —dijo él, con la sonrisa aún más amplia que antes.

Ambos guardas abrieron los ojos de par en par y el que había estado haciendo preguntas le inquirió, con un tono mucho más sumiso:

—¿Cuál es su nombre, mi Señor?

—Lino.

—Yo personalmente lo escoltaré hasta el Castillo, Señor Lino.

—Qué amable, muchas gracias. ¿Qué hago con mi bestia?

—La puede dejar a cargo de mi compañero.

Así lo hizo y se adentró en la Gran Ciudad. La halló mucho más concurrida y ruidosa que la última vez que la visitó. También notó que había mendigos en la calle, pidiendo sobros de comida o monedas de bronce y que había una sensación de suciedad y abandono en las calles que nunca había percibido antes. Recordó las historias que su abuelo contara de su abuelo, Mindo, y de los tiempos de gloria de aquel lugar y comprendió que el gobierno actual no estaba mostrando interés en mejorar las cosas, sino todo lo contrario. Y "el gobierno actual" era su hermana.

Lino cayó en la cuenta de que la conversación con Niza podría ir mucho más allá de los prisioneros, pero también se sorprendió a sí mismo no suficientemente preparado para esa conversación más profunda. Pensó que tendría que ganar algún tiempo para prepararse y se propuso a sí mismo que pediría permiso para pasar a ver a su hermana, simplemente, en vez de su estrategia inicial, que iba a ser el solicitar una audiencia formal con la Regente Suprema.

Cuando se acercaba a la puerta principal del Castillo, su corazón comenzó a latir aceleradamente. El guarda que lo había escoltado se dirigió a uno de los guardas posteados en la puerta:

—Buenas tardes, compañero. El Señor Lino, hermano de la Regente Suprema, quiere solicitar una audiencia con ella.

—En realidad, vengo solamente a hacerle una visita —corrigió Lino, agregando con una sonrisa: —Tenemos mucho de no vernos.

El guarda de la puerta hizo una reverencia de respeto y dijo:

—Es un honor, Señor Lino. Permítame acompañarlo al salón de espera y anunciarlo con la Regente Suprema.

—Qué amable. Después de usted.

Siguió al guarda por varios corredores y salones, hasta que llegaron a uno muy amplio, que tenía un gran ventanal que daba a un campo abierto, perfectamente cuidado. Todo el suntuoso interior del Castillo contrastaba enormemente con lo que había en el exterior.

—Tome asiento, por favor. En seguida iré a anunciarlo.

—Claro, acá espero. Muchas gracias.

El guarda se retiró de la habitación y unos pocos segundos después, otro guarda entró en el aposento y saludó con una reverencia a Lino, quedándose de pie al lado de la puerta, sin decir palabra. Lino se puso a observar con detenimiento todo lo que había en aquella habitación: los muebles, los jarrones, un cuadro enorme que estaba en la pared opuesta al ventanal, un enorme candelabro que colgaba en el centro, justo encima de la gran mesa, donde alguna vez se sirvieran suculentos banquetes. Transcurrieron casi dos horas, cuando el guarda que lo había escoltado hasta ese recinto volvió a entrar. Le hizo una reverencia y dijo:

—La Regente Suprema confirmó que usted es su hermano. Sin embargo, lamenta informarle que está en extremo ocupada con los asuntos de gobierno. Lo invita a hospedarse en uno de los aposentos destinados a las visitas y le extiende una cordial invitación para cenar en este recinto dos horas después del anochecer.

—Comprendo. Por supuesto, si gusta indicarme cómo llegar a mis aposentos, por favor, para no causarles más molestias.

—No es molestia en lo absoluto. La Regente Suprema nos ha ordenado escoltarlo en todo momento y atender sus necesidades en lo que llega el momento de la cena.

—Se lo agradezco enormemente, pero no estoy acostumbrado a recibir tantas atenciones. Soy un hombre de gustos sencillos y vida modesta, como podrá notar por mi vestimenta.

—*Insisto*, mi Señor —y, en esa última corta frase, su voz denotaba, más que insistencia, temor. Su frente estaba arrugada y sudorosa, con un dejo de ansiedad.

Lino comprendió que ese pobre hombre no tenía otra opción más que seguir esa orden y comprendió que Niza infundía terror en todos. También le quedó claro que ella sabía por qué estaba él ahí y temió que su coartada de reencuentro de hermanos fuese considerada por ella un insulto a su inteligencia. Agradeció que aún faltaban varias horas para cenar, tiempo que sería suficiente para poder replantear completamente lo que le habría de decir. Absorto en estas reflexiones, miró al guarda a los ojos y le dijo:

—Claro, le pido una disculpa por ser tan desagradecido. Después de usted.

Un gesto de verdadero alivio se dibujó en la cara del guarda. Algunos pasillos y salones después llegaron a un dormitorio que rebosaba lujo y exceso de decoración. Un balcón permitía tener una espléndida vista del Castillo y parte de la Gran Ciudad. Al asomarse al balcón, pudo notar varios encapuchados que salían al campo abierto, con sus manos ocultas en las mangas de sus vestimentas, en silencio y en fila, viendo para el suelo. Se detuvieron en mitad del campo y uno de ellos, dirigió su mirada hacia donde estaba Lino. Sus ojos eran de un extraño color naranja y su mirada era tan penetrante, que Lino se sintió incómodo y se metió de nuevo a la habitación. Un escalofrío le recorrió el cuerpo.

Lino comenzó a sentir ansiedad y se dio cuenta que ya no conocía a Niza en lo absoluto. Aquella chiquilla que tantas veces jugara y riera con él, estaba ahora embriagada de poder y, aparentemente, esos Conscientes eran una especie de "ejército mágico" que la apoyaba ciegamente. Se dio cuenta de que la situación era mucho más compleja de lo que había pensado cuando le prometió a Huinta que la ayudaría y comenzó a sudar copiosamente. Recordó todos sus años de entrenamiento y comenzó a respirar más pausadamente, asumiendo la posición de meditación. Se concentró en su antiguo maestro.

—Quince, ¿estás ahí? Necesito tu consejo, mi querido maestro —pasaron varios minutos que a Lino le parecieron horas. Cuando, de repente, una sensación de paz lo inundó por completo.

—Acá estoy, mi querido amigo y antiguo aprendiz —la armoniosa voz de Quince resonaba en su mente, tan vibrante y fuerte como cuando Lino tenía apenas diez años —y agregó: —¿Cómo puedo servirte?

—He estado muy apartado de los asuntos de nuestro mundo, maestro.

—Eso es típicamente lo que sucede cuando la vida se enfoca en lo espiritual, amigo mío.

—Lo sé, y ese es el camino de vida que decidí tomar, gracias a tus enseñanzas. Sin embargo, creo que es importante comprender más acerca de lo que está ocurriendo en el mundo, porque Niza está causando mucho dolor a nuestro querido Koiné. No lo había visto antes, pero ahora lo veo con mucha claridad y eso me ha quitado la paz que cultivé todos estos años. Me doy cuenta de que era una paz sostenida sobre falsas premisas.

—Para comprender a Niza y sus decisiones de vida, necesitas saber más de su pasado. Sé que tuviste un breve vistazo de sus ancestros. Pero te desenfocaste y perdiste el acceso al flujo de información que está escrita en los Libros Eternos del Universo. Te puede tomar varias horas llegar a la información que buscas. Me parece que no cuentas con tanto tiempo... Hay una forma *más rápida* de obtener esa información, pero puede resultar una carga muy pesada para tu mente. Quiero que te concentres en el último día de tu primera visita a Mudraci.

Lino se concentró en ese día en particular. Ese día, tuvo acceso a la Mente Colectiva de los Pensantes por primera vez. El bombardeo de información, las imágenes, emociones, sensaciones, nombres, lugares, personas, fue abrumador. Recordó cómo durante varios minutos se sintió como flotando, ingrávido, mientras un caudal de luz lo arrastraba hacia ninguna parte. Era como estar viajando a una gran velocidad mientras estaba totalmente estático. Recordó cómo la voz de su maestro lo orientó y fue como tomar una cuerda de plata que lo sacó lentamente de esa corriente que no se detenía. Por un momento, hubo un silencio absoluto. Luego, el maremágnum regresó, pero ya él estaba preparado para afrontarlo. Comenzó a filtrar información en todo ese "ruido" y a discernir lo que quería saber y lo que quería ignorar. Sintió a su maestro a un lado suyo, dándole indicaciones, guiándolo amorosamente y enseñándole a encauzar un río que parecía incontenible. Ese día, Lino sintió que transcurrieron varias semanas, pero sólo fueron algunas horas.

Habiendo recordado la experiencia tan vívidamente en tan solo unos segundos, Lino le "dijo" a Quince:

—Lo recuerdo todo, maestro.

—Excelente. Lo que vas a vivir es *cien veces* más fuerte que eso, amigo mío. Dime cuando te sientas preparado —Lino respiró profundamente varias veces. El ritmo de los latidos de su corazón bajó considerablemente.

—Estoy listo.

La mente de Lino se enlazó con los Ancianos que estaban en la Universidad a la que Kempr hubiese intentado ingresar alguna vez, quienes a su vez se conectaron con la Mente Colectiva, solicitando a los Ancianos de cada colonia en el planeta que accediesen a los registros de Niza en los Libros Eternos del Universo. Cada anciano accedería sólo a una parte de la información, pero entre todos, accederían al total de la información recopilada durante los primeros quince años de vida de Niza. Este ejercicio iba a ser extenuante para los Ancianos, pero ellos eran los únicos que podían acceder a ese conocimiento, dada su madurez mental.

Las pupilas de Lino se dilataron y su cuerpo se puso rígido. Imágenes sin sentido, conversaciones, palabras que no significaban nada, luces, sonidos, dolor, risas, llanto, enojo, calor, frío, hambre, sueño, miedo, diversión… La información llegaba en desorden, sin una secuencia lógica, ni una cronología, solo hechos, recuerdos, años de vida transcurriendo en su mente en minutos. En su mente, Lino extendió una mano hacia el vacío.

Externamente, el cuerpo de Lino estaba empapado en sudor y su respiración era entrecortada. Los latidos que habían reducido su ritmo ahora golpeaban su pecho con una fuerza que parecía que se le iba a fracturar la caja torácica. Sin poder controlarlo ni darse cuenta, se orinó encima de sí mismo. En su mente, la mano de

Quince tomó esa mano que desesperadamente buscaba apoyo. La información comenzó a tener sentido, las escenas comenzaron a acomodarse, en secuencias que permitían comprender un orden cronológico… Las palabras comenzaron a tener significado.

—Ordena las escenas, querido mío. Cada escena la puedes colocar en una habitación separada. Hay infinitas habitaciones y sólo tú decides cómo llegar a ellas y podrás llegar a cualquiera con sólo pensarlo.

—Así lo haré, maestro.

La información fluía tan rápidamente que no le daba tiempo de comprenderla, sólo de "archivarla" en su mente, usando ese sistema mnemotécnico que le acababa de enseñar su maestro. Media hora después de que había iniciado el contacto inicial, el flujo de información cesó.

Lino se vio a sí mismo flotando en un espacio que tenía puertas de habitaciones en todas direcciones. Si se asomaba a una, encontraba un pasaje de la vida de su amiga. Breves instantes en cada habitación, pero la cantidad de habitaciones se perdía en todas direcciones. ¿Cómo saber lo que tenía que buscar? Se sintió perdido.

—Ahora, sigue mi voz, Lino. Conéctate con el sentimiento de tristeza. Deja que te envuelva por completo. Asocia ese sentimiento con un color y mira todas las habitaciones. Identifica las que son de ese color.

Lino pensó en el color de los ojos de Huinta, que había sido la última cosa que lo hizo conectarse con el sentimiento de tristeza. Varias habitaciones cambiaron a ese color. Las demás se oscurecieron hasta casi desaparecer.

—Ahora, entra a cada habitación, en orden. Recórrelas todas, comprendiendo, ahora sí, lo que verás, oirás y sentirás en ellas.

Pasajes de Niza siendo bebé y llorando por hambre, frío, dolor, fueron el tema de las primeras decenas de habitaciones.

Rápidamente fue recorriendo otros pasajes, hasta que llegó al que había visto en su meditación la noche antes de partir. Lo observó con detenimiento y miró al hombre misterioso, desde los ojos de su amiga. Lo vio extender las manos hacia donde él (ella) estaba… ¡Dolor! Un intenso dolor le inundó ambos brazos y ambas piernas y sintió como si algo le aplastara el pecho. En eso, la mujer de la escena atacó al hombre y lo hizo caer al piso. Un destello de luz con la forma del hombre aparece entre él (ella) y la mujer. La mujer lanza un golpe a ese espectro y cae al piso. Un montón de aves hacen un escándalo y plumas vuelan por todas partes. Él (ella) teniendo pesadillas, discutiendo con Lino, con Kira, con los otros niños de la tribu, él (ella) mirándose al espejo, sollozando. Él (ella) llorando sola en su cuarto, porque Lino se fue de viaje. Él (ella) sintiéndose triste porque no pudo complacer a su maestro ese día… ¿Su maestro? Se detuvo en la escena.

Se devolvió unos cuantos minutos a una habitación que no era "color tristeza", pero era a donde lo llevaba el recuerdo de la última habitación. ¡El hombre misterioso! Su cara ya está deforme y se ve mucho más viejo. El hombre está viéndolo (viéndola) mientras le explica un conjuro complejo. Él (ella) no logra colocar las manos en la posición correcta. Los dedos de él (ella) son muy regordetes y siente vergüenza. Su maestro se enfada y le dice que por eso los Forzudos no pueden hacer magia y que ya es muy tarde para corregir el problema. Él (ella) le pide perdón. Su maestro le dice que eso es todo por hoy y se va. Él (ella) regresa a casa y comienza a sentirse triste.

Abriendo los ojos, Lino salió de su trance, para darse cuenta de que estaba sentado sobre un charco de su propia orina. Una hora había transcurrido desde que comenzó a meditar. Mientras la mente de Lino se ajustaba a la realidad de nuevo, los eventos ocurrieron con una sensación de atemporalidad.

Nota que la habitación tiene una puerta que conduce a un cuarto de baño. Llena una tina con agua. Se desnuda y se sumerge en el agua de la tina. Sale de la tina y enjuaga su vestimenta. Usando dos toallas que estaban en el cuarto de baño, seca su cuerpo y luego seca como puede su vestimenta mojada. Aún está húmeda, y los recuerdos de todo lo que experimentó durante la meditación parecen ahora tan lejanos como un sueño que se va desvaneciendo. Lo único que recuerda vívidamente es a Niza, viajando instantáneamente de lo que fuera su casa al corral de la tribu, y luego recibiendo clases de hechicería de ese hombre misterioso... ¿Cómo están conectados estos hechos? Quince dijo que había visto a los ancestros de Niza. ¿Se refería a la mujer? ¿O también a esos dos hombres que había visto previamente? ¿El hombre misterioso es familiar de Niza? ¿Cómo es que Niza no lo sabe?

Anochece y su ropa sigue estando húmeda. Comienza a sentir frío y hambre. Tocan a la puerta. Cuando abre, una mujer de aspecto agradable le pregunta si hay algo que necesite. Él le dice que necesita ropa seca. Ella le dice que vuelve enseguida. Unos minutos más tarde, tocan la puerta de nuevo. La mujer trae consigo varias prendas de ropa, muy distintas a la túnica que él acostumbra a vestir. Él se encierra nuevamente en el cuarto de baño y se pone esas ropas. Saca la túnica húmeda y se la entrega a la mujer. Ella le dice que en unos momentos más lo escoltarán al comedor.

La sensación de atemporalidad cesó. El guarda que lo escoltó a la habitación llegó a buscarlo. Lino lo siguió hasta el comedor. Sus ojos se encontraron con los de su antigua compañera de juegos, su cómplice y confidente, su hermana, no por sangre, sino por convivencia y elección, la Regente Suprema en persona: Niza.

CAPÍTULO XVIII:

Entregando un pedido

Con las primeras claras del día, Niza saltó de su lecho. No había podido dormir tranquila en toda la noche. Nunca había notado tanto los ronquidos de Lino como en esta ocasión, que le parecieron particularmente molestos. Justo la noche anterior, su maestro la había citado de emergencia al lugar de costumbre, para comentarle que iba a recibir un encargo por parte de Kira y que esa sería la oportunidad que habían estado esperando. Kira estaba terminando de preparar el desayuno, cuando Niza salió de la habitación, restregándose los ojos.

—¡Buenos días! ¡Feliz cumpleaños! —dijo Kira, de muy buen talante.

—Buenos días… Muchas gracias —dijo Niza, aún soñolienta. Más que soñolienta, se sentía cansada y mal dormida.

—¿Puedes despertar a Lino, por favor? Ya casi me tengo que ir y quiero encargaros un favor importante.

—Claro, un momento.

Niza se acercó a la cama donde Lino seguía roncando muy plácidamente. Le propinó un almohadazo en la cara y se echó a reír. Lino se despertó con sobresalto y, confundido, dijo:

—¿Qué? ¿Quién? ¿Qué pasó?

—Despiértate, dormilón. Tus ronquidos no me dejaron descansar a gusto anoche. Tu mamá quiere encargarnos algo, ven.

A regañadientes, el pobre Lino se incorporó tambaleante de la cama. Salió de la habitación, con cara de dormido. Kira lo miró divertida y le dijo:

—Desde que cumpliste 21 años, ya no quieres madrugar, señor "Ya-soy-todo-un-adulto". Felicita a tu hermana, hoy te alcanzó, otra vez.

—Felicidades, Niza —dijo él, más dormido que despierto.

—¡Muchas gracias! —contestó ella, sonriendo.

—Os he preparado pastelillos azucarados rellenos de crema para desayunar —dijo Kira, al tiempo que colocaba un plato con varios pastelillos en la mesa.

—¡Mis favoritos! Muchas gracias, mamá —dijo Niza. A Kira se le estrujó el pecho. Niza nunca le había llamado así antes.

—Mi niña… Con todo gusto, con mucho amor.

Se sentaron a la mesa y comenzaron a comer con mucho deleite aquellos deliciosos pastelillos. Kira les dijo:

—Anoche Rumpo se lastimó una pierna cuando salió a cazar y no puede caminar. Ya tenía un lote de animales destazados y salados para llevar a la Gran Ciudad hoy. Me vino a buscar su esposa temprano para preguntarme si vosotros podríais llevar el cargamento de carne por él, pues justo ayer uno de los mineros tuvo un accidente fatal en la mina de carbón… Están necesitando una mano extra y ella los va a apoyar.

—Claro, mamá —dijo Lino, sin pensarlo. Y agregó: —¿Por qué necesitas que vayamos los dos? Yo solo podría con la carga.

—Es que ese es el asunto. La carga es el triple de lo normal, porque parece ser que en el Castillo va a haber un gran banquete y entre Rumpo y Kenta iban a llevar toda la carga… pero ahora ninguno de los dos puede ir. Ellos han estado pasando algunos aprietos de dinero y el trabajo en la mina, más este pedido extra es justo lo que necesitan para salir del apuro. Además, Kenta me dijo que os quería recompensar por este favor, compartiendo una parte del dinero que recibiréis por la carga y con algunos filetes extra para nosotros durante algún tiempo.

—Eso no es necesario, mamá. Yo les haré ese favor con mucho gusto —y volteó a ver a Niza, buscando aprobación. Niza asintió con la cabeza, la mirada un poco perdida, diciendo:

—Por supuesto, con mucho gusto lo haremos —y, mientras lo decía, recordaba lo que le había dicho la noche anterior su maestro.

—De verdad que sois un amor. Estoy muy orgullosa de vosotros —dijo Kira, conmovida.

Los Forzudos son capaces de levantar grandes cargas. Un Forzudo bien entrenado, es capaz de levantar hasta cinco veces su propio peso y sostenerlo por varias horas. Lino y Niza no tenían esa clase de entrenamiento, aunque sólo por su complexión natural, eran capaces de cargar con casi el doble de su propio peso sin problemas. En este caso, además, la carga de carne que debían llevar en realidad apenas pesaba una vez y media el peso de ambos, aproximadamente, por lo que tampoco iba a representar un gran esfuerzo para ellos llevarla.

La carga había sido empacada y convenientemente distribuida en dos bultos, uno para cada uno, acorde al peso de cada uno. Caminando durante unas 16 horas diarias, el trayecto desde la tribu a la Gran Ciudad les podría tomar unos 18 días. La carne se requeriría en 21 días, así que había suficiente tiempo para entregarla y cumplir con el plazo. El pago convenido era el equivalente a 3,000 monedas de bronce.

El sistema monetario de Koiné es muy sencillo y es el mismo en todo el planeta. Durante la Gran Unificación, Jantl logró que las cuatro Razas que nos preocupamos de los asuntos mundanos del plano físico nos pusiéramos de acuerdo para establecer un sistema de moneda que funcionaba así: todas las monedas tenían el mismo peso, pero estaban forjadas de los metales que comúnmente habían explotado las distintas Razas antes de la Gran Unificación: las monedas de platino son acuñadas por los Eternos, las de oro por los Conscientes, las de plata por los Pensantes y las de bronce por los Forzudos.

Los Forzudos han tenido históricamente la mayor habilidad para manipular los metales, y tienen acceso a minas de cobre, hierro, estaño, cromo y carbón, por lo que son capaces de fabricar dos aleaciones importantes: acero (89% hierro, 1% carbón, 10% cromo), para armamentos y materiales de construcción, y bronce (80%

cobre y 20% estaño), para monedas y utensilios. Los Eternos, por su parte, son capaces de fabricar una aleación que contiene un 90% de platino y un 10% de oro, a la que llaman *Aoduntn*, que es cien veces más dura que el acero. Las otras Razas llaman a esta aleación "acero mágico" y ha sido usada por siglos por los Eternos para fabricar armas y objetos que se consideran indestructibles. Los Conscientes, por otro lado, han utilizado mucho el oro por sus propiedades tan particulares para encantamientos, alquimias y otros usos místicos, así como para elaborar joyas y elementos decorativos. Nosotros los Pensantes hemos utilizado la plata para elaboración de joyería y algunos utensilios, así como para intercambio de bienes, como un precursor del sistema de moneda actual.

Pero bueno, regresando al tema del sistema monetario, cuando éste fue establecido por Jantl, se le asignó un valor a cada tipo de moneda en proporción a la abundancia del metal con el que están hechas. Tanto las monedas de platino, como las de oro y plata están levemente aleadas con hierro, cromo y carbón para asegurar su durabilidad y resistencia al paso del tiempo, lo que garantiza que no pierdan valor. De esta manera, una moneda de platino equivale a diez monedas de oro, una moneda de oro a diez de plata y una moneda de plata a diez de bronce. Por consiguiente, el pago esperado por la carga de carne que Lino y Niza iban a llevar al Castillo equivalía a tres monedas de platino, 30 de oro, o 300 de plata.

Normalmente, los comerciantes intercambian monedas, acorde a sus necesidades de usarlas, siendo siempre mejor visto, en transacciones de poco valor, el uso de monedas de menor valor. En el caso particular de la transacción que Lino y Niza iban a hacer, podría esperarse recibir una moneda de platino, diez de oro y cien de plata, por ejemplo. Las monedas de plata son fácilmente intercambiables por monedas de bronce, que es la moneda más utilizada en todo el planeta.

En los años más recientes, surgió un tipo de comerciante muy particular, cuyo servicio consiste en intercambiar monedas de un tipo por monedas de otro tipo, a cambio de un pequeño cargo. Este servicio comenzó a ser requerido cuando los comerciantes recibían como pago de algunos negocios monedas de muy alto valor, que luego les era difícil utilizar para las transacciones comerciales del día a día. En tales casos, gustosos pagaban un pequeño porcentaje de su ingreso con tal de "volver líquido" su dinero.

Casi al final de la tarde del décimo octavo día, Lino y Niza estaban arribando a la puerta este de la Gran Ciudad. Gracias a la comunicación que Lino había logrado establecer con los de nuestra Raza, conocía bastante bien la Gran Ciudad, a pesar de ser la primera vez que posaba un pie en ella. De esta manera, le fue fácil dar con la puerta principal del Castillo, al que llegaron cuando ya casi estaba oscureciendo. Dos guardas posteados en la entrada, les preguntaron de parte de quién venían esas cargas y a quién iban dirigidas. Lino les dijo:

—Rumpo, de la tribu Bontai, envía 300 *faldars* de carne salada de primera para Kempr, el Regente Supremo, a 10 bronces por *faldar* —el guarda se internó en el Castillo. Volvió algunos minutos después, diciendo:

—Seguidme, os guiaré a la cocina, que es donde debéis entregar el pedido.

Lino y Niza quedaron boquiabiertos al contemplar la belleza y lujo del interior del Castillo. Cuando llegaron a la cocina, un Forzudo con aire bonachón, ojos negros, calvo y con una tupida barba negra con blanco los recibió con una gran sonrisa:

—¡Excelente, excelente! ¡Llegáis muy a tiempo! Yo sé que siempre puedo contar con Rumpo para mis pedidos más importantes. A vosotros nunca os había visto. Yo soy Tanko, ¿quiénes sois?

—Mucho gusto, señor Tanko, yo soy Lino y ella es Niza.

—¡Cuánta formalidad! Llamadme Tanko, solamente, que me hacéis sentir más viejo —y soltó una sonora carcajada. —Encantado de conoceros, Lino y Niza. Supongo que algo grave le pasó a Rumpo, para no venir a entregar el pedido él directamente.

—Sí, señor —dijo Lino, agregando: —Justo el día anterior a nuestra partida, tuvo un accidente mientras cazaba y se fracturó la pierna derecha. Envía sus más sinceras disculpas.

—¡Nada que disculpar! El pedido está aquí, a tiempo, a pesar de todo. Sin embargo, el tesorero del Castillo se ha retirado a descansar y es él quien os puede entregar el pago acordado… 3,000 bronces, ¿cierto?

—Así es, mi Señor.

—Muy bien. Os invito a pasar la noche en el Castillo, entonces. Mañana a primera hora os entregaremos el pago acordado. Hay aposentos para visitantes en el ala oeste, os acompaño.

Los ojos de Lino y Niza se iluminaron: ¡una noche en el Castillo! Lino sintió una emoción muy grande: una cosa era "visitar" el Castillo por medio de los recuerdos de otros y otra muy diferente era estar ahí, construyendo sus propios recuerdos. Niza, por su parte, estaba fascinada con todo el lujo y exquisita decoración de los salones y pasillos por los que iban pasando. En eso, se cruzó en su camino Kempr, quien se detuvo a saludar a Tanko:

—Buenas noches, Tanko. ¿Quiénes son tus invitados? —dijo, con una sonrisa amable, mientras observaba a los dos jóvenes.

—Buenas noches, mi Señor —respondió Tanko con respeto, añadiendo: —Le presento a Lino y a Niza, quienes acaban de traer la carne que serviremos en el banquete para los acólitos graduados.

—Excelente noticia. Encantado de conoceros. ¿Os quedaréis a pasar la noche con nosotros?

—Sí, señor —contestó impulsivamente Niza, con una gran sonrisa en el rostro.

—Tú no tienes pinta de carnicera, Niza —dijo Kempr, al tiempo que la recorría de arriba abajo con la mirada. Niza se sonrojó.

—No lo somos, mi Señor. Mi hermano y yo somos estudiosos, pero le hicimos el favor a Rumpo, el cazador y carnicero, pues él no podía venir personalmente.

—¿Estudiosos, dices? El primer Forzudo estudioso que conocí en mi vida se llamaba Mindo… Muy inteligente, resultó ser.

Lino abrió los ojos de par en par, y dijo:

—¡Mindo era mi tatarabuelo! ¿Usted lo conoció, señor?

—¡Claro! Fue mi primer consejero, cuando acababa de asumir el cargo de la Silla Magna. ¿Entonces vosotros sois familia de Mindo? ¡Qué pequeño es el mundo!

Lino no sintió que fuera prudente aclarar que Niza no era familiar de Mindo, y ella tampoco dijo nada. Kempr agregó:

—Sería un honor contar con vuestra presencia en el banquete dentro de tres días, si no tenéis urgencia por volver a vuestra tribu. Tengo muchas historias que contaros de vuestro tatarabuelo.

Lino y Niza se volvieron a ver incrédulos. Lino respondió:

—Nos encantaría estar en el banquete, mi Señor.

—Por favor, llamadme Kempr. El formalismo no va conmigo.

—Como gustes, Kempr —contestó Niza, extendiendo su mano, al tiempo que hacía una reverencia y clavaba sus ojos en los de él.

Lino volvió a ver a su hermana, sorprendido. Kempr volteó a ver a Tanko, diciendo:

—¿A qué habitaciones los llevabas?

—A las del ala oeste.

—¡Ellos son nuestros invitados de honor! Llévalos a los aposentos del ala norte, por favor.

—Como usted ordene, mi Señor.

—Veinte años, tres meses y cuatro días de conocernos, y este hombre insiste en no llamarme por mi nombre —dijo Kempr, divertido. —Pero prepara los mejores manjares de toda la Ciudad… para el paladar de cualquier Raza —al decir esto último, miró a Tanko y le guiñó un ojo.

Tanko bajó la mirada, sonrojándose violentamente, con una sonrisa agradecida. Encaminó a Lino y Niza a los aposentos reservados para los visitantes más distinguidos. Antes de dejar a cada uno en su respectiva habitación, se les acercó y les dijo, en susurros:

—Le habéis caído muy bien a Kempr. Me alegro mucho por vosotros. Que descanséis. Estos días que estaréis aquí, sentiros en libertad de recorrer el Castillo. Encontraréis muchas cosas interesantes que hacer acá. El desayuno os lo serviré en el comedor principal. Buscadme en la cocina cuando tengáis hambre, por favor.

—Muchas gracias, Tanko —dijo Lino. Y añadió: —Agradecemos todas tus atenciones. Eres muy amable. Que descanses. Buenas noches.

Tanko se retiró a su habitación. Lino entró a su recámara y Niza a la de ella. Niza se lanzó de espaldas sobre aquella mullida y lujosa cama, mientras reía a carcajadas, recordando lo que le había dicho su maestro pocas semanas antes. Esa noche descansó como nunca.

CAPÍTULO XIX:

Solicitud de ayuda

izz se quedó mirando a Jantl, mientras una luna llena iluminaba pálidamente todo el blanco paisaje. Los Picos Nevados se veían como azuladas siluetas sobre un fondo negro, lleno de estrellas. Instintivamente, asumió la forma de ella, y le regresó la sonrisa que ella le estaba dedicando. Acercó su "mano derecha" a la mano izquierda de Jantl, y ella adentró su mano en aquel holograma que lucía más brillante que nunca. La carga eléctrica fue un poco más intensa de lo habitual, pero Jantl soportó la sensación de cosquilleo que recorrió todo su cuerpo y el intercambio de información comenzó a fluir entre ambos.

Más de un siglo y medio de vivencias comenzaron a integrarse a los recuerdos de ambos. Fizz presenció el terremoto de la Gran Ciudad, la confesión de Ulgier, la discusión con Kempr, la partida de la Gran Ciudad, los años de vida con Virtr, experimentó el profundo amor que Jantl sentía por ese ser físico, presenció la visita a Kontar (el gueto donde habitaban Ulgier, Mina y sus hijos), viajes, peregrinajes, la vida con Virtr de nuevo, más viajes, la llegada a los Picos Nevados, su encuentro con él… Toda una vida, expresada en pensamientos que viajaban a la velocidad de la luz entre ambas mentes.

Jantl, por su parte, presenció el parto de Niza y los siete años que Fizz estuvo visitando diariamente a la pequeña, el conflicto con la madre de la pequeña, la desesperación cuando ella desapareció, la confesión a sus progenitores, el acuerdo de romper la comunión con los de su Raza, los años de soledad, la caída en el pararrayos de Bontai, la conexión con Lino… La infancia de Lino, la llegada de Niza a la tribu, reconoció en el maestro de Lino a Quince, aunque ya estaba mucho mayor que la última vez que lo vio, presenció los años de vida de Lino junto a Niza, el proceso de aprendizaje de Lino, la visita a la Colonia Mudraci, más interacciones con Niza, la caminata a la Gran Ciudad, la interacción con su hijo, el banquete, el regreso de Lino solo a la tribu, más años de vida en la tribu pasando, Lino se entera que Kempr ha muerto… ¡Su hijo ha muerto! La impresión de enterarse de esto casi rompe la conexión mental, pero Jantl se repuso rápidamente, pues necesitaba saber más. Lino se entera que Niza ocupa la Silla Magna, Lino sufre por el deterioro de la calidad de vida de su gente. Presenció la conversación de Lino con Tumbat, el sufrimiento de Huinta, la cabalgata a la Gran Ciudad, el deterioro y miseria que ahora son parte de la Gran Ciudad, la conversación con Niza, el terror que él ahora siente en presencia de ella, la ejecución de los inocentes, el regreso a la tribu, días de tristeza, el encuentro con Fizz en la choza de meditación, la llegada de Fizz a los Picos Nevados, su encuentro con ella…

Cuando Jantl terminó de recibir la información, estaba llorando. Fizz la observaba curioso, sin comprender mucho lo que pasaba, pero su brillo disminuyó considerablemente y adquirió un color azulado. Sí comprendió lo que significaba para ella el enterarse acerca de su hijo, aunque el concepto de "dejar de existir" no lo terminaba de comprender. Haciendo nuevamente un esfuerzo, comenzó a articular palabras, con su voz reverberante:

—¿Puedes ayudarnos a Lino y a mí a ayudar a Niza?
—Necesito entender otras cosas antes de poder ayudaros, Fizz.

La mirada de Jantl reflejaba una profunda tristeza. El haberse "desconectado" de todo y darse ese tiempo para ella misma había resultado tener un costo demasiado alto. Se dio cuenta que la reacción de Ulgier, aunque había tenido consecuencias funestas, no había sido infundada. Su hijo no estaba preparado para la Silla Magna cuando ella le cedió el cargo ¡y ahora estaba muerto! Le causaban una gran consternación las circunstancias tan turbias por las que Niza había llegado al puesto de Regente Suprema y el "ejército" de Conscientes que la acompañaba continuamente, que le recordó la Época Obscura, cuando La Orden intentó erradicar a todas las Razas, excepto la de los Conscientes.

La congregación donde ella vivía con Virtr estaba tan alejada de toda actividad comercial, que prácticamente era autosuficiente, pues fue de las pocas congregaciones de Eternos que se establecieron en una zona costera, y la vida de sus habitantes transcurría tranquila y sin grandes preocupaciones ni aspiraciones, más allá de vivir en paz. Se dio cuenta, al igual que lo que había percibido de Lino a través de Fizz, que esa paz era incompleta, pues no consideraba el mundo entero, sino solamente la pequeña "burbuja" donde estaban metidos esos Eternos, que vivían ajenos a todo el conflicto que se estaba gestando en el resto del planeta.

Sus "vacaciones" habían terminado. La tristeza de su mirada cambió por una mirada fiera, llena de determinación. Esa determinación la había sentido ya antes, cuando se decidió a buscar alianzas en todo Koiné para gestar la Gran Unificación, cuando logró difundir un único idioma hablado inventado por ella, cuando se estandarizó el sistema de moneda, se creó la Gran Ciudad y se reforestó el Antiguo Desierto… Cuando La Orden fue erradicada desde sus cimientos, a costa de tantas vidas. Koiné estaba enfermo de nuevo, y era menester sanarlo otra vez. Mirando el holograma de sí misma que Fizz proyectaba, dijo:

—Tenemos mucho que hacer.

La luz de Fizz comenzó a fulgurar con un color blanco intenso. Sin decir otra palabra, Jantl comenzó a caminar hacia el sur. Fizz iba flotando a su lado, con su aspecto natural al fin: un humanoide hecho de pura luz, desnudo, asexuado, de una estatura similar a la de Jantl, con ojos iridiscentes que cambiaban de color continuamente, alternando por toda la gama del arco iris.

—Iré contigo a donde sea, ya no me ocultaré más —dijo Fizz. En su voz Jantl sintió una determinación que nunca le había sentido a esa inexpresiva voz.

Para entonces, la luna llena había alcanzado el zenit y los Picos Nevados resplandecían con un hermoso color plateado. En la mirada de Jantl se notaba un destello de felicidad.

Capítulo XX:

La carta

En la mesa del comedor se materializó, como tantas otras veces, una carta metida en un sobre. Un sello de cera fundida con el escudo de la familia garantizaba que nadie que no fuese el destinatario la pudiese leer. Mina estaba sentada cerca de una ventana, pues en los últimos días el aire se había vuelto seco y el calor era insoportable, incluso por las noches. Parecía como si toda la humedad del aire se hubiese esfumado, pues ni siquiera la más mínima nube se había visto en el firmamento desde hacía mucho. La aparición de la carta causó un leve sonido, como si alguien emitiese un soplido, lo cual hizo que Mina voltease hacia la mesa. No tuvo que ver de cerca la carta, para saber quién se la había enviado y pensó que esa perseverancia que la había fascinado de su marido en el pasado, ahora le causaba un enorme hastío.

Sin embargo, algo distinto se movió en ella en esta ocasión, pues no tuvo el impulso de tomar la carta y lanzarla al fuego como en todas las veces anteriores. Se quedó mirando la carta, mientras recordaba cómo, desde el día anterior, estaba sintiendo a su hijo menor sufrir. La primera vez que había sentido algo así de intenso había sido tres décadas atrás y, en esa ocasión, se cansó de insistirle a Ulgier que su hijo estaba vivo, que su corazón de madre le decía que Rinto estaba sufriendo. En vano invocó su hechizo de protección sobre él, pues el predicamento en el que se había metido su hijo en aquella ocasión estaba más allá de esta bienintencionada pero débil y efímera ayuda. No había vuelto a sentir esa angustia hasta ahora.

Por eso, cuando recibió por enésima vez una carta de Ulgier, pensó que era necesario retomar el contacto con su esposo, a quien tenía treinta años de no ver. Todo había sucedido cuarenta y cinco años después de la última visita de Jantl, pues ese día Mina comenzó a insistirle a Ulgier que su hijo menor estaba sufriendo. Ulgier decidió que debía poner fin a su martirio y a lo que él consideraba era una alucinación de una madre esperanzada, y le confesó lo que había sucedido realmente con Rinto y Lirza.

El gueto entero le volteó la espalda a Ulgier y lo condenaron al destierro. La Academia se desmoronó poco a poco, conforme la credibilidad en sus líderes comenzó a ser cuestionada a raíz de esto. Urso, el hijo mayor de Mina y Ulgier, se obsesionó con garantizar el apego de los líderes de la Academia a los principios sobre los que había sido fundada, y así comenzó a descubrir varios abusos de habilidades para beneficio propio que habían sido perpetrados por algunos de los líderes más antiguos.

Los líderes más jóvenes, en conjunto con Urso, instauraron un régimen más estricto para castigar tales abusos, que implicaba la pena de muerte. Incluso, se llegó a decretar que, si Ulgier volvía a poner un pie en el gueto, se le ejecutaría en el acto. Muchos de los alumnos de la Academia comenzaron a migrar a la Gran Ciudad, para integrarse a alguno de los monasterios, pues se rumoraba que en ellos se potenciaban las habilidades mucho más rápidamente. La Academia ya no era ni la sombra de lo que había sido y la población del gueto había mermado considerablemente.

Por eso, cuando Mina recibió esta última carta de Ulgier, supo que tendría que contactar a su esposo secretamente, pues le iba la vida en ello. Se levantó y rompió el sello del sobre y sacó la carta. La hermosa caligrafía de Ulgier, escrita en el antiguo idioma Consciente –que ya las generaciones más jóvenes sólo repetían mecánicamente para conjurar hechizos, sin entender muchas veces lo que estaban hablando–, decía lo siguiente:

Mi amadísima Mina:

Acá estoy, una vez más, como cada mes, intentando entrar en contacto contigo. Nunca dejaré de intentar acercarme de nuevo a ti y nunca cejaré en mi empeño de pedirte perdón por causarte tanto dolor y vergüenza a ti y a nuestra familia.

No sé si habrás leído alguna de mis cartas anteriores y por ello, te escribiré algunas cosas iguales a lo que ya te he escrito en todas ellas, y agregaré información nueva, a la que he tenido acceso recientemente.

Mantener el secreto de haber sido responsable de perder a nuestro hijo, a su esposa y a nuestro nieto fue una carga que me aplastó el alma por décadas. El miedo a que sucediera lo que efectivamente ocurrió cuando os enterasteis de la verdad, fue lo que me hizo soportar esa carga. Incluso, cuando Jantl me hizo ver que no os había dado a ti ni al resto de nuestra familia la oportunidad de saber toda la verdad y de procesar el duelo y hacer el cierre, tuve miedo de perderos y de dañar nuestra relación irremediablemente.

Tú mantuviste siempre viva la llama de la esperanza de que nuestro hijo estuviera vivo. Yo fui terco y necio, ciego a la verdad que tu corazón te decía, tan apegado a mi pragmatismo y a mi estúpida soberbia de creer que era dueño de la verdad absoluta. Esa misma soberbia fue la que me impulsó a querer, según yo, sacarte del error de seguir pensando que Rinto seguía vivo, pues me dolía más sentir que te estabas engañando a ti misma, que lo que me dolería perderte, si acaso llegase a ser esa tu decisión.

Con humildad en el corazón, me acerco a ti una vez más, para decirte que hace poco sentí lo que, creo, tú has sentido todos estos años. Hace pocos días comencé a tener sueños muy inquietos, en los cuales siempre aparece nuestro hijo Rinto, con su cara deforme y con un aspecto decrépito. En cada ocasión que tengo tales pesadillas, me despierto muy agitado y empapado en sudor, pero las imágenes del sueño desaparecen rápidamente, quedando apenas un leve eco o recuerdo difuso de lo ocurrido.

Sin embargo, anoche el sueño fue diferente. Veía claramente a nuestro hijo, en un enorme salón, atado a unas cadenas, con las piernas y brazos extendidos y el torso desnudo y lacerado. Su cara está desfigurada, con horribles cicatrices, pero en esta ocasión escuché claramente que decía: "papá, te necesito". Me desperté tan sobresaltado y con una tristeza tan profunda, que comencé a llorar como un niño, sintiendo la <u>certeza</u> de que nuestro hijo está vivo y está sufriendo.

Mina, yo sé que para mí no puedo pedir nada, ni merezco regresar a mi gente. Pero nuestro hijo, mi amor, <u>nuestro hijo nos necesita</u>. Siento que nuestra familia debe volver a unirse para enfrentar esto, siento que nuestro hijo está en un peligro tan grande, que sólo unidos podremos vencerlo. Por el amor que alguna vez me tuviste, pero, sobre todo, por el amor que sé que aún sientes por nuestro hijo, te pido, te suplico, que me ayudes.

Como en cada carta anterior que te he enviado, coloqué en esta carta un poderoso hechizo de teletransportación que sólo podrás activar tú misma. Con él, podrás trasladarte de forma instantánea a un punto específico del lugar donde estoy viviendo. Ese punto siempre está despejado, esperando que llegues, vida de mi vida. Para activar el hechizo, sólo tienes que decir en voz alta el nombre de nuestros cuatro hijos. Me quedo con la esperanza de que leas esta carta y quieras ayudarme a salvar a nuestra familia.

Con amor infinito,
Ulgier

Al terminar de leer la carta, Mina estaba sollozando. Extrañaba mucho a su esposo y lo seguía amando. Y ahora él estaba de acuerdo con ella: ¡Rinto seguía vivo! En su llanto había alegría por saber que su hijo estaba vivo, pero también preocupación por confirmar que estaba sufriendo y una nostalgia enorme, porque una parte de ella siempre añoró que su familia volviera a unirse como antes.

Sin pensarlo dos veces, se puso de pie y, sosteniendo firmemente la carta con ambas manos, dijo:

—Urso, Lasko, Giendo, Rinto.

El vacío creado por la súbita desaparición de Mina atrajo hacia sí una silla y otros objetos más pequeños. La hoguera, que en tantas ocasiones anteriores hubiere quemado las cartas de Ulgier, se extinguió con el vendaval.

Capítulo XXI:

Cenando con una desconocida

—Hola, Lino —la otrora tímida e insegura voz estaba ahora cargada de autoridad, soberbia y prepotencia.

—Hola, Niza, tanto tiempo sin verte —dijo Lino, sonriendo.

Niza arqueó las cejas, pero contuvo el impulso de corregir a su hermano frente a los guardas y la servidumbre, para exigirle que no se dirigiera a ella con tanta familiaridad y que la llamara "Regente Suprema". En vez de eso, levantó una copa donde ya habían servido un costoso vino, envasado en el año 10992, proveniente de la colonia de Pensantes donde Jantl hubiese sido vista por última vez, justo ese año.

—Este vino está cumpliendo 145 años, Lino. Faltaba más de un siglo para que tú y yo naciéramos. Es considerado una rareza y una exquisitez. Se rumora que la antigua Regente Suprema misma colaboró en su elaboración. Salud.

Lino levantó su copa, desde el otro extremo de la larga mesa, diciendo:

—Salud, mi amada hermana. Por el gusto de estar juntos de nuevo. Me siento honrado por tu hospitalidad.

Niza se estremeció con ese brindis. Realmente sentía un amor inmenso por él. Una tibieza que tenía mucho de no sentir se le coló en el pecho. Ambos dieron un sorbo a sus respectivas copas. El vino tenía un sabor verdaderamente exquisito. Lino cerró los ojos, disfrutando este pequeño placer.

—¿Cómo está Kira? —preguntó ella, con genuino interés.

—Muy bien, gracias. Por las noches a veces se queja un poco de dolor de huesos, pero el curandero de la tribu ya ha ideado un remedio que le prepara cuando eso pasa y la molestia le desaparece en pocos días.

—¿Y Quince? Ya está muy mayor, ¿verdad?

—Quince falleció el año pasado —cuando dijo esto, la cara de Lino se ensombreció un poco y se le apagó la sonrisa.

—Lo siento mucho, sé cuánto lo querías —dijo Niza, con un sentimiento que hizo a los guardas y la servidumbre voltear a verse con recelo y extrañeza. Niza notó esta sutil reacción y sus facciones se endurecieron. Agregó: —Pero es parte de la vida, todos deben morir en algún momento, incluso los Eternos —y, al decir esto, Lino pudo vislumbrar en la mirada de ella un destello de malicia, que fue acompañado de una leve sonrisa.

Para entonces, la entrada había sido servida en los platos de ambos. Comenzaron a comer en silencio. Niza hizo una cara de placer y dijo:

—Tanko se lució esta noche. Recuerdo la primera vez que tuvimos el agrado de probar sus platillos. ¿Recuerdas?

—Vívidamente. Fue la comida más deliciosa que hubiera probado nunca. ¿Entonces sigue siendo el cocinero del Castillo? Dile por favor cuando lo veas que le mando un saludo, con mucho cariño.

—Rara vez lo veo, pero cualquiera de ellos le podrá enviar tus saludos –y volteó a ver a la servidumbre, quienes sólo hicieron un gesto de aprobación con la cabeza —y agregó: —¿A qué has venido, Lino? Años de no vernos y de repente me extrañas... ¿O será que llegaron a tus oídos las últimas noticias?

Lino dio un respingo. No esperaba una pregunta tan frontal y un cambio de tema tan súbito. Definitivamente, tendría que ser también directo. Tras una breve pausa, le respondió:

—Yo te extraño siempre, Niza. Eso no es nuevo. Desde que decidiste permanecer en la Gran Ciudad, no sólo yo, sino muchos en la tribu te extrañamos, incluyendo mi madre... *Nuestra* madre —corrigió. Y continuó diciendo: —Sin embargo, sé que tu actual cargo te mantiene muy ocupada y no quiero ser inoportuno, visitándote cuando no puedes recibirme. Y disculpa si vine a verte sin haber sido invitado, pero, en efecto, quiero platicar contigo de Brino y los otros campesinos.

Niza apretó con fuerza la base de su copa. Se quedó mirándolo fijamente a los ojos durante varios segundos, que a Lino se le hicieron interminables. Entonces ella dijo:

—Si deseas hacerle una solicitud a la Regente Suprema en relación con temas políticos, tendrás que solicitar una audiencia formal.

—No creo que sea necesario, hermana. Yo vine a hablar con la mujer que creció a mi lado, con quien viví tantas aventuras y de quien recibí tanto cariño por tantos años. Vengo a hablar de corazón a corazón, no de política.

—Esa mujer de la que hablas quedó atrás hace mucho. Y esos sucios campesinos faltándome al respeto frente a todo mi gabinete, sí es un tema político. El cuestionar mis decisiones como Regente Suprema, que gobierno en favor de todos, sí es un tema político.

—Escuchar las opiniones de quienes son gobernados le puede dar al gobernante criterios adicionales para tomar mejores decisiones. Eso no es debilidad, es justicia.

—¿Justicia? Hablas de justicia y tu vida siempre ha estado plagada de favoritismos. Esa "madre" a la que llamas *nuestra*, es sólo *tuya*. *Mi* madre fue asesinada hace muchos años. ¿Y quién pidió justicia para ella?

—Niza, yo no sabía... Nunca me habías dicho esto —a su mente regresaron las imágenes que había visto unas horas antes. Se sintió aturdido.

—Y tú tampoco lo preguntaste. ¡Retírense todos! —dijo, alzando la voz.

Todo el personal de servicio y vigilancia rápidamente abandonó el recinto. Lino se acomodó nerviosamente en su silla. Le dirigió a Niza una mirada entre triste y compasiva. Ella le dijo:

—No necesito tu lástima, Lino. Esa chiquilla asustadiza y débil que conociste ya no existe. Soy la Regente Suprema. Nunca nuestra Raza había logrado semejante honor. Y a veces no es fácil tomar ciertas decisiones, pero lo hago por el bien mayor.

—Yo no te tengo lástima, Niza. Al contrario, lo que siento es admiración y orgullo. Sabes que siempre puedes contar conmigo y decirme lo que sea… Cuéntame cómo murió tu madre, por favor —en su voz había una ternura y un tono de súplica que movió algo en Niza. Sin embargo, hacía falta mucho más que eso para ablandar ese corazón que se había comenzado a endurecer hacía tantísimo tiempo.

—Hay mucho que no sabes de mí. Y ya es demasiado tarde para ponernos al día. Si quieres pedir por la vida de esos sucios campesinos, tendrás que ofrecerme algo a cambio de igual o mayor valor.

—Son vidas, Niza. No son objetos de comercio. ¿Cuánto vale para ti una vida? ¿Le pondrías un precio a la vida de tu propia madre?

—Nadie me dio esa oportunidad en aquel entonces. Pero, si hubiera tenido forma de pagar por su vida, habría pagado *lo que fuera* por salvarla.

—Eso mismo piensa Huinta respecto a Brino, Niza. Para ella, él y sus dos hijos son lo más importante que tiene en la vida.

Este último comentario, causó un leve estremecimiento en Niza. Lino definitivamente la conocía mejor que nadie y sabía qué fibras tocar y cómo tocarlas. Sin embargo, ella se sentía atrapada en un callejón sin salida y pudo más su orgullo cuando dijo:

—Pide una audiencia formal. Creo que es mejor que no duermas en el Castillo como un invitado. Busca un hostal donde pasar la noche. Sé que esas no son tus ropas. Puedes quedártelas y pedir las tuyas después.

El corazón de Lino se inundó de desesperanza. Si podía haber habido un momento donde él pudiese haber convencido a su hermana de cambiar de opinión, era éste. Sintió que se le escapaba de las manos. Haciendo un último esfuerzo, dijo:

—Cualquier deuda que aún sientas que Brino debe pagarte, cóbramela a mí. Si fallé como amigo, como hermano, como cómplice, enfoca tu ira en mí, pero déjalo libre, por favor. Te lo suplico.

—No seas ingenuo. No me debes nada y no puedo cobrarte nada. Y Brino tampoco me debía nada, excepto respeto y obediencia, los cuales no fue capaz de darme en público. Si su falta queda impune, otros pensarán luego que pueden hacer cosas peores.

—Todos te respetan, Niza. Incluso, te temen. No creo que haya nadie capaz de contradecirte.

—No lo había, hasta que Brino hizo esa escena. Hasta que los Forzudos se atrevieron a amotinarse. El castigo les hará saber a todos que eso no debe volver a pasar nunca. Por favor, retírate. ¡Guardas!

Niza se levantó de la mesa, al tiempo que dos guardas ingresaban rápidamente al recinto.

—Acompañen a mi invitado a las afueras del Castillo.

—Sí, mi Señora —dijeron ambos al unísono.

Lino salió doblemente escoltado del recinto. Ya en las afueras del Castillo, se sentía intranquilo y preocupado. ¿Tendría que recurrir al recurso extremo que había querido evitar? Buscó un pequeño hostal que estaba ubicado cerca de la puerta este de la ciudad y pagó una noche de hospedaje. Sin embargo, no pudo pegar los ojos en toda la noche. Con las primeras claras del día, se dirigió al Castillo y pidió una audiencia formal con la Regente Suprema. Le dijeron que ésta lo recibiría al mediodía.

Las horas transcurrieron muy lentamente. Con cada minuto, la tensión y ansiedad de Lino crecían un poco más. En su habitación del hostal, estuvo sentado en posición de meditación, tratando de contrarrestar estas emociones, que sabía no le ayudarían en nada durante la audiencia. Inútilmente trató de conectar de nuevo con su antiguo maestro y esto sólo logró ponerlo aún más ansioso. A la hora acordada, se presentó a la puerta del Castillo. Los guardas le hicieron señas para que pasara y uno de ellos lo escoltó hasta el salón principal, donde estaba la Silla Magna. Todo el gabinete estaba presente: consejeros, consejeros adjuntos, asesores y eruditos, más uno que otro personaje que era considerado influenciador o persona de negocios de alto nivel. Casi todos eran Eternos, aunque Lino pudo notar un par de Pensantes y tres Forzudos. Como era habitual, cuatro Conscientes encapuchados estaban de pie, dos a cada lado de la Silla Magna. Niza había asumido una postura que reflejaba despotismo y altivez, con sus brazos en ángulo recto apoyados en los brazos de la Silla Magna. Cuando Lino se acercó lo suficiente, le dijo, en tono frío:

—Habla.

—Saludos, respetable Señora, oh, Regente Suprema de todos los Territorios de Koiné —adrede fue Lino más reverente de lo necesario. Sin que Niza lo notara, su postura se relajó un poco. —He tenido la osadía de solicitar a vuestra honorable persona una audiencia formal pues traigo a vuestra consideración un asunto de la más crucial relevancia.

El salón quedó mudo y Niza, sinceramente complacida por la sumisión con que Lino se estaba dirigiendo a ella, le dijo con altivez:

—Esas son las formas de dirigirse a tu líder. Te escucho.

—Hace pocos días, un grupo de humildes campesinos, motivados por la preocupación, la escasez y el hambre, tuvieron la poco brillante idea de venir a exponeros sus ideas en grupo, sin considerar que, siendo una cantidad tan numerosa, podría ser interpretado como una amenaza a vuestra persona y al Castillo donde habitáis. Sin embargo, puedo aseguraros que no hubo mala intención ni malicia alguna en esta agrupación de campesinos, solamente consternación, pues algunas decisiones que vuestra merced ha tomado han afectado en forma considerable la vida de todas esas personas y querían exponeros de manera franca y abierta sus inquietudes, para que tuviereis elementos de juicio adicionales para reconsiderar vuestras decisiones. Yo estuve al tanto de esas situaciones e, incluso, conversé con la persona responsable de organizar esta comitiva y os puedo asegurar que lo único que se deseaba era llegar a un punto medio donde todos se sintiesen cómodos. Por este motivo, quisiera pediros, de la forma más atenta, humilde y respetuosa, que reconsideraseis la decisión de ejecutar a estas personas y yo personalmente os garantizo que haré todo mi mejor esfuerzo para convertirme en un interlocutor y mediador respetuoso que considere vuestros intereses y los de ellos con objetividad.

Lino definitivamente sabía cómo expresarse. Los años de educación de Kira estaban dando sus frutos. Niza se sintió desarmada con estos argumentos y la fiereza en su mirada comenzó a disminuir. Se quedó cavilando por varios minutos, hasta que su mirada reflejó que acababa de tener una excelente idea. Le dijo:

—Le perdonaré la vida a esos campesinos —toda la audiencia, incluido Lino, hicieron una mueca de asombro y alegría, hasta que Niza agregó: —Lo haré si me dices quién es su líder y dónde puedo encontrarlo. Es claro que ellos son sólo títeres. El verdadero responsable es quien debe enfrentar las consecuencias y comprender que a la Regente Suprema se le debe tratar con respeto y por los canales definidos para tal efecto, tal como tú mismo lo has hecho. Su falta no puede quedar impune y debe servir de lección para que en el futuro lo piensen dos veces antes de volver a organizar una revuelta en mi contra.

Lino se quedó mudo y fue como si un balde de agua fría le cayera encima. Toda la noche había estado considerando esa posibilidad, pero había tomado la decisión de no intercambiar la vida de uno por la de otros. No quería convertirse en cómplice de un asesinato. Llenándose de valor, replicó:

—Con todo respeto, oh ilustrísima, no me es posible revelar la identidad ni el paradero de dicha persona, por cuanto ayudar a alguien a acabar con la vida de otra persona va en contra de mis principios y creencias. Os he expresado mi sincera intención de asegurarme que la comunicación mejore entre vos y ellos. ¿No os interesa considerar ese camino, mi Señora?

—Quería que cooperases voluntariamente, pero ya veo que no quieres llegar a un punto medio, sólo quieres imponer tu postura —dijo, al tiempo que volteaba a ver a uno de los Pensantes y le hacía un gesto con la cabeza.

El Pensante intentó establecer una conexión telepática con Lino. Lo único que pudo recibir fueron imágenes desconectadas: personas sin rostro ni nombre, imágenes de lugares irreconocibles, desenfocadas, que parecían contener elementos dispares, como un rompecabezas mal diseñado… y risas, muchas risas. Por último, negrura total y silencio. Con un gesto apesadumbrado y atónito, el Pensante negó con la cabeza, viendo a Niza. Ella sabía que Lino era capaz de eso, pero nada perdía con intentarlo. Sintió que su ira subía sin control, pero se mantuvo ecuánime. Le dijo, mordiendo las palabras:

—Ya veo que sigues sabiendo guardar un secreto. Lo respeto —y agregó, en tono más calmo: —Dado que no fuiste tú quien organizó la revuelta, ni participaste en ella y sólo fuiste testigo de los hechos, te absuelvo de culpa. Pero esto abrirá una investigación, para dar con ese líder. Puedes retirarte. La sentencia de los cinco sigue en firme.

A Lino se le rompió el corazón. ¡No había podido salvar a Brino! Clavó en los ojos de Niza una mirada de tristeza infinita, mientras se imaginaba la reacción de Huinta cuando se enterase. Abandonó a paso lento el gran salón, sintiendo sobre sí una carga tan pesada que arrastraba los pies. Niza se quedó viéndolo partir y un nudo se le hizo en la garganta. Una lágrima traviesa quiso aflorar en su ojo izquierdo, pero inmediatamente asumió la postura que tenía cuando inició la conversación, respiró hondo y se quedó callada, mientras el resto de los presentes observaba a Lino abandonar el lugar.

Esa noche, una lluvia menuda comenzó a caer sobre el Castillo. Días después, Lino presenciaba la ejecución de los inocentes, con el alma destrozada. Más tarde ese mismo día, un muy apesadumbrado Lino abandonaba empapado la Gran Ciudad a lomo de bestia, a paso lento, muy lento.

CAPÍTULO XXII:

La graduación de los acólitos

—¡Quita de la lumbre esa salsa! —le dijo Tanko a uno de sus asistentes, mientras él mismo batía unas claras de huevo a punto de nieve.

La cocina había comenzado a ser un mar de actividad desde muchas horas antes de que saliera el sol. Era el gran día. Cientos de invitados se congregarían en el Castillo para celebrar la graduación de una generación de acólitos del monasterio que dirigiera Ulgier antes de su partida. Debido al prestigio que había tenido Ulgier, por haber sido tantos siglos el consejero de la Regente Suprema y por haber ayudado a reconstruir la Gran Ciudad después del terremoto, el interés por ingresar a ese monasterio había subido considerablemente.

La mesa del salón principal había sido exquisitamente preparada para recibir a los invitados más distinguidos: el profesorado y dirección del monasterio, así como los graduandos de honor. En el campo exterior, se habían dispuesto varios cientos de sillas y mesas largas, cubiertas con suntuosos manteles, donde se sentarían los acólitos y sus progenitores, así como varios toldos y una tarima que parecía una especie de escenario. Tanko había iniciado la coordinación de todo, desde el día siguiente a que Lino y Niza habían llegado con la carne.

A pesar de ser un tosco Forzudo, Tanko había demostrado desde muy joven una gran sensibilidad, superior a la sensibilidad promedio de los varones de su Raza, y una gran habilidad para combinar ingredientes en una forma que estimulaba el paladar de las distintas Razas de formas sorpresivas y muy placenteras. Así mismo, tenía un gusto por la estética y los detalles, lo que le permitía presentar sus platillos en formas que no sólo incitaban el olfato, sino también la vista. Esta misma habilidad la extrapolaba a temas de decoración de las mesas y la forma en que se colocaban los diversos platillos para que fuera un festín para todos los sentidos. Kempr lo consideraba uno de sus empleados más valiosos y confiaba ciegamente en él para todos estos asuntos. Y Tanko correspondía a esa confianza desempeñándose siempre de manera impecable.

El día que iniciaron los preparativos, Lino y Niza estaban despiertos desde temprano, después de una noche de descanso como nunca la habían tenido antes. Le preguntaron a Tanko si podían ayudar en algo, a lo que él respondió que había mucho por hacer y que se dirigieran con el encargado de las diferentes actividades de preparación que iban a tener lugar, quien estaba en el campo abierto a un lado del salón de comedor principal, no sin antes ofrecerles un suculento desayuno que ambos disfrutaron enormemente. Tanko tenía una personalidad muy alegre y siempre estaba de buen humor, sin importar qué tanta presión hubiese para que todo quedara perfecto.

Ya con el estómago lleno, ambos jóvenes se dirigieron al campo abierto, para ofrecer manos adicionales. Los Forzudos siempre han tenido una gran disposición a hacer trabajos pesados, pues se enorgullecen de su fuerza y su resistencia, lo cual consideran que es su mayor virtud. Por eso, cuando el Eterno al que se acercaron a ofrecer apoyo los vio, inmediatamente supo que tendría a su disposición cuatro manos adicionales para facilitar muchas cosas.

—Buenos días, señor. Mi nombre es Lino, y ella es mi hermana Niza. Tanko nos indicó que nos dirigiéramos a usted para ofrecer nuestro apoyo en lo que necesiten.

—Buenos días, apuesto joven y bella señorita. Me llamo Wentn y su apoyo no podría ser más bienvenido.

Acto seguido, Wentn comenzó a darles instrucciones de cosas que había que cargar, que levantar, que acomodar. Lino y Niza comenzaron a ejecutar las actividades de manera solícita y servicial, gustosos de estar ayudando a organizar un evento de tal magnitud. Estaban muy en ello, cuando un Pensante se acercó a Lino y le dijo:

—Buenos días. Yo soy Plubont, el tesorero del Castillo. Me indica Tanko que te debemos 3,000 bronces.

—Así es, mi Señor —dijo Lino.

—Excelente. Aquí tienes dos platinos y diez oros. Muchas gracias por tus servicios.

—Gracias a usted, señor Plubont.

Niza abrió los ojos de par en par. Nunca antes había visto monedas de platino ni de oro. Lino tampoco, pero guardó la compostura y, un poco nervioso, guardó las valiosas monedas en un bolsito de cuero bastante amplio que traía amarrado a la cintura, el cual tenía capacidad de cargar unas 400 monedas, pues ellos esperaban recibir el pago en plata.

Era pasado el mediodía cuando finalizaron las actividades que Wentn les había encargado. Filas de mesas y sillas estaban perfectamente acomodadas en varias hileras, dejando suficiente espacio para que los meseros que iban a estar sirviendo la comida pudiesen pasar sin problemas. Adicionalmente, varios toldos y mesas donde se colocarían bocadillos y diversas bebidas ya estaban en varias ubicaciones estratégicamente seleccionadas para conveniencia de los meseros. Los toldos estaban exquisitamente decorados con bordados que había sugerido el propio Tanko, y que habían sido confeccionados por matronas expertas en esas artes.

Todo estaba enmarcado por la espléndida arquitectura del Castillo, que estaba hecho 100% de mármol traído de las canteras de Lendl y que tenía un estilo de diseño muy similar a las más elegantes y hermosas construcciones de esa congregación, siendo la más bella de todas el Palacio de Gobierno, colocado estratégicamente en la colina ubicada en el punto donde el agua proveniente de las espectaculares cataratas de Lendl se bifurca en dos, contando con una vista privilegiada de toda la congregación.

En la época que el Castillo fue construido, Jantl apenas tendría unos seiscientos cincuenta años de edad y el mármol era un material de construcción desconocido para las demás Razas. En aquel entonces, el cristal tampoco era conocido más que por los Eternos, a quienes su longevidad y perfecta salud les permitía experimentar con los materiales y hacer innovaciones tecnológicas que las otras Razas consideraban "magia".

Por su parte los Conscientes, siendo capaces de conjurar verdadera magia, no se preocupaban tanto en hacer grandes descubrimientos tecnológicos, pero sí eran muy ávidos de adquirir nuevos conocimientos que sirvieran a propósitos más elevados, siempre relacionados con las artes místicas. Un claro ejemplo de esto es la creación del *Ojo Rojo de Travaldar*. Me explico.

En Kontar, el gueto más importante de esta Raza, existe una mina donde, a lo largo de los años, se han extraído varias gemas de gran valor. En el año 8115, un joven, pero extremadamente talentoso Consciente llamado Travaldar, logró extraer un inmenso rubí de dicha mina. Aparte de ser muy poderoso para tener apenas 200 años de edad, Travaldar también era capaz de conectarse con otras realidades y planos de existencia, habilidad a la que sus congéneres llamaban "tener visiones", pero que a Travaldar le causaban gran impresión y consternación.

Travaldar era capaz de entrar en trance y permanecer así por días. Cuando salía de tales estados de concentración, antes de irse a dormir o de comer algo, lo primero que hacía era tomar nota de todo lo que había visto y luego lo plasmaba en hermosos poemas que recopiló en varios libros a los que la gente comenzó a llamar *Los Cantos de Travaldar*. Después de tener una "visión" particularmente perturbadora, Travaldar decidió conjurar un poderosísimo hechizo de protección sobre el rubí que había guardado durante casi trescientos años, previendo que esa herramienta comenzaría a acumular poder y sería de fundamental utilidad para la misión más importante de una Eterna de ojos color violeta, a quien aún faltaba poco menos de un milenio para nacer. A ese rubí se le llegó a llamar *el Ojo Rojo de Travaldar* y fue empotrado en un cetro hecho de oro mil años después de haber sido hechizado por primera vez, momento en que el rubí había acumulado un inmenso poder de protección que hacía prácticamente invulnerable a su portador al efecto de cualquier hechizo o ataque mágico.

Pero bueno, me estoy desviando de la historia nuevamente. A veces me resulta difícil elegir qué de todo el conocimiento que tengo en mi mente os debo relatar y cómo acomodarlo en un orden que os permita comprender la secuencia y encadenamiento de los eventos. Apenas tengo 50 años, pero los Ancianos de mi colonia consideran que estoy preparado para este reto. Espero que vosotros lo penséis también. Sin más interrupciones, prosigo.

El día anunciado, poco antes del mediodía comenzaron a llegar los invitados. Los acólitos venían vestidos con capuchas grises sencillas, pero, a diferencia de como solía ser, sus cabezas estaban descubiertas. Tanto los varones como las hembras tenían el cabello cortado al ras. Los varones se habían dejado crecer la barba hasta casi la altura del plexo solar, pero las barbas se veían peinadas con esmero para la ocasión. A todas las capuchas las adornaba una cinta ancha color bermellón, que estaba atada a la cintura, con excepción de los graduandos de honor, cuya cinta era de un color dorado. Esta era la primera vez en siglos que tantos Conscientes ocupaban el Castillo al mismo tiempo.

Los últimos ciento treinta años habían logrado que Kempr superara la aversión a esta Raza, al menos para servir de anfitrión por unas horas, lo cual él quiso aprovechar para procurar un acercamiento con los líderes del monasterio. La idea de procurar este acercamiento fue de Wentn, quien veía en los Conscientes a una Raza con quienes hacer alianzas era considerado por él no sólo como algo estratégico, sino también útil. Al fin y al cabo, las hazañas de haber difundido el lenguaje común en todo el planeta y de haber convertido el Antiguo Desierto en bosque, hacía más de once siglos, se habían logrado gracias a la magia de los Conscientes de quienes, bien encauzados, se podían esperar grandes logros. Wentn hizo ver esto a Kempr quien, con ciertas reservas, aceptó organizar el banquete, aprovechando que una nueva generación de acólitos se graduaba ese año.

Si hay algo en lo que los Eternos puede decirse que son buenos, es en su capacidad de persuadir a otros. Wentn había cultivado esta habilidad más de dos siglos ya, y desde muy joven había descubierto el poder que la palabra tenía para que otros hicieran lo que él quería, totalmente convencidos de que era lo mejor para todos. Secretamente, él mismo se vanagloriaba de estar detrás de algunas de las decisiones más importantes que había tomado Kempr durante su mandato y se consideraba clave e imprescindible para él. Amaba vivir en el Castillo y, gracias a su trato amable y gentil, se había ganado el afecto del resto del personal del Castillo. Kempr lo veía con buenos ojos, porque además lo descargaba de muchas de las tareas, lo que le dejaba más tiempo libre para hacer lo que verdaderamente le apasionaba: planear desde acantilados.

Cuando ya habían llegado todos los invitados, Kempr hizo su aparición en medio del campo donde Lino y Niza habían ayudado a instalar todo y subió a la tarima que se había colocado en un extremo del campo para tal efecto. Fue recibido con un caluroso aplauso de la concurrencia. Sonriendo, comenzó a saludar y esperó que la ovación cesara para comenzar a hablar.

—Es para mí un honor daros la más cordial bienvenida y me uno a la festividad de la ocasión. Os extiendo la más calurosa felicitación por este logro que, estoy seguro, ha sido conseguido a base de mucho esfuerzo y grandes sacrificios. La formación que habéis recibido os plantea el reto y la misión de usar vuestras habilidades en beneficio de nuestra sociedad y estoy seguro de que, en los años venideros, comenzaré a tener muy buenas noticias de muchos de vosotros. Sin más preámbulo, doy el espacio para que disfrutéis de varias presentaciones artísticas y mágicas.

Un gran aplauso acompañó a Kempr mientras descendía de la tarima. Los meseros comenzaron a servir algunos bocadillos y bebidas. Dos esbeltos y gráciles Eternos, varón y hembra, vestidos con ropas de seda que les quedaban al cuerpo, subieron a la tarima. Un grupo musical integrado por Eternos comenzó a tocar una música dulcísima. Los dos que estaban sobre la tarima comenzaron a ejecutar una danza coordinada con gran maestría y que seguía los diferentes estadios de la pieza musical, que parecía narrar una historia de amor entre ambos bailarines, con encuentros y desencuentros, con pasión y desdén, con alegrías y tristezas. Lino se quedó extasiado contemplando tan bello espectáculo y sus ojos se humedecieron de emoción. Un fuerte aplauso cerró la presentación.

Seguidamente, un grupo integrado por veinticinco Pensantes subió a la tarima. Al unísono, los veinticinco individuos comenzaron a ejecutar una especie de marcha o danza que estaba constituida por complejos movimientos y que estaba sincronizada con una perfección intachable. Con sus palmas y sus pies, generaban ruidos rítmicos que, escuchados en sucesión, simulaban una pieza musical. Sin darse cuenta, los espectadores, incluidos Niza y Lino, comenzaron a seguir con sus cuerpos el ritmo, que tenía una cadencia irresistible. Cuando terminaron, todo el público se puso de pie y los despidió con un extenso y caluroso aplauso.

Para el siguiente acto, un grupo de dieciséis Forzudos subió a la tarima. Tanto varones como hembras lucían cuerpos extremadamente bien cuidados y en extremo musculosos. En menos de cinco minutos, habían montado sobre la tarima varias columnas, cuerdas y trapecios que parecía estaban destinados a hacer actos de equilibrio y gimnasia. Dos de ellos, un varón y una hembra, se colocaron con las rodillas levemente flexionadas y, viéndose de frente, se tomaron de los brazos. En el acto, los otros catorce comenzaron a subirse encima de ellos, siete de cada lado.

Cuando habían creado dos columnas humanas de ocho individuos cada una, los dos que estaban en la base se soltaron de los brazos y comenzaron a girar, volteando a ver hacia el público. Apoyando sus manos en los pies del que estaba justo encima de ellos, levantaron toda la columna humana. Cada uno de los siete de cada columna comenzó a saltar hacia sendos trapecios, con una sincronización casi perfecta, comenzando por el que estaba más arriba, hasta que las dos columnas humanas colgaban de los trapecios, que soportaron el enorme peso.

Después de esto, siguieron varios actos de precisión y fuerza, que implicaron lanzar objetos punzocortantes, pasar rápidamente por aros en llamas y crear columnas humanas que ejecutaban acrobacias. El público emitía sonidos de susto y admiración continuamente. Cuando terminó el acto, los dieciséis acróbatas estaban muy sonrientes y, haciendo una reverencia, desarmaron todos sus implementos aún más rápido de lo que los habían armado, mientras una ovación de pie los felicitaba. Niza y Lino sintieron un enorme orgullo de su Raza. Tanko había salido a ver este acto, porque una de sus hermanas era parte del elenco y, cuando todo el mundo estaba aplaudiendo, él fue uno de los más efusivos.

El cuarto acto le correspondió a un cuarteto de Conscientes. A diferencia de la vestimenta sencilla habitual que caracteriza a los de esta Raza, este grupo vestía ropajes con colores muy llamativos. Muy tranquilamente, subieron todos a la tarima. Había dos varones y dos hembras. Ellos tenían una barba impecablemente recortada y ellas lucían una larga cabellera, que estaba graciosamente entretejida como una especie de trenza que les tocaba la espalda baja. Una pequeña banda musical que estaba a un costado de la tarima comenzó a redoblar un tambor. Los dos varones extendieron sus brazos hacia las hembras, diciendo: —*Letjeti*. Ambas comenzaron a elevarse en el aire, hasta que alcanzaron la altura de la torre más alta del Castillo. En ese momento, ambos bajaron los brazos y ellas comenzaron a caer a toda velocidad. El público emitió un sonido de asombro y susto. Cuando estaban al doble de la altura de los varones, ambas extendieron los brazos y gritaron al unísono: —*¡Pjena!* Pareció como si hubiesen entrado en un material muy espeso y suave, que amortiguó inmediatamente la caída y les permitió descender muy graciosamente y quedar de pie, como si nada hubiera pasado. El público comenzó a aplaudir.

Los varones se distanciaron entre sí y extendieron los brazos. De las manos de uno de ellos, comenzó a salir una intensa llamarada cuando dijo: —*¡Bljesak!* Al mismo tiempo, de las manos del otro comenzó a salir una especie de ventisca nevada cuando dijo: —

¡Snijeg! Ambas fuerzas se encontraban en el centro y se anulaban mutuamente. En eso, las llamas comenzaron a ganar terreno a la ventisca. Cuando las llamas estaban por alcanzar al que estaba emitiendo la ventisca helada, una de las mujeres extendió sus brazos en dirección hacia el piso justo debajo de él y gritó: —*¡Čarobna rupa!* Un agujero se abrió en el piso y otro se abrió en el aire, arriba y un poco detrás del hombre que estaba lanzando las llamas, haciendo que el hombre de la ventisca cayese justo detrás del otro. Le tocó el hombro y el otro fingió asustarse y cesaron las llamas. El público se echó a reír, al tiempo que aplaudía.

Ambos varones y ambas hembras se pusieron de pie en fila, mirando de frente al público. Cada uno se quedó mirando fijamente a un graduando distinto. Cuando la música de la banda tocó un platillo metálico, los cuatro extendieron su brazo derecho, señalando al graduando que habían elegido y gritaron: —*¡Razmjena!* Instantáneamente, el cuerpo de cada graduando estaba en el lugar donde había estado uno de los cuatro y cada uno de ellos se encontraba ahora sentado en el lugar donde habían estado los graduandos. El público aplaudió efusivamente.

Cuando Niza presenció esto, se quedó atónita y por vez primera comprendió lo que le había sucedido cuando tenía siete años. Se acordó del encapuchado que, después de ser atacado por su madre, había caído al suelo y como, instantes después, su ángel guardián había aparecido, tomando la forma de éste. Ella había deseado desaparecer, ¡había sido ella misma quien se había transportado a la tribu de Lino! Lino notó que algo le pasaba y le preguntó si todo estaba bien, a lo que ella respondió que sí, que sólo estaba muy impresionada por el acto de magia.

Cuando terminó este cuarto acto, el tiempo de servir el platillo principal había llegado. Una horda de meseros, pulcramente vestidos, comenzó a llevar platos a cada invitado. Lino y Niza, como invitados de honor, estaban sentados a ambos lados de Kempr en la mesa principal. Wentn estaba en el otro extremo, con el director espiritual del monasterio a su derecha y el director académico a su izquierda. Kempr se dirigió a Niza:

—Me ha dicho Wentn que habéis sido de crucial importancia para ayudar a que todo estuviese en su sitio para el banquete. Os quiero dar mi más sincero agradecimiento.

—Ha sido un placer —dijo Niza, mientras le dirigía una mirada que Lino interpretó como "seductora".

—Qué excelente actitud. Gente así es la que siempre ando buscando para que me ayude acá en el Castillo.

—¿Quieres decir que podrías ofrecerme un empleo acá en el Castillo? —dijo ella atrevidamente, pero con mucho entusiasmo. Kempr soltó una sonora carcajada.

—Eres ambiciosa, eso me gusta —dijo, sonriendo. Niza se sonrojó. Kempr agregó: —Estoy seguro de que tenemos un trabajo para una Forzuda estudiosa como tú. En un rato más le consultaré a Wentn en qué podemos colocarte acá. Entre tanto, ¿os gustaría escuchar algunas de esas historias que tengo de vuestro tatarabuelo?

Lino y Niza asintieron emocionados. Durante las siguientes dos horas, Kempr les relató varias historias de Mindo, que ellos encontraron interesantes, algunas de ellas muy cómicas. Mientras tanto, Niza volteaba a ver de vez en cuando a Wentn y le sonreía, a lo que él devolvía el gesto. Lino estuvo buscándole a Niza la mirada en vano. Esa noche durmieron una vez más en los aposentos de invitados. Lino la increpó antes de que entrara a su recámara:

—¿Qué estás haciendo, Niza?

—¿A qué te refieres?

—¿En serio te vas a quedar a vivir acá? ¿Ya no quieres vivir con nosotros?

—Desde hace mucho vengo sintiendo que mi destino es mucho más grande que hacer vida en la tribu —dijo ella.

—Si eso es lo que quieres, no tengo más que desearte que te vaya muy bien. Te amo —y le dio un fuerte abrazo.

Niza se sintió conmovida por ese gesto. Sin embargo, tratando de hacerse la fuerte, dijo:

—Ya suéltame, que me vas a hacer llorar o, peor aún, cambiar de opinión.

Al día siguiente, a Niza le sería asignada una sencilla habitación para el personal de planta del Castillo. Su primer trabajo sería ayudar a Baldr, el bibliotecario, a definir un nuevo sistema de clasificación de los libros y pergaminos. Ella sugirió comenzar con los que trataban temas de magia y encantamientos, que eran los que prácticamente nadie consultaba en el Castillo y que, por ende, estaban más desorganizados.

Alrededor del mediodía, un taciturno y pensativo Lino abandonaba solo la ciudad por la puerta este.

Capítulo XXIII:

Intercambiando información

untej estaba cepillando el pelaje de la bestia que había llevado a Lino a la Gran Ciudad hacía unos meses. El horrible clima hacía necesario estar limpiando a los animales con mayor frecuencia de lo habitual. Una mujer alta y esbelta de increíble belleza y ojos color violeta se acercó a él. Se le cayó la mandíbula, detuvo el cepillado y se quedó viendo con fascinación, entre atónito y extasiado, aquellas orejas levemente puntiagudas. Su asombro no tuvo límites cuando notó al lado de ella una criatura que flotaba a ras del suelo, hecha de pura luz, con unos ojos cuyo color no lograba terminar de discernir.

—Buenos días, noble Señor —dijo ella, con una voz tan dulce y melodiosa, que Muntej sintió que moría de amor.

—Buenos días, bella Señora —contestó él, mientras observaba a la criatura de luz. Su voz era ronca y firme, aunque con un cierto temblor causado por los nervios.

—Yo soy Jantl, y él es mi amigo Fizz —dijo ella, sonriendo. Fizz esbozó una especie de sonrisa y levantó su mano derecha, a manera de saludo. Muntej abrió mucho los ojos y dijo:

—Mucho gusto, Jantl. Buenos días a usted también, señor Fizz —y le regresó el saludo. Volteando a ver a Jantl añadió, con respeto y dulzura: —Mi nombre es Muntej. ¿En qué puedo serviros?

—Hemos venido de muy lejos para reunirnos con Lino —dijo ella, agregando: —Hay un tema de vital importancia que debemos tratar con él. ¿Me podrías indicar, Muntej, dónde se encuentra el lugar en el que él habita, por favor?

—Por supuesto. Yo personalmente os acompaño —dijo él, de manera solícita y galante.

—Qué amable. Muchas gracias.

El establo estaba muy cerca de la puerta oeste de la tribu, pero para llegar a la choza de Lino había que adentrarse en la tribu. Todas las personas con las que se toparon camino a la casa de Lino se quedaban perplejas al observar aquella inusual comitiva. Muntej los saludaba nerviosamente y seguía avanzando. Casi nadie le regresó el saludo. Sólo atinaban a quedarse viendo fijamente, con la boca abierta. Los chiquillos comenzaron a seguirlos, llenos de curiosidad y asombro.

Cuando llegaron a la choza de Lino, Muntej se acercó a la puerta y tocó dos veces. Un minuto después, Lino abría la puerta para encontrarse con el responsable del establo, una Eterna bellísima y aquel ser de luz que había conocido en la choza de meditación hacía algunas semanas. Un chiquillerío estaba detrás, haciendo gran barullo.

—¿Fizz? ¿Eres tú? —dijo Lino, con alegría y sorpresa. Y, dirigiéndose a los críos: —¡Niños! Dejad en paz a nuestros visitantes, por favor —los chiquillos cesaron la algarabía y se comenzaron a dispersar, con cara decepcionada. Y abriendo la puerta de par en par, Lino dijo: —Pero, pasad, por favor. Adelante, adelante. Bienvenidos a mi humilde morada. Muchas gracias por guiarlos, Muntej.

Muntej esbozó una leve sonrisa y se llevó la mano derecha a la cabeza. Se encaminó de regreso al establo. Jantl y Fizz ingresaron a la choza. Lino cerró la puerta.

—Sentaos, por favor. ¿Os ofrezco algo de beber? —dijo él.
—Yo no necesito sentarme —dijo Fizz.
—Un té estaría bien, muchas gracias —dijo Jantl.

Lino puso a calentar una olla con agua y se sentó frente a Jantl. Fizz flotaba a un lado de ambos. Lino no sabía qué decir y, antes de que se creara un silencio incómodo, Jantl comenzó a hablar:

—Mi nombre es Jantl, Lino. Fizz me ha puesto al tanto de lo que está pasando con Niza y he venido a ofrecer mi ayuda para hacer algo al respecto.
—¿Tú eres la primera Regente Suprema? —dijo Lino con asombro. Sus lecciones de historia estaban sirviendo de algo al fin.

—Así es. Soy la madre de Kempr.

—¡Es un honor! —y, volviendo a ver a Fizz, le dijo: —Te luciste, Fizz, yo no sabía que estabas tan bien "conectado" —Fizz se lo quedó mirando, con una cara inexpresiva y dijo:

—"Luciste", "Conectado"… No entiendo esas palabras.

Lino se rio. Jantl sonrió y tocó a Fizz. Fizz dijo:

—Comprendo. Jantl y yo nos conocemos hace muchos años.

—Mil ciento cuarenta y siete años, nueve meses y veinte días, para ser exactos —dijo ella.

Lino abrió mucho los ojos. El agua que había puesto en el fuego comenzó a hervir. Se levantó a preparar dos tazas de un té muy aromático que se producía en la tribu. En eso, cayó en cuenta de algo y viendo a Jantl a los ojos dijo sentidamente:

—Lamento mucho lo de tu hijo.

—Muchas gracias. No es común que alguien nos dé el pésame. Yo me enteré hace pocos días. Ya tendré tiempo para lidiar con esta pérdida —dijo ella, con un dejo de tristeza en la mirada. Y agregó: —Pero ahora nos ocupan temas de más urgencia.

—Por supuesto —dijo Lino. —Te escucho.

—Fizz me ha puesto al tanto de lo que él ha vivido con Niza. En su conexión contigo, lo que tú le transmitiste también lo he recibido yo. Ahora falta que tú me ayudes a "rellenar los agujeros".

—Hay una información que Fizz no recibió cuando él y yo nos conocimos, pues en ese momento esa información la tenía en mi memoria registrada en forma muy diferente a como recuerdo mis vivencias. Después de que él se fue, he tenido tiempo suficiente para revisar con detenimiento esa información y creo que hay una pieza clave que le falta a tu "rompecabezas".

—¿A qué información te refieres?

—A todo lo que vivió Niza durante sus primeros quince años de vida.

—¿Cómo es eso posible? ¿Eres telépata? ¿Leíste la mente de Niza?

—La mente de Niza no he podido leerla nunca. Sí me es posible establecer conexiones telepáticas con otras mentes, aunque sólo lo hago si la otra persona me lo permite. Además, puedo establecer una comunicación telepática con los Pensantes y también puedo bloquear a voluntad dicha comunicación telepática. Precisamente gracias a esto, recibí de ellos esta información, extraída de los Libros Eternos del Universo.

—Yo hace mucho conocí a alguien que era capaz de consultar los Libros Eternos del Universo, su nombre era Travaldar —dijo Jantl, con cierta nostalgia. Y añadió: —Me interesa que me compartas esa información, por favor. Quiero entender a qué "pieza clave" te refieres.

—Por supuesto. Relaja tu mente, por favor —dijo Lino, al tiempo que cerraba los ojos y comenzaba a concentrarse.

Jantl también cerró los ojos. En poco menos de dos minutos, Lino le había compartido toda la información que tenía en su mente relacionada con los primeros quince años de vida de Niza. Cuando terminó, ambos abrieron los ojos. Jantl dijo:

—¡Ya sé a dónde tenemos que ir! ¿Crees que Muntej nos pueda proporcionar dos animales de galope?

—¡Claro! ¿Cuándo quieres que partamos?

—Ahora mismo.

Capítulo XXIV:

Atando cabos

U lgier se sobresaltó. Tres décadas de soledad y aislamiento lo habían acostumbrado a un silencio continuo, donde sólo sus propios pensamientos lo acompañaban. El lugar donde había habitado los últimos treinta años se encontraba en lo profundo de una mina abandonada hacía mucho, la cual alguna vez explotaron los Forzudos y que había sido redescubierta durante la Gran Unificación por el Iluminado. Instintivamente, volteó hacia el lugar de donde provino el súbito ruido. Una pila de pergaminos que estaban en un escritorio cayó al suelo, cuando el aire cercano a ellos dio espacio para el cuerpo que se materializó en una fracción de segundo en ese punto.

—¡Mina…! —gritó. Y de un salto, que tumbó la silla donde estaba sentado, se levantó para ir a abrazar a su mujer.

Ella abrió los brazos, en busca de aquel abrazo por tantos años anhelado. Y, mientras en las mejillas de ambos corrían lágrimas de tristeza y felicidad a la vez, el abrazo se prolongó casi media hora.

—¿Dónde estamos? —preguntó ella, cuando la intensa emoción disminuyó un poco.

—Al este del Antiguo Desierto, en una mina abandonada. El poblado más cercano es la tribu Mirtai, que está a unos ciento sesenta kilómetros de aquí.

—Algo muy malo está pasando, amor —dijo Mina. Esa última palabra, hizo a Ulgier estremecerse de gusto y de felicidad. Sin embargo, lo que le estaba diciendo ella sonaba grave. Le preguntó:

—¿Por qué lo dices?

—A nuestro gueto han llegado rumores de que muchos de los nuestros están causando destrozos en las tribus de Forzudos. Parece ser que todo tiene que ver con una revuelta organizada por ellos hace tres meses. La Regente Suprema está decidida a dar con el paradero de su líder y ha iniciado una Inquisición sin cuartel contra su propia Raza. Adicionalmente, algo extraño está sucediendo con el clima. En nuestro gueto hace un calor insoportable desde hace semanas y de uno de los guetos que está más al sur nos llegó la noticia de que la Zona Volcánica ha estado muy activa. Parece ser que el Gran Volcán ha estado emanando ceniza en grandes cantidades.

Ulgier se quedó meditando al respecto. Él rara vez abandonaba su encierro autoimpuesto, por lo que no había notado estas alteraciones climáticas que su esposa le estaba comentando. Se dirigió con ella a la entrada de la mina, donde un montón de piedras enormes bloqueaban la entrada. Sin detenerse, Ulgier tomó a Mina de la mano y se introdujo en el espacio donde estaban tales piedras y ella comprendió que él había hechizado las piedras para poder atravesarlas. Cuando salieron al aire libre, notaron que el cielo estaba nublado y que una lluvia menuda, combinada con ceniza caía constantemente. Todo el paisaje se veía gris y sombrío. No se escuchaban trinos de pájaros.

—Esto no está bien —dijo él, con cara de consternación. Y volvieron a ingresar a los aposentos de Ulgier.

—¿Entonces también sentiste a Rinto sufrir? —preguntó ella, con un dejo de impaciencia.

—Sí, mi amor. Lo sentí. ¿Y tú?

—Desde ayer lo siento sufrir igual que hace treinta años.

—Fui un estúpido por no creerte. Perdóname.

—Todo lo que tenía que perdonarte, ya te lo he perdonado. Ahora en mi corazón sólo existe agradecimiento. Agradecimiento de que mi hijo siga con vida. Agradecimiento de que tú ahora lo crees. Agradecimiento de volverte a ver —y, haciendo una pausa, Mina agregó: —¿Qué podemos hacer para ayudar a nuestro hijo?

—Primero que todo, necesitamos saber con exactitud dónde se encuentra –dijo Ulgier.

—En los sueños que tuviste, ¿no lograste identificar algo que te diera pistas de su paradero?

—De los sueños de noches anteriores, ya no me acuerdo de casi nada. Sin embargo, del sueño de anoche tengo vívido en mi memoria el recuerdo de todo lo que vi.

—Cuéntame lo que viste —dijo ella, con ansiedad.

—Recuerdo que era un salón grande, con paredes de mármol color negro y sin ventanas; había una especie de símbolo de gran tamaño en color dorado en una de las paredes. Delante de dicho símbolo, había dos columnas, hechas de mármol rosa, con cuatro anillos metálicos hechos de hierro, según pude determinar, dos por columna. Por cada anillo, pasaba una cadena metálica, también de hierro, de eslabones anchos. Al final de cada cadena, había grilletes que sostenían firmemente las muñecas y tobillos de Rinto, los cuales se veían sangrando. Su torso estaba desnudo, tenía una quemadura abierta en el pecho, su frente tenía rastros de sangre y su cuerpo moretones y laceraciones por todas partes.

—¡Mi pequeño! —dijo Mina, llevándose la mano a la boca. —¿No llevaba puesta su capucha?

—No. Eso fue algo que me llamó la atención. Tenía puestos unos pantalones bombachos, muy similares a los que usa el personal del Castillo. Le quedaban un poco cortos y bastante anchos, pues usualmente son la vestimenta de Forzudos, y parecía que los pantalones habían sido amarrados toscamente a su cintura con una soga. Sus pies estaban descalzos.

—Eso podría significar que está cerca o dentro del Castillo, ¿no crees? —dijo ella, con un brillo de esperanza en los ojos.

—Ahora que lo dices, pienso que sí —secundó él, al tiempo que su corazón comenzaba a latir más rápidamente.

—¿Qué símbolo es el que dices que había en una de las paredes? ¿Lo podrías dibujar?

—Creo que sí —y, tomando un pergamino y un trozo de carboncillo, comenzó a hacer unos trazos.

Conforme la figura iba definiéndose más y más, los ojos de Mina comenzaron a abrirse, llenos de estupor.

—¡Ese símbolo! —dijo, casi aspirando las palabras.

—¿Qué pasa con él? —preguntó Ulgier, lleno de inquietud.

—Nuestro nieto Franjo lo estuvo dibujando por meses pocos años antes de ingresar a la Academia. Giendo me dijo que se había convertido casi en una obsesión. Sin embargo, de repente dejó de dibujarlo, justo cuando hizo una versión en fondo negro, con el símbolo en dorado, que le quedó tan bonita, que Giendo la enmarcó y me la obsequió. Yo había olvidado el tema hasta que hace pocos días estuvo Delor de visita en el gueto.

—¿Al que nombré como mi sucesor en el monasterio que yo dirigía en la Gran Ciudad?

—El mismo. El caso es que Delor quiso pasar a saludarme, por cortesía y porque no se había enterado de tu exilio hasta que estuvo en el gueto. Parecía que venía a darme el pésame, o al menos así lo sentí yo —ambos rieron con esa idea. —Pero bueno, cuando estábamos conversando, Delor se quedó mirando fijamente el cuadro y dijo: «¿Por qué tienes ese símbolo ahí?» Yo le comenté que era un obsequio de mi nieto, quien lo había dibujado hacía como diez años atrás, y le pregunté un poco inquieta que qué le sucedía, ya que en su voz sentí una cierta ansiedad. Entonces, él me dijo que justamente hacía diez años él había apoyado a la Regente Suprema, cuando aún era apenas la asistente del consejero principal, en la construcción de un edificio en la Gran Ciudad, donde ese símbolo había sido colocado en el recinto central. Me dijo que ese edificio se había construido con un propósito, pero que él nunca tuvo acceso a él una vez estuvo terminado. «¿Dónde está actualmente tu nieto?» me preguntó. Yo le comenté que él había ingresado a la Academia hacía pocos años y que vivía en el gueto y le pregunté que por qué le importaba tanto este asunto, a lo que me dijo: «Nadie, excepto la actual Regente Suprema y yo mismo, deberíamos saber de ese símbolo. Un grupo de 20 acólitos participaron en la construcción del edificio, pero yo efectué un ritual de vinculación para que lo olvidaran todo. No veo cómo tu nieto se enteró de esto». Muy intrigada, le pregunté a Delor que de qué otra forma podría haber sabido Franjo al respecto. Me preguntó: «¿Qué edad tiene tu nieto?» Yo le dije: «Acaba de cumplir 205». Entonces dijo: «Eso quiere decir que tendría 195 hace diez años… ¿Será posible…?» Le pedí que me explicara a qué se refería. Me dijo: «Hay un antiguo ritual de sangre que, cuando es realizado, crea un vínculo psíquico temporal con todos los familiares que aún no han llegado a la adultez plena, pero que ya pasaron por el Rito de Iniciación. Ese ritual de sangre no es parte de lo que enseñamos en el monasterio a los acólitos y sólo tengo conocimiento de un libro donde se describe cómo realizarlo». Le pregunté si sabía de la ubicación de ese libro.

—Yo sé dónde está ese libro —interrumpió Ulgier. —En la sección de magia de la biblioteca del Castillo.

—Eso fue lo mismo que me dijo Delor, después de lo cual se despidió, diciendo que ya había hablado de más. Pero, Ulgier, eso quiere decir que alguien que es familia de Franjo y que tuvo acceso a ese libro, supo de la construcción del edificio donde está ese símbolo y ejecutó el ritual de sangre hace diez años…

Ambos se volvieron a ver con asombro.

—¡Rinto! —gritaron ambos al unísono.

—Entonces creo que ya sabemos cómo dar con el paradero de nuestro hijo —dijo Ulgier, con tono triunfal.

CAPÍTULO XXV:

Una nueva consejera adjunta

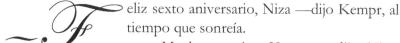

eliz sexto aniversario, Niza —dijo Kempr, al tiempo que sonreía.

—Muchas gracias, Kempr —dijo Niza, devolviendo la sonrisa.

—Has hecho grandes cosas en tan poco tiempo. Tu tatarabuelo estaría orgulloso. Le haces honor a su memoria.

—Eres muy generoso en tus apreciaciones de mi labor —dijo ella, con falsa modestia.

—Le he pedido a Wentn la semana pasada que evaluara con detenimiento lo que has hecho. Me dijo ayer que hoy quería anunciar algo.

Niza casi salta de la emoción. Pero, conteniendo ese impulso, dijo muy serenamente:

—Espero que sean buenas noticias.

—Estoy seguro de que lo son —dijo Kempr. Y sus ojos color índigo se quedaron mirándola fijamente, mientras su dentadura perfecta adornaba una amplia sonrisa.

Desde la primera vez que Niza vio a Kempr, quedó impactada por su guapura. El hijo de Jantl y Virtr había heredado de ellos los rasgos impecablemente varoniles de su padre y la tersura de piel de su madre. Su cuerpo era muy atlético y de proporciones perfectas. El color de ojos de sus dos progenitores se había fusionado en un punto intermedio entre el azul y el violeta y todo él irradiaba una belleza que dejaba atónitos tanto a varones como a hembras la primera vez que lo veían. Niza no fue la excepción. No podía olvidar la sonrisa con que le había preguntado a Tanko por sus nombres y una secreta llama de amor se encendió en su corazón desde ese instante.

Sin embargo, Kempr siempre le dirigía miradas de cariño en las que no había malicia alguna y la trataba con cierto paternalismo, que ella interpretaba como amor ocultándose detrás de una relación que debía ser estrictamente profesional. Kempr ni siquiera sospechaba de estas secretas fantasías, que para Niza eran muy reales, pues él se sentía aún muy joven como para pensar en una consorte y, además, por su cabeza jamás pasó la idea de que podría enamorarse de una mujer que pudiese llegar a envejecer y morir en algún momento. Aunado a esto, él experimentaba la sexualidad con mucha libertad, como cualquier Eterno, y aún no había decidido si le gustaba más la compañía de los hombres que de las mujeres, ni era algo en lo que él se quedaba pensando mucho. Al fin y al cabo, ningún Eterno tomaba decisiones precipitadas en ese sentido.

Sin embargo, para Niza él era el hombre ideal y comenzó a albergar la idea de que tendría que ser un poco mayor para que él se permitiera expresar sus sentimientos por ella con total sinceridad. Alimentada por esta ilusión, ella se empeñó en ejecutar de manera impecable todas las labores que le asignaban y rápidamente les hizo ver que era en extremo inteligente y llena de iniciativa, hasta el punto de que Wentn la nombró su asistente personal cuando cumplió dos años de haber ingresado al Castillo. Posterior a este nombramiento, la habitación que le habían asignado era modesta, pero muy cómoda y mucho mejor que la que había ocupado los dos años anteriores, pues contaba con un clóset de tamaño moderado y su propio cuarto de baño, más un pequeño diván donde ella se quedaba despierta hasta altas horas de la noche, ejecutando las actividades que requerían más el uso de su intelecto que de su fuerza. Su maestro la llegaba a visitar frecuentemente y le daba sugerencias e ideas, que luego ella presentaba en conjunto con ideas propias, generando admiración y respeto en Wentn y en Kempr, que cada día estaban más convencidos de que haberla conocido era un increíble golpe de suerte.

Sin embargo, las ideas que Rinto le daba a Niza estaban todas cuidadosamente planeadas por él como parte de la estrategia de un juego en el que Niza era sólo una pieza más en el tablero. Como esa ocasión en que Rumpo estaba acechando a una presa detrás de un gran árbol, y Rinto hizo que una gran rama que estaba sólidamente adherida aún al árbol se desprendiera, fracturándole la pierna derecha. El animal que Rumpo pretendía cazar se le vino encima y estuvo a punto de acabar con su vida, de no ser porque él era extremadamente hábil con el hacha. Como pudo, logró regresar a la tribu arrastrando el animal y la pierna, que para entonces estaba sumamente hinchada. El curandero de la tribu pasó por grandes aprietos para evitar que él perdiera esa extremidad.

Pocas horas después del accidente de Rumpo, Rinto causó en la mina de carbón que un pesado bloque de piedra y carbón se derrumbase encima de varios mineros y uno de ellos perdió la vida. Debido a que Kenta, la esposa de Rumpo, había trabajado en esa mina cuando era más joven, el capataz de la mina la buscó ese mismo día al final de la tarde para pedirle que le ayudara y le ofreció una muy generosa suma por el apoyo.

Todo esto lo había ejecutado Rinto de manera planificada, porque su objetivo era infiltrar a Niza en el Castillo. Por años le alimentó la idea de que alguien tan poderoso como ella se merecía un destino mucho más grande que vivir en esa pequeña tribu y le inundó la mente con ideas de gloria y grandeza, que sólo eran posibles en la Gran Ciudad. Así que, ese día en la noche, después de haber provocado los dos accidentes, se reunió con ella para decirle solamente que se iba a presentar por fin la oportunidad que habían estado esperando, sin darle más detalles, y le sugirió que estuviera atenta a cualquier posibilidad de entrar en contacto con el Regente Supremo, pues él estaba seguro de que quedaría prendado de su belleza e inteligencia.

Y la verdad, Niza era muy bella. Esa mezcla de las dos Razas le había dado unas facciones mucho más finas que las típicas facciones más toscas de las hembras Forzudas y su cuerpo era robusto, pero más grácil y delineado que el de una Forzuda promedio. Sus manos no eran finas y delicadas como las de una hembra Consciente, pero tampoco eran toscas y gruesas como las de una Forzuda. Estaba, por decirlo así, en un punto intermedio entre ambas Razas. Sin embargo, a nadie nunca se le había ocurrido pensar que ella fuese una mestiza.

Por eso, cuando Wentn evaluó su desempeño de esos últimos cuatro años como su asistente, siempre consideró que estaba mucho más arriba del promedio para su Raza y Kempr estaba feliz de mantener firme el propósito de no tener Conscientes en su Castillo, pero contar con una Forzuda que era tanto o más inteligente que aquéllos. Wentn ingresó al recinto donde estaban Kempr y Niza conversando y dijo:

—Hola, Niza. Qué gusto me da verte. Kempr, un placer.

—Hola, Wentn. Lo mismo digo —respondió Niza.

—Buenas tardes, mi fiel consejero —dijo Kempr de buen talante.

—Ayer te dije que quería hacer hoy un anuncio. Bueno, sin más preámbulo, te informo que he tomado la decisión de recomendarte que nombres a Niza consejera adjunta —y, viendo a Niza, agregó: —Felicidades Niza, tu desempeño de estos últimos cuatro años como mi asistente ha excedido, por mucho, mis expectativas.

Niza sintió que no cabía en sí de la emoción. Volteó a ver a Kempr, mientras sentía que el corazón le iba a reventar. Él la miró fijamente y dijo, con un gesto muy galante:

—Si has logrado impresionar así a Wentn, no tengo más que decir. Bienvenida al selecto grupo élite del Castillo —y cerró las palabras dándole un abrazo.

Niza le correspondió el abrazo y lo sostuvo unos segundos más de lo debido, cuando ya Kempr había comenzado a soltarla. Esa noche no pudo dormir, de tan emocionada que estaba. Le extrañó no recibir la visita de su maestro esa noche. Desde que ella había comenzado a vivir en el Castillo, Rinto la visitaba cada tres semanas, es decir, dos veces al mes, cada uno de los diez meses del año y exactamente en los mismos días cada mes: el día 18 y el día 36, excepto cuando había un evento excepcional como el que había ocurrido ese día y que su maestro le había augurado apenas cinco días antes. En los días siguientes, Niza se trasladó a una habitación mucho más grande y lujosa y se dio cuenta que ahora tenía mucha más libertad para hacer y decidir.

Por su parte, Wentn se tomó un periodo de descanso que había estado posponiendo por algún tiempo ya, por lo que Niza aprovechó la ocasión para irse a visitar su antigua tribu, que tenía tanto tiempo de no ver. El capataz del Castillo le había entregado una de las bestias más hermosas y mejor cuidadas para que Niza dispusiera de ésta a sus anchas.

Cuando Niza llegó a Bontai, dejó encargada su bestia con Muntej, quien casi no la reconoce, pero quien la saludó muy efusivamente en cuanto identificó que era la hija adoptiva de Kira. Niza se dirigió a la vieja choza que la había visto crecer. Lino estaba subido en una escalera, reemplazando unos tablones de la fachada, que ya estaban muy carcomidos por el comején. Lo observó con nostalgia y con mucho amor y se dio cuenta que ahora sí lo veía realmente como a un hermano. Notó que se le habían comenzado a hacer unas entradas en la frente. Llegó hasta la escalera y la movió un poco. Lino se asustó y, cuando miró hacia abajo, se encontró con ella.

—¡Niza…! —fue todo lo que atinó a decir. Y se bajó inmediatamente de la escalera, para darle un fuerte abrazo.

Ella le correspondió ese abrazo con el mismo afecto y fraternidad. Esa noche, cuando Kira llegó, se encontró con una grata sorpresa. Niza le había traído unos ricos ropajes que estaban muy de moda en la Gran Ciudad y unas golosinas producidas por Eternos de las que ella se había vuelto adicta, pero que a Kira no le gustaron mucho –aunque, por respeto y prudencia, no lo dijo–, así como unas joyas hechas de oro y esmeraldas, traídas directamente de Kontar, según le había informado el joyero que se las vendió. Lino vio con gusto todos estos presentes, comprendiendo que su hermana había madurado mucho y que le estaba yendo de maravilla en la Gran Ciudad. Se quedaron hablando y compartiendo anécdotas hasta la madrugada. En un momento de la conversación, Niza le dijo a Lino:

—Ahora que me nombraron consejera adjunta estaré *muy cerca* de Kempr —y el brillo en sus ojos desconcertó a Lino.

—¿Estás enamorada de él, Niza?

—¿Enamorada? ¿De dónde sacas una idea tan absurda?

—No lo sé. Nunca te había visto poner esa cara al hablar de alguien. Recuerdo que, cuando conocimos a Kempr, parecía que querías comértelo vivo cuando le hablabas.

—¡Eres un tonto! —dijo ella, muerta de risa. Y, poniéndose seria, dijo: —La verdad es que sí estoy enamorada de él. A ti no puedo ocultarte nada. Pero creo que él no se ha atrevido a corresponderme, porque siempre que hablamos hay otras personas presentes. Ahora tendremos oportunidad de estar a solas más tiempo. Ser una Forzuda, ha probado ser una gran ventaja. Kempr no quiere Conscientes cerca.

Cuando dijo esto último, Lino vio en sus ojos un brillo que le dio escalofríos. Vinieron a su cabeza todos los eventos sobrenaturales que él había presenciado y se dio cuenta que, como de costumbre, ella seguía ocultando a todos que tenía estas facultades. Regresaron a su mente antiguas preguntas: ¿Por qué nunca había logrado conectarse con la mente de ella? ¿Qué era lo que hacía todas esas veces que se ausentaba mientras él andaba de viaje? ¿Para qué había tomado y conservado todos esos años la cadena de plata de su madre? ¿Cómo era posible que aparecieran peces muertos en el arroyo cuando ella se enojaba? ¿Y esos días de lluvia cuando estaba triste? ¿Había sido ella la causante del accidente de los odres de vino? Como siempre, el amor que le tenía venció las dudas y, sin darle más vueltas al asunto, siguió disfrutando la velada con su querida hermana, sintiéndose más cercano a ella que nunca.

Pocos días después, Niza regresaba a la Gran Ciudad, revitalizada y con nuevos bríos. La recibieron muy efusivamente en el Castillo y, lo primero que hizo, fue preguntar por Kempr. Lo encontró en la biblioteca, leyendo un enorme tomo titulado *La Guerra entre Eternos y Conscientes*. Él le sonrió, genuinamente contento de tenerla de regreso. Ella se acercó y le dio un beso en la mejilla. Le preguntó, con un tono de abierta coquetería:

—¿Me extrañaste?

—Por supuesto. ¡Y a Wentn! No me deberíais dejar solo. De ahora en adelante, sólo uno de los dos se podrá ir de vacaciones.

—Tienes razón. Disculpa. No volverá a ocurrir.

—¡Estoy bromeando! —dijo él, muerto de risa. —Tengo ciento treinta y cinco años de ser Regente Supremo, unos cuantos días solo, no son nada.

—¡Eres tremendo! —dijo Niza, aliviada. —Pero te prometo que no te volveré a dejar solo nunca.

—Eso dices ahora, pero cuando te enamores, seguramente yo pasaré a estar de quinto en tu lista de prioridades —dijo él, divertido.

—Ya estoy enamorada —dijo ella y, parando la respiración un instante, añadió: —Sólo es cuestión que *él se dé cuenta*.

—Pues, cuando él se dé cuenta, me lo presentas. Quiero saber quién te robará de mí.

—Nadie me robará nunca de ti —dijo ella, y se humedeció los labios.

En ese momento, Plubont entró al recinto, diciendo:

—Buenas tardes, Kempr. Traigo el reporte de gastos del mes, para tu revisión y comentarios.

—Trabajo, trabajo, trabajo… —dijo Kempr, con tono de aburrimiento. Y, dirigiéndose a Niza: —Bueno, querida mía, seguiremos nuestra conversación en otro momento. Qué bueno tenerte de regreso. Descansa. Mañana será otro día.

Niza se despidió de ambos y se dirigió a su aposento. Cuando entró, se encontró a Rinto sentado en una silla de la habitación, con los pies apoyados sobre la cama. Aún faltaba poco más de una semana para que terminase el mes, por lo que su presencia la sobresaltó un poco.

—Felicidades por tu ascenso. Espero que hayas recuperado tus fuerzas. Tenemos mucho trabajo por hacer. Tu destino te está esperando —dijo él, mientras una sonrisa maligna le desfiguraba aún más el rostro.

Capítulo XXVI:

Cómo se arma una conspiración

—Buenos días, Delor. Muchas gracias por recibirme sin aviso previo —dijo Niza.

—Las puertas del monasterio siempre están abiertas para los asuntos del Regente Supremo. Y tú, como asistente de su principal consejero, los representas. ¿En qué podemos servirte?

—Wentn y Kempr me han pedido que te solicite que manejemos el tema que vamos a tratar con absoluta discreción. De hecho, por eso ellos me han enviado en su representación, pues no quieren que se les vincule en forma directa.

—Por supuesto. Cuenta con ello. ¿De qué se trata?

Niza sacó de un pequeño bolso de tela un sobre sellado con el escudo del Castillo. Se lo entregó a Delor, diciendo:

—Esta carta, escrita directamente por Kempr, trata el tema en cuestión. He recibido instrucciones de destruir la carta después de que la leas.

—¿Tú estás al tanto de lo que se trata?

—Sí, claro. La carta es para que tú mismo constates que es Kempr en persona quien lo solicita.

—Entendido —dijo Delor y procedió a romper el sello y leer la carta.

La caligrafía y firma eran, en efecto, las de Kempr. Delor leyó lentamente la carta, para asegurarse de memorizar su contenido. Cuando hubo terminado, le dijo a Niza:

—Comprendo la gravedad de lo que está ocurriendo y agradezco la confianza de que nos involucren. Por supuesto que procederemos como nos solicita el Regente Supremo. Dile que puede contar con nuestro apoyo incondicional —y, al decir esto, le regresó la carta a Niza, quien la arrojó junto con el sobre a las llamas de una chimenea que Delor siempre mantenía encendida.

Para entonces, ya Niza llevaba poco más de tres años en el puesto de asistente de Wentn y tenía acceso libre a toda la información y documentos que se intercambiaban entre el Gobierno Central y los dirigentes de los principales asentamientos de Koiné. Wentn consideraba invaluable el hecho de que ella leyera toda la correspondencia y le diera siempre un resumen de los puntos más relevantes. Los primeros meses él verificaba, sin que ella lo supiese, cartas seleccionadas al azar para validar qué tan buena era su capacidad de síntesis, llegando a la conclusión de que era impecable. Después de eso, nunca volvió a verificar los documentos, pues confiaba plenamente en ella.

Durante meses, previo a su reunión con Delor, Niza estuvo practicando imitar a la perfección la caligrafía de Kempr y su firma. Ella misma era quien sellaba con cera las comunicaciones oficiales que salían del Castillo, por lo que tenía acceso libre al sello con el escudo.

Un año antes de esta reunión, Niza había por fin logrado elaborar un pendiente de oro, siguiendo de manera precisa las indicaciones que daba un libro titulado *Rituales de Vinculación*, que se había encontrado en la biblioteca cuando tenía apenas tres meses de haber comenzado a trabajar en el Castillo. Dicho libro describía con detalle varias aplicaciones útiles para tales rituales, indicando que era posible crear un amuleto por medio del cual se podría ejecutar un ritual de vinculación las veces que fuese necesario, sin necesidad de ejecutar todos los pasos previos, que eran muchos. La elaboración de dicho amuleto era en extremo compleja y requería muchos materiales que ella ni siquiera sabía qué eran. Además, la creación del amuleto implicaba ejecutar dos rituales más: uno de sangre y uno de fuego, que sellarían la magia de vinculación en el amuleto. El libro estaba escrito a mano, con una hermosa y estilizada caligrafía. Notó que, en varios pasajes del libro, estaban escritos símbolos que ella no comprendía del todo. Le preguntó a Baldr qué eran esos símbolos, a lo que él le replicó que eran el antiguo idioma Consciente, que aún era usado por esa Raza para conjurar hechizos, pues era una lengua cuyos sonidos tenían una frecuencia que vibraba más allá del plano físico. Niza comprendió que tenía mucho que aprender aún. Con ansias esperó dos semanas la visita de su maestro. Esa noche, cuando entró a su habitación, ahí estaba él, esperándola.

—¡Maestro! Hace doce días te estoy esperando —dijo ella, con una emoción que normalmente ocultaba a los demás.

—Cuéntame —dijo él, seriamente.

—Encontré un libro llamado *Rituales de Vinculación*, que creo que me permitirá crear mi propio ejército de súbditos.

—Ejecutar ese tipo de rituales es en extremo complejo, mi querida aprendiz. Aún no estás preparada para ello y muchos de los materiales ni siquiera se encuentran en la Gran Ciudad.

—Yo sé, maestro, sé que aún tengo mucho que aprender… Incluso un nuevo idioma.

—Por supuesto. Los conjuros que hay que hacer son en el antiguo idioma Consciente.

—¿Ese es el idioma en el que pronunciamos los encantamientos que me has enseñado todos estos años, maestro? Yo siempre pensé que era jerigonza —dijo un poco avergonzada.

—El lenguaje común es considerado ahora la lengua materna de todos, pero los Conscientes seguimos usando nuestro antiguo idioma para conjurar los más potentes hechizos. Es la forma más directa de conectarnos con la fuente de nuestro poder.

—¿Me podrías enseñar este idioma, maestro?

—Aprender por completo el antiguo idioma Consciente te tomaría muchos años, Niza. Hace siglos, el lenguaje común fue empotrado por el Iluminado en las mentes de todos gracias a un dispositivo creado por nuestra Raza, pero el paradero de dicho dispositivo me es desconocido.

—¿Y no podríamos volver a crear el dispositivo, maestro?

—Para crear ese dispositivo se requirió la magia de veintiuno de los nuestros y una espera de dos siglos… No tenemos tanto tiempo, ni tanta magia, mi querida aprendiz.

—¿Por qué la espera tan prolongada?

—Porque el dispositivo necesitaba acumular suficiente poder para afectar *multitudes*.

—Eso quiere decir que no tenemos que esperar entonces tanto tiempo, maestro: *sólo queremos que me afecte a mí* —dijo, levantando una ceja.

—Eso nos deja aún sin resolver tres asuntos: tener acceso al conocimiento antiguo de cómo crear el dispositivo, agrupar a veinte Conscientes poderosos y lograr que ellos invoquen los hechizos necesarios, junto contigo.

Niza bajó la mirada, desesperanzada. Rinto le dijo:

—No estoy diciendo que sea *imposible*, sólo *muy difícil*. Te felicito por haber encontrado ese libro, y me complace enormemente que estés pensando en cómo te puede ayudar a alcanzar tu destino. El dispositivo original fue ideado por un antiguo Consciente llamado Travaldar que pasó sus últimos años de vida apartado de todos, como un ermitaño. Se dice entre los nuestros que se fue a morar al Antiguo Desierto, cuando aún era un desierto. Yo buscaré la última morada de Travaldar. Puede que no nos veamos en mucho tiempo, mi querida aprendiz. Entre tanto, averigua todo lo que puedas.

—Así lo haré, maestro.

Con fruición buscó por meses información de los rituales de sangre y fuego. Baldr observaba a Niza tan concentrada, ordenando, clasificando y leyendo los libros, que llegó a pensar complacido que era el trabajo perfecto para ella, pues la consideraba un "ratón de biblioteca", igual a él. En su proceso de búsqueda, a las pocas semanas de haber iniciado, Niza encontró con gran júbilo una receta que indicaba los pasos para crear una pócima de potenciación de habilidades. Tomó nota de los ingredientes, aún sin comprender qué eran la mayoría de ellos. Dos meses después, logró dar con un libro titulado *Rituales de Sangre* y, un mes más tarde, encontró *Rituales de Fuego*. Los libros se veían antiquísimos y estaban escritos a mano, con la misma hermosa caligrafía de *Rituales de Vinculación*.

Tanto en el pergamino de la pócima, como en los libros de los rituales, también había símbolos del antiguo lenguaje Consciente – aunque en el pergamino sólo eran unas pocas palabras, a diferencia de los libros, que eran páginas enteras–, lo cual reforzó en ella el objetivo de aprender el idioma, que implicaba no sólo comprender los símbolos, sino saberlos pronunciar perfectamente. Recordó las incontables ocasiones en que su maestro la reprendía duramente por no pronunciar correctamente lo que hasta entonces ella llamara "jerigonza" pues, a pesar de haber iniciado muy joven su aprendizaje, ya tenía muy imbuido en su mente el lenguaje común y los sonidos que su maestro le pedía emitir a veces para ella representaban un gran esfuerzo.

Durante esos meses posteriores a la visita de Rinto, Niza tuvo oportunidad de leer muchos otros libros que le parecieron interesantísimos. En la sección de Historia –que era una de las preferidas de Baldr por haber escrito él mismo varios de sus volúmenes y que ella encontró perfectamente ordenada cuando comenzó a trabajar con él–, dio con un tomo bastante vasto titulado *La Guerra entre Eternos y Conscientes*. En él leyó mucho acerca de La Orden de la que le hubiese hablado su maestro. Juzgó el libro tendencioso y definitivamente escrito por Eternos, pues dejaban muy mal parados a los miembros de la Raza a la que ella, secretamente, pertenecía con orgullo. Encontró la mención del nombre "Jantl" muchas veces en el texto, nombre que identificó perfectamente gracias a lo que había aprendido de Historia de Koiné cuando era niña y adolescente. La lectura de este libro le tomó un mes entero. Justo el día en que estaba terminando de leer el libro, entró Kempr a la biblioteca.

—Hola, Baldr —dijo Kempr con desenfado. —¿Tendrás alguna nueva novela entre tus últimas adquisiciones? Estoy muy aburrido.

—Hola, Kempr —replicó Baldr. —Justamente la semana pasada recibimos el último escrito de Rontr, donde narra pasajes de su vida, dando especial énfasis a su amistad con el Iluminado. Está muy entretenido.

—¡Me encantan las historias de Rontr! —dijo Kempr, emocionado —No sabía que había sido amigo del Iluminado.

—Bueno, ya sabes cómo es Rontr… Tiene muy buena imaginación. Puede que la mitad de sus historias sólo hayan sucedido *en su mente* —dijo Baldr, quien siempre que recibía una novela de Rontr, la colocaba en la sección "Ficción" de la biblioteca. Y agregó: —Te lo traigo.

Mientras esperaba el libro, Kempr notó a Niza, sentada en una de las mesas, leyendo un enorme libro. La saludó alegre:

—¡Niza! No te había visto, muchacha. ¿Cómo te trata Baldr? ¿Estás contenta viviendo en el Castillo?

—¡Hola, Kempr! —dijo ella, vivazmente. —Sí, muy contenta. Baldr es excelente persona y me trata muy bien.

—Qué bueno, me da mucho gusto. ¿Qué estás leyendo?

—Un libro de historia llamado *La Guerra entre Eternos y Conscientes*.

—¡Eso es historia antigua! —dijo él, sorprendido. —Yo ni siquiera había nacido. Mi madre estaba aún muy joven cuando ese conflicto cesó finalmente.

—Sí, la mencionan mucho en el libro —dijo Niza.

—Sí, ya sabes: ella es la heroína de todo Koiné —dijo Kempr, con un dejo de cinismo. —Pero es mi madre y la adoro.

—¿No estás orgulloso de su legado? —preguntó Niza, un poco extrañada.

—No me malinterpretes —dijo Kempr, poniéndose serio. —Sin todo lo que ella hizo, yo no estaría donde estoy ahora. Pero creo que ella era una idealista. *Es* una idealista —corrigió, al tiempo que cavilaba que tenía 130 años exactos de no ver a su madre, ni tener noticias de ella, ni saber de su paradero.

—Te entiendo —dijo Niza, poniéndose seria también. Y añadió: —El libro menciona a La Orden y cómo tu madre, junto con el Iluminado y varios aliados, lograron desmantelarla, a costa de la vida de muchos. Los Forzudos crecemos creyendo que los Eternos no pueden morir. Yo creo que es una idea general entre la mayoría de la gente.

—¡Sí que podemos morir! —dijo Kempr. Para ese momento, ya Baldr había regresado con el libro y, al escuchar este último comentario, hizo un gesto curioso que Niza no supo exactamente cómo interpretar. Kempr prosiguió: —No envejecemos, ni enfermamos, y si nos lastimamos sanamos sin dejar cicatriz. Pero hay heridas tan graves que nos es imposible sanarlas lo suficientemente rápido. En esos casos, sí morimos.

—No lo sabía —dijo Niza.

—Bueno, me retiro —concluyó Kempr. Y, viendo a Baldr: —Muchas gracias por el libro. Te lo devolveré apenas lo termine.

Poco más de un mes después de ese día, Niza cumpliría un año exacto de estar trabajando en el Castillo. Ese día Wentn la felicitó por su primer aniversario y le dijo que la había nombrado responsable de las compras del Castillo, pues el responsable anterior acababa de fallecer. En este nuevo puesto, Niza tuvo acceso a conversar con todos los proveedores de bienes y servicios del Castillo, que eran muchísimos, casi todos Forzudos. Le llamó la atención que sólo había un proveedor Pensante, que era el que les vendía el vino, dos proveedores Conscientes, que vendían artículos decorativos, tanto para el Castillo como para Kempr, y tres Eternos, que eran los que traían los tejidos y materiales de los que se hacía la ropa que usaban Kempr, Wentn y Baldr. Ellos tres, como todos los de su Raza, eran totalmente vegetarianos, pero se habían acostumbrado a consumir panes, hierbas y vegetales producidos por Forzudos.

Kempr, en particular, nunca había probado la comida hecha por Eternos, pero Wentn y Baldr sí y extrañaban mucho su sabor y textura, a pesar de apreciar enormemente las artes culinarias de Tanko, quien había aprendido innumerables recetas de platillos de Eternos, que no quedaban exactamente iguales a los originales, por no usar los mismos exactos ingredientes.

Al mes y dos semanas de haber asumido el puesto de compradora, Niza ya había conocido a todos los proveedores y, de manera casual, siempre incluía en sus conversaciones preguntas respecto a los materiales e ingredientes que necesitaba para los rituales y la pócima. Llegó a comprender que todos esos materiales e ingredientes sólo los podría adquirir de Eternos y Conscientes. Por primera vez desde que había llegado a vivir al Castillo, puso un pie fuera de él, y se dirigió al Mercado. Esta era una zona muy amplia, mucho más grande que el territorio que ocupaba el Castillo, y estaba llena de calles, puestos, locales comerciales y bullicio.

En ese entonces, la actividad del Mercado iniciaba al amanecer y terminaba con la puesta del sol, los seis días de la semana, trescientos cincuenta de los trescientos sesenta días del año, siendo la excepción los diez días festivos, en que el comercio no se daba: el día 36 del mes *Yat* (9) y el día 1 del mes *Nuj* (0) en que se celebraba el cambio de año; el día 15 del mes *Enk* (1), en que se celebraba el Mes de los Forzudos; el día 15 del mes *Sef* (6), en que se celebraba el Mes de los Pensantes; el día 15 del mes *Sop* (7), en que se celebraba el Mes de los Conscientes; el día 15 del mes *Kut* (8), en que se celebraba el Mes de los Eternos (estas cuatro celebraciones se reconocían en la Gran Ciudad y en todas las tribus, colonias, guetos o congregaciones, según fuera el caso); el día 18 del mes *Tol* (2), en que se celebraba el cumpleaños de Jantl; el día 20 del mes *Tep* (3), en que se celebraba el cumpleaños de Kempr (aunque estos dos festivos eran reconocidos sólo en la Gran Ciudad); el día 31 del mes *Fir* (4), en que se celebraba el Natalicio del Iluminado, y el día 6 del mes *Fos* (5), en que se celebraba el Aniversario de la Gran Unificación.

La fecha de ese día que Niza salió a conocer el Mercado era 11122.517, que quiere decir el año 11122, el mes 5, el día 17. La convención de usar el número 0 para identificar el primero de los diez meses del año había sido definida hacía milenios, cuando los

Pensantes comenzamos a contar el paso del tiempo y fue para aprovechar la facilidad y conveniencia de nuestro sistema métrico decimal, que era natural a todas las Razas, pues todos tenemos diez dedos, cinco en cada mano.

Fue nuestra Raza la primera que estudió y comprendió los ciclos de traslación del planeta y los asoció con los ciclos de rotación, descubriendo que el planeta Koiné tiene una órbita alrededor de nuestro sol que toma exactamente 360 rotaciones para completarse, las cuales decidimos dividir en 36 porciones llamadas horas –divididas a su vez en 3600 porciones a las que llamamos segundos, que agrupamos de 60 en 60 y llamamos minutos–, habiendo 18 horas de luz y 18 de obscuridad cada día, siendo el mediodía exactamente a la hora novena de luz, que es cuando el sol está en el zenit.

Justo al mediodía Niza estaba entrando al Mercado. La sorprendió el caudal de gente y el griterío de los comerciantes, casi todos Forzudos, así como los aromas, algunos cautivadores y otros muy desagradables. Iba caminando lentamente, observando los puestos y los comercios, buscando indicios de comerciantes Eternos o Conscientes.

El Mercado estaba organizado por secciones que agrupaban comercios y puestos que comerciaban el mismo género de productos. Esto le simplificaba a los compradores la búsqueda de mercancías y la comparación de opciones y precios, pero significaba un extenso recorrido si los géneros de lo que se deseaba comprar eran muy diversos. Niza no andaba buscando un género en específico, por lo que el recorrido por el Mercado le tomó toda la tarde.

Nueve horas después, había dado con dos comerciantes Conscientes y uno Eterno, que no tenían idea de qué cosa eran los materiales que ella andaba buscando, y apenas había recorrido una pequeña parte de todo el Mercado. Sin descorazonarse y con una metodicidad y disciplina que le había ayudado a desarrollar su maestro desde muy joven, siguió visitando el Mercado durante las siguientes tres semanas, iniciando lo más temprano posible sus recorridos, hasta que logró crear un mapa completo de todos los comercios y puestos que había en él.

Descubrió con alegría que, de los cuarenta y cinco materiales e ingredientes que requería para ejecutar los rituales y crear la pócima, podía conseguir veinte en el Mercado. Así mismo, llegó a comprender cómo podría conseguir los veinticinco restantes.

Un mes y una semana después de esto, regresó Rinto de su viaje, con la excelente noticia de que había logrado localizar la última morada de Travaldar y que había encontrado un antiquísimo pergamino escrito en el antiguo idioma Consciente, donde se describía en detalle cómo construir el dispositivo que permitiría a Niza aprender el idioma Consciente. A la lista de cuarenta y cinco materiales e ingredientes, se sumaron treinta más, de los cuales Rinto traía consigo dos, que eran los más raros y que había logrado conseguir donde había hallado el pergamino. Niza comprendió que lograr su cometido iba a requerir tiempo y paciencia. Aprovechó el conocimiento detallado que obtuvo de sus visitas al Mercado para sugerir algunos cambios de proveedores y adquirir otros bienes que no se estaban comprando antes, incluyendo algunos ingredientes para comida de Eternos, que Wentn y Baldr celebraron mucho.

Kempr, por primera vez en su vida, probó la comida Eterna como había sido concebida originalmente. Cuando probó un panecillo dulce al que llamaban *merfn*, volvió a ver a Tanko con una mirada de absoluto placer y le dijo, casi con lujuria:

—Esto es un placer indescriptible. Te amo, Tanko.

Tanko, como siempre que Kempr lo halagaba, enrojeció violentamente y bajó la mirada, diciendo humildemente:

—Estoy para servirle, mi Señor. Su placer es mi deleite.

Por primera vez, desde que conoció a Tanko, Kempr lo vio con otros ojos. Esa noche, Tanko experimentó el placer de estar en la cama con un Eterno y Kempr descubrió una pasión que jamás había sentido antes con los de su Raza. Tanko comenzó a frecuentar discretamente los aposentos de Kempr por las noches, cada vez con más frecuencia, y siempre le llevaba algún bocadillo de la gastronomía Eterna. Aún con ese nivel de intimidad, Tanko siempre lo trataba con respeto cuando estaban en público, lo cual le provocaba a Kempr un enorme placer… y a Tanko también, pues el rol de sumisión en privado era al revés.

Pasaron los meses y Kempr aceptó de muy buena gana la petición de Wentn de nombrar a Niza su asistente personal. Kempr no podía estar más feliz con esa mujer cuyo tesón y trabajo arduo le había permitido tener acceso a una parte de su cultura que nunca había conocido antes y, no sólo eso, lo había acercado sin proponérselo al que consideraba el amor de su vida, que por tantos años había tenido cerca y que nunca había descubierto. Sin embargo, por la diferencia entre las castas sociales de ambos, Kempr mantuvo esa relación siempre en secreto.

Casi tres meses después de estar en el puesto de asistente de Wentn, Niza aprovechó una mañana que coincidieron ella y él en el comedor a la hora del desayuno para exponerle una inquietud que había venido cavilando hacía bastante tiempo:

—Durante el tiempo que estuve en el cargo de compradora, aparte de los ingredientes que os han traído tanta satisfacción a ti, a Kempr y a Baldr, descubrí que hay muchos otros productos que podríamos comprar para enriquecer el acervo cultural de las Razas que habitan la Gran Ciudad. Además, el incremento en el comercio significaría más ingresos para el Castillo, por el cargo que se le hace a toda la actividad comercial que se da en la Ciudad. Creo que tú, en tu posición de consejero principal del Regente Supremo, tendrías una muy favorable postura para negociar términos y condiciones para que esos productos se comiencen a vender acá. He elaborado una lista bastante amplia de productos que podríamos comenzar a importar y he estado haciendo algunos sondeos entre la gente que compra en el Mercado y parece ser que habría muy buena acogida de estos productos. ¿Te gustaría evaluar el tema con más detenimiento cuando tengas tiempo?

Wentn se quedó viendo a Niza maravillado. De verdad que era una mujer excepcional. Muy emocionado, le dijo:

—Me gustaría discutir el tema esta misma tarde. Tengo varias reuniones fuera del Castillo desde la hora tercera hasta la hora undécima. Búscame en mi despacho a las catorce y lo vemos en detalle.
—Por supuesto, Wentn. Muchas gracias.
—Gracias a ti.

Dos semanas después de esa reunión, Wentn estaría saliendo de viaje hacia el noroeste, camino al gueto Kontar, en una gira que le tomaría casi un mes y medio completar, gira en la que también visitaría la congregación Lendl. Durante esa gira, que Wentn consideró todo un éxito, se logró negociar la importación de trescientos sesenta y siete nuevos productos, ciento noventa y ocho de origen Consciente y el resto de origen Eterno, entre los cuales se incluían todos los materiales e ingredientes que Niza necesitaba para fabricar el dispositivo, ejecutar los rituales y producir la pócima.

Pocos meses después, comenzaron a llegar a la Gran Ciudad, los primeros cargamentos de los nuevos productos. La mañana del día que estaba cumpliendo 25 años, Niza logró, por fin, terminar de elaborar el primer frasco de la pócima de potenciación, con la ayuda de su maestro, quien le enseñó a pronunciar las pocas palabras que había que decir en el antiguo idioma Consciente para sellar el encantamiento. En la celebración que tuvo lugar más tarde esa noche, Kempr festejaba su cumpleaños número 173 y una Niza muy segura de sí y elegantemente vestida bailó con él varias veces, sintiendo que podía conquistar el mundo.

En el transcurso de los siguientes diez meses, siguieron llegando los demás productos que Wentn había negociado importar, lo que le permitió a Niza obtener el resto de los materiales. A finales del mes *Sop* (7), logró completar la lista de materiales que requería para crear el dispositivo que le permitiría aprender el antiguo idioma Consciente.

A partir de ese momento, Niza se dio a la tarea de comenzar a practicar la caligrafía de Kempr, mientras su maestro le enseñaba a pronunciar los conjuros del pergamino de Travaldar, que ella repetía mecánicamente, sin comprender su significado. Eran sólo diez líneas, pero le tomó nueve meses pronunciar las palabras de forma que su maestro estuviese satisfecho. Fue más que evidente que necesitaba el dispositivo con urgencia si realmente quería alcanzar su máximo potencial.

Fue entonces cuando ella solicitó a Delor la reunión urgente con carácter secreto. La carta, supuestamente escrita por Kempr, ya la tenía lista hacía varios días. Exactamente un año después de que ella iniciara la práctica de pronunciación de las frases mágicas, y un mes exacto después de la reunión secreta, Delor la estaría citando para informarle que ya había seleccionado a los 20 acólitos más talentosos del monasterio, y que los ponía a la disposición de Niza, para lo que ella requiriese.

A los pocos días, Niza estaría repartiendo a esos 20 acólitos una pócima de potenciación, para luego pronunciar, en conjunto con ellos, las palabras mágicas que activarían una réplica del dispositivo creado por Travaldar hacía mil trescientos veintisiete años. Cuando Rinto le transmitió a Niza todo su conocimiento del antiguo idioma Consciente, descubrió maravillada que sentía como si lo hubiese hablado toda la vida.

Por medio de la carta, Niza le hizo creer a Delor que Kempr le estaba solicitando apoyo para crear una Fortaleza protegida mágicamente, donde el Regente Supremo y su gabinete estuviesen a salvo de una supuesta conspiración que había llegado a oídos de

Kempr, organizada por un movimiento de Conscientes que estaba pretendiendo revivir La Orden, bajo el mando de un nuevo líder cuya identidad aún se desconocía.

Los 20 acólitos iniciaron la construcción de la Fortaleza bajo la supervisión de Delor. Dicha Fortaleza llegaría a ser, en realidad, el centro de operaciones de la Secta que fundaría Niza tan sólo siete meses más tarde.

CAPÍTULO XXVII:

Despedida pacífica

*L*ino acomodó la almohada donde estaba apoyada la cabeza de Quince, quien tenía varios días de estarse sintiendo débil y sin fuerzas. En los más de 30 años que tenía de conocerlo, nunca lo había visto enfermar, por lo que esta situación lo tenía realmente consternado. El curandero había venido a visitarlo ese día y había hecho algunos sahumerios, que Quince le agradeció muy sentidamente. Sin embargo, Lino no notó ninguna mejoría después de esto. Quince notó su cara de angustia y le dijo, sonriendo:

—Ya estoy viejo. Lo único que me pasa es que este cuerpo ya no puede sostener mi espíritu.

—No digas eso, por favor. Aún te quedan muchos años de vida —dijo Lino, con ternura.

—Tengo 84 años. Para nuestra Raza, esa es una carga de años que ya pesa mucho. Antes de que me vaya, hay algo que quisiera hacer.

—Lo que sea —dijo Lino, solícitamente.

—Llévame al arroyo. Quiero mojarme los pies en sus frías aguas.

Lino ayudó a su antiguo maestro a incorporarse. Se movía con dificultad. Sus pesados pies, que siempre andaban descalzos, se veían curtidos y azotados por el paso de los años. En su mirada llena de paz se podía notar su sabiduría y cada arruga de su cara daba fe de su experiencia.

Los Forzudos son a quienes la amenaza de la Muerte siempre está acechando más de cerca. Tal vez por ese mismo sentido de finitud, se aferran a la vida con tanta pasión y viven cada día con mucha intensidad. Entre ellos han surgido numerosas leyendas e historias que se han venido transmitiendo de generación en generación, desde los tiempos en que aún no comprendían que en su mundo había otras Razas aparte de la propia.

En aquel tiempo tan lejano ya, cuando aún no contábamos el paso del tiempo, un encuentro entre un Forzudo y algún miembro de otra Raza podía tener sólo dos desenlaces: el Forzudo se asombraba de esa extraña criatura que nunca había visto, o la atacaba, por temor a que fuera a hacerle daño. Los Lumínicos merodeaban el planeta con mucha menos discreción de lo que lo hacen actualmente y eso creó un sinfín de leyendas de ángeles, fantasmas o cosas parecidas. Por los Conscientes desarrollaron un temor / odio intrínseco, causado por los primeros encuentros con Conscientes que abusaban de sus habilidades por miedo, o por el simple placer de demostrar su poder.

Con nosotros los Pensantes era raro que se diese un encuentro, pues somos capaces de sentir la presencia de los otros seres a mucha distancia y nuestra naturaleza nunca ha sido guerrera ni violenta, por lo que evitamos el conflicto y la confrontación a toda costa. Sin embargo, por curiosidad o afán investigador, procurábamos encuentros cuando sentíamos que el sujeto no iba a reaccionar con violencia. Esto hizo que nuestra Raza también fuese objeto de leyendas e historias entre los antepasados de los Forzudos. Los seres por los que siempre sintieron una fascinación inexplicable fueron los Eternos, con quienes hubo muy pocos encuentros, pero que eran motivo de las más inflamadas fantasías y más inverosímiles historias.

Antiguamente, los Forzudos habían sido una Raza nómada, cuyas prácticas de caza, tala, cultivo y pastoreo agotaban en unas cuantas décadas el suelo, lo que los hacía migrar a otra ubicación, donde todo el daño comenzaba de nuevo. Así fue como comenzó a formarse el desierto, que fue también debido a que el río más importante que cruzaba la zona cada vez cavó un cauce más profundo, formando el Gran Cañón, hasta que el río llegó a convertirse en un río subterráneo.

Cuando Jantl inició la Gran Unificación, los Forzudos se habían dispersado por una gran extensión del continente y habían diezmado muchas especies de animales de los que obtenían carne, hasta que las tribus comenzaron a realizar actividades de pastoreo. Koiné es un planeta habitado por muchas especies muy agresivas, pero que aprendieron a esquivar las agrupaciones de los seres que caminaban sobre dos extremidades, aunque sí atacaban pequeños grupos si llegaban a coincidir con ellos. Las rutas de viaje que comenzaron a crearse cuando las Razas dejaron de percibirse entre sí como una amenaza, relegaron a estas especies agresivas a la profundidad de los bosques y selvas que aún existían. Por este motivo, ya no es costumbre de las caravanas tratar de abrir nuevas rutas, por temor a encontrarse con tales criaturas.

Los Forzudos eran una Raza que vivía siempre con una sensación de maravilla / temor al mundo que los rodeaba y eso los hizo desarrollar con cada nueva generación una fuerza aún mayor. Su complexión se volvió muy ancha y robusta, sus músculos, capaces de albergar inmensa fuerza y sus huesos se hicieron más y más fuertes. Sin embargo, entre ellos también existían algunos que trataban de ver el mundo con un sentido más lógico y con menos miedo a lo desconocido. Muchas de las leyendas comenzaron a perder fuerza, y el temor irracional cedió paso al conocimiento y al entendimiento.

La espiritualidad —que para nosotros los Pensantes consiste en esa conexión continua con la Energía que nos rodea y que es la que mantiene la vida y todo lo que existe en el Universo— es algo que los Conscientes han enfocado desde hace milenios como esa particular capacidad de manipular dicha Energía a voluntad para alterar la realidad del plano físico. Para los Eternos, por otro lado, la espiritualidad es una forma de agradecer al Universo la salud perfecta de la que gozan y esa capacidad única en ellos de recordar cada instante de su existencia como si acabase de suceder, que los hace ver la vida con una perspectiva que sólo los Pensantes hemos podido comprender.

Para los Forzudos, sin embargo, la espiritualidad ha representado un proceso de evolución interna que tomó incontables generaciones y que fue solo posible cuando comenzaron algunos de ellos a dar más importancia al desarrollo de la mente, que al fortalecimiento del cuerpo. Quince era uno de estos últimos. Su proceso de crecimiento espiritual era tan profundo, que gracias a eso podía establecer una conexión mental con nosotros con un esfuerzo tan mínimo como le representaba abrir y cerrar los ojos. Así mismo, a lo largo de su vida, tuvo capacidad de causar leves alteraciones de la realidad del plano físico, pues parte de su energía más elevada vibraba en los planos de existencia donde el poder de los Conscientes habita sin restricciones. Toda vez que hacía estas pequeñas alteraciones era con fines altruistas solamente y porque consideraba que no había una solución rápida para un problema apremiante.

Por eso, cuando Quince se sintió al borde de su último aliento, pidió a Lino que lo acercara al arroyo, donde el frío del agua en sus pies lo ayudó a "sentirse vivo" una vez más, aunque él sabía que su vida trascendía ese viejo cascarón que ya casi estaba a punto de dejar de ser útil. Cerró los ojos un momento, dejando que el agua envolviera sus pies y escuchó los trinos de los pájaros, olió el aroma de las flores y los árboles, sintió la suave brisa y el tibio sol acariciando su piel, escuchó el latido de ese cansado corazón y la respiración de su antiguo aprendiz, que ahora era una de las personas más cercanas y a quienes más amaba. Aunque él había aprendido a amar a cada ser con un amor incondicional y sin apego, reconoció sorprendido que por Lino sí sentía ese apego del que se había desprendido, según él, hacía mucho. Con ese pensamiento en su mente, se sintió feliz.

Dejó escapar su último aliento y su cuerpo se dejó caer suavemente, mientras toda la esencia de quien él era abandonaba su cuerpo. Desprendido de sus ataduras físicas, observó por última vez a su amado amigo y, dándole un tierno beso en la frente, que él no llegó a sentir, se dispuso a visitar otros planos de existencia y a seguir creciendo. Lino lloró abrazado a ese cuerpo inerte, ajeno a toda la felicidad y plenitud que embargaba ahora a su antiguo maestro.

CAPÍTULO XXVIII:

Descubrimiento inesperado

E staba decidida. Le confesaría su amor a Kempr de una manera que no dejara lugar a dudas. Ya era toda una mujer hecha y derecha de 32 años y había guardado este amor por demasiado tiempo. Ese día Kempr cumpliría 180 años y había estado anunciando que lo quería celebrar en grande. Aún no había amanecido. Sigilosamente, entró a la habitación de Kempr y se quitó toda la ropa. A tientas y lentamente, se acercó a la cama. Levantando suavemente las cobijas, se deslizó sobre las sábanas. Cuando tocó el cuerpo que estaba ahí, éste se sobresaltó. Niza le dijo, suavemente:

—No te asustes, Kempr. Soy yo. Quiero confesarte que te amo. Feliz cumpleaños.

No bien terminó de decir esto, cuando cayó en la cuenta de que el cuerpo era extremadamente robusto y peludo. Kempr, al otro lado de ese cuerpo desconocido, dijo:

—¿Niza? ¿Qué haces en mi habitación?

Niza se sintió confundida y avergonzada. Kempr se levantó de la cama y encendió una lámpara. Estaba desnudo. Niza se quedó mirando, incrédula, al hombre que estaba a su lado.

—¿¡Tanko!?

Tanko, con una cara de congoja, bajó tímidamente su mano para cubrirse los genitales.

—¡Kempr…! Lo siento, yo no sabía… —dijo ella, aturdida por la vergüenza. Y añadió: —¿Me podrías pasar mi ropa, por favor?

Rápidamente, Kempr vio dónde ella había dejado su ropa. Recogió de paso un pantaloncillo que había tirado al piso la noche anterior y se lo puso. Recogió la ropa de Niza y se la dio. Alzando unos enormes pantalones bombachos del piso, se los lanzó a Tanko, diciéndole:

—Creo que es mejor que te vayas.

De un salto, Tanko salió de la cama y se puso los pantalones en un santiamén. Vio donde habían quedado sus zapatos y su camisa. Los recogió y se los puso rápidamente y abandonó el cuarto. Entre tanto, Niza se había logrado poner de vuelta su ropa. Kempr le dijo:

—Lamento que te hayas enterado de esta forma que no puedo corresponder tus sentimientos, pequeña.

Un torbellino de emociones saturó la mente y el corazón de Niza: vergüenza, desencanto, tristeza, enojo consigo misma, decepción… y un corazón roto que ya no podría repararse nunca.

—Te pido una disculpa. Jamás debí entrar a tu habitación sin ser invitada —fue todo lo que pudo decir.
—Por razones obvias, lo que viste debe quedar entre nosotros —dijo él.
—Por supuesto. No te preocupes —y, diciendo esto, salió de la habitación. Corrió hasta su cuarto y, lanzándose a la cama, lloró desconsoladamente.

Esa noche, durante la celebración, Niza no podía ver a los ojos a Kempr. Tanko, que siempre estaba tan risueño y jovial, ese día tenía un gesto serio y una mirada de profunda tristeza, mientras traía los diferentes platillos a la mesa. No podía mirar a Niza a los ojos tampoco. Kempr, sin embargo, no denotó ninguna alteración en su conducta y celebró su cumpleaños con más júbilo que nunca.

Una feroz tormenta se había desatado hacía algunas horas, lo que arruinó algunas actividades al aire libre que se habían planeado para la celebración. Kempr jamás imaginó que le quedaban sólo diez días más de vida.

CAPÍTULO XXIX:

La Ejecución de los Inocentes

Por orden de la Regente Suprema, a las nueve horas del quinceavo día del mes *Tol* del año 11137, serán ejecutados por asfixia, hasta perder la vida, bajo los cargos de amotinamiento, sublevación e irrespeto a la autoridad, los siguientes acusados: Brino, de la tribu Bontai; Gurda, de la tribu Shuntai; Kuntro, de la tribu Mirtai; Alfina, de la tribu Paktai, y Tranto, de la tribu Zurtai —el guarda que leyó la sentencia, enrolló el pergamino y asumió una postura firme.

Los cinco sentenciados a muerte escucharon la sentencia en silencio, con la mirada clavada en el suelo y sus manos atadas hacia atrás. Los últimos treinta y seis días de torturas, encierro, padeciendo de frío, hambre y sed, sin contar con un lugar adecuado donde hacer sus necesidades, ni un espacio cómodo para dormir, habían fracturado el alma de los cinco. Una multitud se había congregado frente al muro frontal del Castillo. Entre ellos se hallaba Lino, que no daba crédito a lo que estaba pasando.

El cielo estaba nublado y una lluvia mezclada con ceniza caía continuamente, haciendo aún más lúgubre el triste espectáculo. Los cinco Forzudos subieron lentamente a una tarima que se había improvisado para la ocasión, seguidos por cinco guardas Forzudos, que tenían un gesto serio, pero cuyas miradas reflejaban angustia. Niza estaba parada en un balcón del muro frontal que daba al espacio abierto donde estaba la multitud y, al lado de la tarima, apostados a ambos lados, cuatro Conscientes con su cabeza cubierta por una capucha gris y sus manos ocultas dentro de las mangas de su túnica, miraban hacia el frente, con la mirada perdida, inexpresiva.

Cada acusado se subió a sendos banquillos que estaban debajo de sogas que se habían anudado dejando un espacio suficientemente amplio para que pasara la cabeza. Las sogas tenían una extensión suficiente para que, cuando cada acusado hubo introducido la cabeza en el agujero de la soga, un guarda pudo tensar la soga para que quedara suficientemente apretada al cuello. Los guardas voltearon a ver a Niza, quien para entonces estaba sosteniendo un pañuelo de seda color rojo. Cuando lo dejó caer, los cinco guardas patearon los banquillos.

Los cinco acusados quedaron colgando en el aire, y comenzaron a dar patadas desesperadas y a poner los ojos en blanco, hasta que la falta de aire les comenzó a causar estertores. Después de minutos que parecieron interminables, los cinco quedaron inmóviles, colgando de las sogas, que se mecían lentamente. La multitud estaba muda y sólo se escuchaban algunos sollozos. Niza entró al Castillo, sin sentir la más mínima compasión o arrepentimiento.

Después de la audiencia con Lino y previo a la ejecución, Niza personalmente había intentado extraer cualquier información que pudiese ser útil de los prisioneros, usando mecanismos de tortura física. Con Brino fue particularmente cruel y sentía un enfermizo placer haciéndolo sufrir. No le fue posible involucrar a ninguno de nuestra Raza, pues nuestra filosofía de vida, aunada a nuestra empatía, nos impide participar en actividades de maltrato o violencia de ningún tipo contra otros seres.

Niza descubrió cuán resistentes y leales podían ser los Forzudos, pues no logró hacer hablar a ninguno de ellos. Esta frustración le generaba una ira ciega, que ella había aprendido a encauzar al centro del planeta. Cuando era más joven, esa ira la encauzaba hacia una fuente de agua cercana, lo que provocaba que el agua alcanzara el punto de ebullición instantáneamente, lo cual mataba a todos los peces que tuvieran la desdicha de estar cerca de la zona donde ella había encauzado su enojo. Sin embargo, con los interrogatorios fallidos, tantos encauzamientos seguidos de su ira habían generado, sin ella saberlo, una presión en el centro líquido del planeta, que comenzó a buscar escape por el punto más fácil: la Zona Volcánica.

El Gran Volcán comenzó a emanar grandes cantidades de ceniza, al tiempo que los volcanes menores comenzaron a emanar lava. La ceniza alcanzó gran altura y, guiada por el viento y atraída por una densa condensación de nubes que se había formado desde hacía días, comenzó a precipitarse sobre el Territorio Central del continente, que era donde estaba la Gran Ciudad y la mayoría de los asentamientos de Forzudos.

El día de la ejecución, Niza sintió que permanecía tan ignorante como el primer día respecto a la identidad del líder y volvió a sentir frustración y enojo, que encauzó una vez más a lo profundo del suelo.

Cada uno de los miembros del ejército de 100 Conscientes que Niza había reclutado durante los casi diez años que tenía de haber fundado la Secta, era capaz de conjurar un único hechizo con mucha potencia. Ella había seleccionado a cada uno de ellos, asegurándose de incorporar siempre una habilidad nueva y de anular cualquier otra habilidad menor o latente que tuviesen los nuevos reclutas.

La mente de Niza había sido envenenada poco a poco a lo largo de los años por su maestro, llegándola a convencer de que los Conscientes eran quienes debían dominar el mundo y que cualquier miembro de las otras Razas, si no estaba dispuesto a servir a los Conscientes, no merecía vivir. Después de la decepción amorosa que sufrió por Kempr, ella desarrolló un odio contra los Eternos, a quienes consideraba débiles, manipuladores y mentirosos. Cuando Kempr salió de viaje a los acantilados del Gran Cañón, como parte de las actividades de celebración de su cumpleaños número ciento ochenta, Niza se ofreció a acompañarlo y no tuvo ningún reparo en provocarle un aparatoso accidente, que le provocó la muerte instantánea, lo cual le abrió el camino para ocupar la Silla Magna. Rinto se regocijaba de esto y sabía que el clímax de su venganza contra Ulgier estaba cerca.

En vano esperó Niza que su maestro la visitase tres días después de la ejecución de los Forzudos, que sería el día 18 del mes. Estuvo ansiosa e impaciente todo el resto del mes, pues sentía que necesitaba la guía y el consejo de él en estos momentos tan tensos y obscuros. Una tristeza y enojo se le acomodaron en el alma. Una parte de ella seguía pensando que era imperativo dar con el líder de la revolución y otra parte de ella lamentaba sentir que había perdido a la única persona que amaba en el mundo. Ella estaba totalmente al tanto del daño que había estado haciendo a los Forzudos, todo con tal de fortalecer a los miembros de la Secta y de debilitar a la población más numerosa y fuerte del planeta. Y el saber que había ejecutado injustamente a cinco miembros de la Raza que la crio y la ayudó a crecer, le causaba una gran contrariedad. Cuando la invadían estas dudas, su maestro siempre lograba disiparlas. Pero ahora estaba sola. Se sintió perdida.

Tres semanas transcurrieron, hasta que llegó el último día del mes. Niza había perdido interés en alimentarse bien y pasaba los días encerrada en su alcoba, sin querer ver a nadie. En vano le preparó Tanko algunos de sus platillos preferidos, que el personal de apoyo encontraba intactos en las afueras de la habitación. En el Castillo todos guardaban un pesado silencio y sólo se daban conversaciones en susurros a puertas cerradas. Los miembros de la Secta deambulaban por los pasillos y corredores, sin cruzar palabra con nadie. Parecía como si toda la alegría hubiese abandonado el Castillo. El personal comenzó a marcharse poco a poco. Siendo casi todos Forzudos, no podían creer que una de ellos le hubiese hecho tanto daño a su propia gente. Entre los pocos que permanecieron fieles a ella estaba Tanko, quien sentía que tenía para con ella una deuda que nunca podría terminar de pagar.

—Arriba ese ánimo —dijo Rinto, saliendo detrás de una gran cortina que decoraba el mayor ventanal de la enorme habitación de Niza.

Niza, que estaba acostada boca abajo en su cama, se sobresaltó y, de un salto, se incorporó.

—¡Maestro! ¿Dónde estuviste? Me he sentido muy confundida estas últimas semanas.

—Visité de nuevo la última morada de Travaldar —Y, despúes de una pausa: —¿Confundida, dices?

—Sí, maestro. Creo que fui demasiado dura con los campesinos. Su reclamo era justo.

—¿Justo? —la espetó Rinto. —¡Estaban queriendo impedir que logres tu destino!

Niza se sobresaltó por el tono con que Rinto le dijo esta última frase. Le dijo, con tono conciliador:

—Tienes razón, maestro —pero una parte de ella se seguía preguntando hasta dónde tendría que seguir acumulando poder y si más vidas tendrían que perderse para lograrlo.

—Te noto aún dudosa. Habla.

—Siento que todo lo que hemos hecho hasta el momento ha sido parte de una estrategia cuidadosamente planeada por ti y, aunque yo he dado mi opinión en muchas ocasiones e, incluso, he tenido la iniciativa de alcanzar algunos logros importantes por mí misma, he comenzado a sentir que no tengo el panorama completo de *tu* visión.

—¿Mi visión? ¿Qué quieres decir? —dijo él, con un respingo.

—Quiero decir que, en los últimos meses, he comenzado a analizar todo lo que ha sucedido estos años y me da la impresión de que hay un motivo adicional que no me has dicho. Yo sé que quieres que destruyamos la visión de Ulgier, por el daño que le hizo a los de *nuestra* Raza, pero en el camino, le estoy haciendo daño a *mi* Raza.

—¿A qué te refieres con *tu* Raza? ¡Eres una Consciente!

—¡Pero también soy Forzuda! —dijo, alzando la voz.

El enorme ventanal de la habitación se hizo añicos.

—¡Niza! ¿¡Qué clase de arrebato es ése!? Ya te he dicho muchas veces que el poder sin encauzar es sumamente peligroso.

—Ya no soy la chiquilla de 15 años que conociste. *Soy la Regente Suprema*. No te permito que me hables en ese tono —dijo ella, llena de altanería.

—¡No estarías en ese puesto si no fuera por mí!

—¡Yo también tengo mi mérito! He llegado hasta donde estoy porque he trabajado muy duro para lograrlo. Tú solo has estado girando instrucciones, yo soy la que he tenido que hacer todo el trabajo sucio.

—Ese "trabajo sucio", como lo llamas, es el que te ha colocado en la Silla Magna, Niza. Piensa bien tus siguientes palabras, porque pueden ser las últimas que intercambiemos.

—¿Me estás amenazando?

—No. Te estoy queriendo decir que sea muy probable que nuestra asociación deje de tener sentido. Yo siempre pensé que su principal resultado sería que tú obtuvieras muchísimo poder. Pero parece ser que ese poder se te ha subido a la cabeza. Y, aún con tanto poder, no tienes criterio para saber en quién depositar tus afectos —y, al decir esto último, una mueca burlona desfiguró su rostro.

Ciega de furia, Niza alzó los brazos y gritó: —¡*Bljesak!*

Una intensa llamarada salió de sus manos y envolvió a Rinto. Fracciones de segundo antes de que lo alcanzase el hechizo, una luz roja lo bañó por completo, formando un escudo protector impenetrable.

—Has cometido tu peor error —dijo él, serenamente.

—¡*Vojska!* —dijo ella.

Al instante, en la habitación aparecieron sus diez seguidores más poderosos, cinco a cada lado. Sin pensarlo dos veces, todos extendieron sus manos hacia Rinto.

Tranquilamente, Rinto extendió ambos brazos y dijo:

—*Guranje.*

Niza y sus diez seguidores fueron empujados por una violentísima onda de choque, que los hizo estrellarse contra las paredes de mármol. Todos, excepto Niza, murieron en el acto. Rinto, creyéndola muerta, se acercó a ella y le arrancó el pendiente que traía colgado del cuello, junto con la cadena de plata que le hubiese robado años atrás a Kira.

—Ya no necesitarás esta baratija, hija mía —dijo, con un dejo de sarcasmo. —Estuviste tan cerca de lograr *mi* venganza.

En ese momento, Niza abrió los ojos y lo tomó por el cuello con rapidez, sin darle tiempo de reaccionar. Lo apretó con tanta fuerza, que Rinto se desmayó.

CAPÍTULO XXX:

Rituales y obsesiones

*E*l mensajero del Castillo tocó dos veces la puerta del despacho de Niza.

—Adelante —dijo ella.

—Buenos días, Niza —dijo el hombre, abriendo la puerta.

—Buenos días, Fruk —contestó ella amablemente.

—Acá llegó este paquete para ti.

—Excelente. Muchas gracias. Puedes retirarte.

—Claro. Con permiso.

Con ansias, rompió el sello que traía el envoltorio del paquete, para encontrarse con una pequeña caja de madera. Abriéndola, vio con gran alegría un hermoso pendiente de oro, que tenía una forma muy particular, que había diseñado ella misma varios meses atrás. En unos días sería su cumpleaños número 27. La construcción de la Fortaleza iba avanzando de acuerdo con lo planeado y Wentn no cesaba de elogiar su trabajo como asistente, habiéndole insinuado en varias ocasiones que ella podía aspirar a algo mucho mayor.

Todo lo que necesitaba para convertir ese sencillo pendiente de oro en un poderoso amuleto para efectuar rituales de vinculación lo había conseguido hacía mucho, así como lo que requería para llevar a cabo los rituales de fuego y sangre. Justo el día de su cumpleaños, ya tenía todo listo. Apenas amanecía cuando llegó al lugar donde se estaba construyendo la Fortaleza e ingresó al recinto principal, que había sido terminado hacía varias semanas. En la pared de mármol negro, resaltaba en un tamaño mucho mayor el mismo símbolo que ella había recibido hacía unos días. Su pendiente había sido elaborado por un joyero Consciente, siguiendo instrucciones *precisas* que ella le dio.

Niza colocó el pendiente sobre un altar hecho de mármol blanco y, alrededor de él, los diferentes materiales que se requerían. Abrió el libro *Rituales de Fuego* y, leyendo en voz alta los encantamientos apropiados, transfirió una pizca infinitesimal de su poder al amuleto. Acto seguido, abrió el libro *Rituales de Sangre*. Punzando su dedo con la punta de un alfiler, derramó unas gotas de sangre sobre el amuleto y comenzó a recitar los encantamientos que el libro indicaba, de manera que el amuleto quedaría vinculado a ella y sólo le obedecería a ella.

En ese mismo instante, a mil seiscientos kilómetros al noroeste de ahí, el nieto menor de Mina y Ulgier, que aún dormía, comenzó a soñar con el recinto principal de la Fortaleza. Se vio parado frente a un altar blanco, que contrastaba con una pared negra que tenía empotrado un extraño símbolo dorado. Notó que el altar estaba lleno de objetos y gotas de sangre y un pendiente de oro idéntico al gran símbolo en la pared. Se escuchó a sí mismo hablar con una voz que no era la suya, y comenzó a recitar unos versos en el antiguo idioma Consciente. Reconoció en la escritura del libro que estaba leyendo la letra de su abuelo. Cuando terminó de recitar los encantamientos, sintió que una parte de él quedaba fijada de alguna manera en el amuleto de oro.

Franjo despertó con sobresalto y no logró apartar de su cabeza por meses ese sueño, pero, sobre todo, la imagen de ese símbolo dorado sobre la pared negra. Lo comenzó a dibujar con distintos materiales y con ninguno lograba el efecto deseado que replicara con exactitud las imágenes de su sueño. Hizo cientos de bocetos, pero no quedaba satisfecho con ninguno. Un día de tantos, su padre, que ya no sabía qué pensar de esta obsesión de su hijo menor, le trajo unas pinturas de óleo que, según le habían dicho, permitían crear colores muy realistas. El joven pasó toda la noche dibujando su obra maestra. Casi amanecía cuando se acostó, agotado. La obsesión había desaparecido.

Capítulo XXXI:
Escapatoria hacia la salvación

Tumbat cayó exhausto al suelo. Tenía semanas de estar huyendo. A inicios del mes anterior, la Regente Suprema había desatado una persecución sin cuartel contra los Forzudos, con la excusa de dar con el líder de la revolución y acabar con su vida. Grupos de Conscientes llegaban a las tribus y se introducían en las chozas sin pedir permiso ni pedir disculpas. Hacían preguntas que, si no recibían la respuesta deseada, provocaba un castigo severo. Si la tribu ofrecía algún tipo de resistencia, los azotaban con torbellinos, rayos o cosas peores sobre las cosechas y el ganado.

En una tribu, el herrero salió valientemente a enfrentarlos y uno de los Conscientes hizo que el hacha que traía en la mano el herrero se pusiera al rojo vivo en una fracción de segundo. Nadie quiso oponerse al invasivo proceso de registro y cuestionamiento después de eso. El proceso era a todas luces desordenado y mal estructurado. Los Conscientes no sabían ni siquiera el nombre de quien estaban buscando. La táctica era generar terror, para que el culpable se ofreciera por cuenta propia.

Sin saber que estaban dando justo en el blanco, la primera tribu a la que llegaron fue Mirtai, que era donde Tumbat vivía. Las noticias del desastre que había resultado ser la Marcha de los Forzudos y la posterior Ejecución de los Inocentes llegaron a esa tribu primero que a ninguna otra. Tumbat, a diferencia del resto de los de su Raza, no era particularmente valiente y le temía mucho a la muerte. Por eso, cuando escuchó el barullo que estaban provocando los Conscientes esa mañana, inmediatamente dedujo que venían por él.

Sin que nadie lo notase, Tumbat se escabulló en dirección a la vertiente oeste del Gran Río, que era una vertiente mucho menos caudalosa que bordeaba el Antiguo Desierto y que iba a desembocar a unas cuevas que bajaban a las profundidades del Río Subterráneo. Con horror se imaginó atrapado en esas insondables y profundas cuevas y decidió tomar camino hacia el norte, buscando el que otrora fuera el Oasis en el desierto, que ahora se había convertido en un hermoso lago pequeño. Toda esa zona de bosque relativamente joven no estaba habitada por las criaturas más peligrosas que merodeaban los bosques más viejos. A pesar de esto, Tumbat sintió miedo todo el tiempo y por las noches apenas lograba dormir unas pocas horas, pues cualquier ruido lo despertaba asustado.

Una de esas noches, Tumbat recordó las ruinas de la antigua mina abandonada, donde su padre alguna vez lo hubiera llevado de pequeño y pensó que ese sería un excelente escondite para él. Durante su recorrido, cazaba pequeños animales que comía crudos, pues por la prisa de la huida, no había tomado provisiones ni ningún implemento que le ayudara a hacer más llevadero su predicamento.

Cuatro semanas habían transcurrido desde que abandonó la tribu, cuando llegó a la entrada de la mina abandonada. Con desconsuelo descubrió que la entrada estaba bloqueada por lo que parecía haber sido un derrumbe de gigantescas rocas. Estaba viendo alelado las piedras, pensando cuál sería su siguiente movimiento, cuando dos Conscientes –un varón que se veía bastante anciano y una hembra también de edad avanzada, pero relativamente más joven que el varón– comenzaron a salir de la entrada, atravesando las piedras, tomados de la mano. Tumbat cayó hacia atrás del susto.

—¡Por favor, no me matéis! —dijo aterrado.

—¿Qué? ¿De qué hablas, buen hombre? —dijo Ulgier, visiblemente sorprendido.

—¿No sois parte del Ejército de la Regente Suprema? —preguntó Tumbat, tontamente.

—¿¡Ejército!? ¿A qué te refieres? —dijo Ulgier, sintiendo ya un poco de impaciencia.

Tumbat comprendió entonces que esa pareja de Conscientes no estaba al tanto de las últimas noticias y que no tenían nada que ver con los Conscientes que habían invadido su tribu. Comenzó a explicarles con detalle lo que venía sucediendo desde hacía casi tres meses y las razones por las que se había organizado la Marcha de Forzudos. Cuando Ulgier escuchó que los de su propia Raza estaban acosando gente indefensa y abusando de sus habilidades, sintió una gran tristeza y una impotencia enorme. Necesitaba saber más. Había estado encerrado demasiado tiempo. Inquirió a Tumbat con ansiedad:

—¿Recuerdas la fecha exacta en que se dio la Marcha de los Forzudos?

—Claro, fue el 16 de *Enk* (1) —Tumbat había pensado en esa fecha hacía mucho, que era justo el día posterior al festivo que celebraba el Día de los Forzudos, y fue la que les propuso a todas las tribus, por eso la tenía clarísima.

—Entonces… ¿quiere decir que la Ejecución de los Inocentes ocurrió el 15 de *Tol* (2)?

—Exactamente —afirmó Tumbat.

—¿Cuánto tiempo tiene el clima de estar así? —preguntó Ulgier.

—En mi tribu, la lluvia y la ceniza comenzaron a caer aproximadamente para esa fecha —dijo Tumbat, abriendo mucho los ojos.

—Esto no puede ser casualidad —meditó Ulgier. Y agregó: —¿Me puedes contar más acerca de la Regente Suprema? Mi esposa Mina apenas me puso al tanto del fallecimiento de Kempr, a quien yo imaginaba aún en el puesto de la Silla Magna.

Tumbat les comentó cómo Niza había subido a la Silla Magna hacía apenas cinco años atrás. Les comentó del Ejército de Conscientes que siempre la acompañaba y que ahora estaban aterrorizando a las tribus, tratando de dar con el líder de la revolución.

—¿Y sabes dónde está ese líder? —inquirió Ulgier.

—Soy yo —dijo Tumbat, avergonzado.

—No sientas vergüenza —dijo Ulgier, con un tono paternal. Agregó: —Tú no hiciste nada malo. Los reclamos que los tuyos estaban haciendo eran legítimos.

—Lo que me avergüenza es que hui de mi tribu. No los enfrenté y por mi culpa están sufriendo aún más inocentes.

—Tú no puedes culparte de la maldad que hagan otros. Este acoso y abuso tiene que parar de inmediato —dijo Ulgier, con determinación. La sensación de impotencia se había transformado en un deseo de ayudar y salvar a toda esa gente indefensa. Mina vio en sus ojos verdes un brillo que no había vuelto a ver en décadas. Viendo a Tumbat a los ojos, preguntó: —¿Cuál es tu tribu?

—Mirtai.

—¡Vamos! —dijo Ulgier, emocionado.

Para el momento en que estaba ocurriendo esta conversación, la Inquisición ya había pasado por Bontai, la tribu de Lino, y estaba acosando a los pobladores de Shuntai, el asentamiento más importante de los Forzudos. Un día antes de que los Inquisidores llegaran a Bontai, Jantl y Lino habían salido a lomo de bestia, seguidos por Fizz. La tribu donde vivía la madre de Niza sería alcanzada por la Inquisición sólo tres días más tarde.

Capítulo XXXII:

Tortura implacable

*R*into comenzó a volver en sí. Sólo tenía puestos unos pantalones bombachos que le quedaban muy anchos y muy cortos, los cuales habían sido burdamente atados con una soga a su cintura. Notó que tenía los tobillos y las manos inmovilizadas por grilletes, que eran fuertemente sostenidos por unas cadenas, las cuales estiraban sus extremidades, mientras yacía entre dos columnas de pie. Reconoció de inmediato el recinto. Comenzó a sentir un fuerte ardor en el pecho y un dolor intenso en la frente. Con horror, reconoció la marca del ritual de vinculación de Niza. Comprendió que no podría hacer nada en contra de ella, sin que le causara la muerte inmediata. Comenzó a gritar, con desesperación y a forcejear los grilletes, lo que solamente le causó laceraciones en la piel de las muñecas y los tobillos.

Unos minutos más tarde, Niza apareció por la puerta principal del recinto, sosteniendo un bellísimo cetro hecho de oro, con un enorme rubí incrustado en uno de sus extremos. Le dijo, sarcástica:

—¿Eso es lo mejor que puedes hacer? ¿Por qué no te liberas de tus cadenas con un simple hechizo?

—Sé lo que hiciste, Niza. Ya encontraré el modo de salir de ésta.

—Mucho cuidado con lo que dices, querido. No vaya *el ritual* a interpretar que *me estás traicionando*. Y, como podrás notar, encontré tu "juguetito" escondido entre tus ropas. Así que, aunque *pudieras* hacerme daño, este hermoso artefacto te lo impediría, de todos modos.

Rinto se quedó mirando con desesperanza *el Ojo Rojo de Travaldar* y comprendió que había puesto en manos de Niza la herramienta que la había vuelto invencible.

—Ahora, quiero que me expliques algo… ¿Por qué me llamaste *hija?*

—Fue sólo un decir —mintió él.

—No lo creo. Nunca me habías tratado con tanto afecto. Esa palabra la dijiste porque pensaste que estaba muerta. Así que, te lo preguntaré una vez más: ¿por qué me llamaste *hija*?

Rinto guardó silencio. Niza lo vio fijamente a los ojos y, extendiendo su mano derecha, dijo: —*Bičevi*.

Látigos invisibles comenzaron a lacerar todo el cuerpo de Rinto, quien, con cada latigazo, emitía un alarido de dolor. Cuando había recibido veinte azotes, dijo, exhausto:

—¡Basta!

Niza detuvo el tormento y se quedó mirándolo impaciente.

—Sí eres mi hija —aceptó él.

—¿Cómo no me habías dicho esto? ¿¡Por qué me habías ocultado algo tan grande!?

—Cuando te conocí, eras una chiquilla tímida y asustadiza, que se creía una Forzuda pura. Nunca se ha sabido que las Razas se crucen. No pensé que lo creerías. Pensé que te haría desconfiar de mí —mintió, con un tono que pretendía suavizar a Niza.

—¿Cruce de Razas…? —cuando dijo esto, Niza repasó de nuevo el que consideraba el más triste episodio de su vida. Abriendo mucho los ojos, dijo: —¡Tú eras el encapuchado que llegó ese día! ¡Tú causaste su muerte!

Sin darle tiempo a Rinto de explicar nada, extendió nuevamente la mano hacia él, diciendo: —*Gužvati*.

Rinto sintió que lo estrujaban desde todas direcciones. Enmudeció de dolor y se quedó sin aliento. Pocos segundos después, perdió el conocimiento. Algunas horas más tarde, Rinto volvió en sí. Su cuerpo estaba amoratado y las laceraciones que le había provocado el hechizo del látigo estaban sangrando.

Entre tanto, Niza había regresado al Castillo, sintiéndose traicionada, manipulada, engañada. Se puso a repasar todas las conversaciones que había tenido con quien, hasta hacía sólo unas horas, había considerado la persona más cercana a ella y en quien podría confiar siempre. Pensó en Kempr y Tanko y se le estrujó el corazón. Recordó la crueldad con que la trataron los niños de la tribu y con regocijo recordó el gusto que le había dado por fin vengarse de Brino como se merecía. Llegó a la conclusión de que nadie era digno de su confianza y comenzó a sentir que el mundo entero estaba lleno de traidores. Sólo podía confiar en sus seguidores porque estaban atados a ella con un vínculo mágico que les impedía traicionarla y porque había colocado en cada uno de ellos un hechizo de teleportación de una vía que le permitía invocarlos a su presencia en cualquier momento. Inundada por todos estos pensamientos, convocó la mañana siguiente a los noventa discípulos que aún quedaban con vida al gran recinto de la Fortaleza. Les dijo:

—Tenemos que encontrar al líder de la Resistencia Forzuda. Esta absurda rebelión deberá ser aplastada. Nadie se atreverá a cuestionar mis decisiones de ahora en adelante.

Todos asintieron. Niza procedió entonces a seleccionar a veinticinco de sus discípulos y formó cinco grupos, eligiendo cuidadosamente las habilidades, para asegurarse que hubiese en cada grupo un discípulo que pudiese causar daño masivo. A cada grupo, le asignó una de las cinco grandes tribus: Mirtai, Bontai, Shuntai, Paktai y Zurtai. Les giró instrucciones precisas que implicaban entrar en cada choza y cuestionar a cada habitante, para dar con el paradero del líder. Deberían permanecer en las tribus hasta nuevo aviso.

Luego, seleccionó otros cincuenta discípulos y, agrupándolos en parejas, les asignó la tarea de ir a las otras veinticinco tribus de Forzudos, que eran mucho más pequeñas, a hacer la misma labor. Cinco discípulos permanecerían con ella en el Castillo y otros diez en la Fortaleza. En los siguientes días, setenta y cinco Conscientes emprendieron la marcha en todas direcciones, hacia donde se hallaban las tribus.

Niza había dejado a Rinto al cuidado de los discípulos de la Fortaleza, quienes se encargaban de cuidar que él no muriese, sanándole las heridas y dándole de comer y de beber. Por las mañanas, le cambiaban la ropa y le lavaban las heces y la orina que se veía obligado a expulsar ahí de pie. Todos los días, Niza llegaba al atardecer y le aplicaba alguna tortura diferente durante el tiempo suficiente para que sufriera muchísimo, pero sin que el daño fuese mortal.

Al cumplir un mes de estar en este suplicio, Rinto estaba solo una noche, llorando en silencio. Pensó en todo el odio y rencor que había guardado contra su padre y cómo ese odio lo había llevado a este callejón sin salida, donde su propia hija lo estaba torturando sin piedad. Comprendió por fin cuánta razón había tenido su padre de querer instaurar un código de ética entre los de su Raza y pensó que, tal vez, sólo tal vez, su padre había matado a su hijo y a su esposa sin querer. Pensó en su amada madre, a quien tenía tantísimo tiempo de no ver y sintió una nostalgia enorme por ese tiempo pasado, cuando era tan feliz. Sus muñecas y tobillos estaban en carne viva y ya no soportaba el dolor de brazos y piernas. Deseando morir, dijo en un suspiro:

—Papá, te necesito.

CAPÍTULO XXXIII:

Dos ancianos muy valientes

n medio del aire, a unos cien metros de altura, sobre la plaza central de la tribu Mirtai, aparecieron Ulgier, Mina y Tumbat, que comenzaron a caer. Ulgier apuntó ambas manos hacia el piso y los tres frenaron su caída súbitamente, cuando estaban a pocos metros del suelo, colocando suavemente los pies en éste. Tumbat, que nunca en su vida había sido transportado en forma instantánea de un lugar a otro, se puso de rodillas, intentando reponerse.

Ulgier extendió los brazos hacia arriba y, abriendo mucho las manos, las cerró de repente, flexionando los brazos como si estuviese halando cuerdas invisibles. De cinco diferentes puntos de la tribu, comenzaron a llegar por el aire los cinco Inquisidores que habían estado haciendo estragos entre los habitantes. Todos cayeron frente a Ulgier, quien los miró indignado, diciendo:

—¡Pero si sois apenas unos niños…!

Los cinco Inquisidores se levantaron y volvieron a ver a Ulgier con odio. Al mismo tiempo, los cinco extendieron los brazos hacia él, Mina y Tumbat (que no terminaba de salir de su asombro). Instintivamente, Ulgier extendió ambas manos muy abiertas hacia ellos y dijo: —*Otkazati.*

Los cinco Inquisidores descubrieron desconcertados, que su poder había sido anulado completamente. Los habitantes de la tribu, que habían observado azorados este espectáculo, se quedaron viendo a Ulgier, con los ojos muy abiertos. Él les dijo:

—No temáis. Ya ellos no os harán daño.

Un estallido de júbilo se dio entre la multitud, quienes se acercaron corriendo a apresar a los encapuchados. Ulgier los volvió a ver con conmiseración diciendo:

—Aquello que dais, os regresa multiplicado. Llegó vuestro momento de recibir —y, viendo a Tumbat, dijo: —Quedas entre los tuyos de nuevo. Cuídate.

Al decir esto, él y Mina desaparecieron. El linchamiento de los Inquisidores por parte de los Forzudos no se hizo esperar.

Ulgier y Mina aparecieron en mitad del aire sobre la plaza central de Bontai y amortiguaron su caída de la misma forma que en la tribu de Tumbat. Acá la destrucción se notaba mucho peor que en Mirtai. Ulgier volvió a atraer hacia sí a los Inquisidores, anulando sus poderes de la misma manera, los cuales fueron capturados también. Entre los espectadores se encontraba una mujer de unos sesenta años, que se acercó a ellos, cuando hubieron apresado a los Inquisidores. Tomando las manos de Ulgier con delicadeza, las besó y le dijo:

—Bendito seáis, mi Señor.

—Es lo mínimo que podía hacer para que la pelea fuese justa —dijo Ulgier. Y le preguntó: —¿Cómo te llamas, noble mujer?

—Kira, mi Señor. ¿Vos quién sois? —respondió ella.

—Me llamo Ulgier.

—Ulgier, tenéis acá amigos que os recordarán por generaciones. No hay nada que podamos hacer o daros que sea suficiente para agradecer vuestra bondad.

—El saber que tú y tu gente habéis retornado a tener la vida pacífica que teníais antes de este incidente es recompensa suficiente, Kira.

—Si mi hijo estuviera acá, le habría encantado conoceros, Ulgier, pero hace dos semanas, justamente el día antes de que los Inquisidores llegaran, partió en un viaje de crucial importancia con una Eterna bellísima y una criatura de luz.

—¿Criatura de luz? —preguntó Ulgier, con asombro. Y añadió: —¿Eterna bellísima, dices? ¿De casualidad tendría los ojos color violeta? —preguntó esperanzado.

—¡Sí, mi Señor! ¿La conocéis?

—La conozco perfectamente —dijo Ulgier, mientras una enorme sonrisa le iluminaba el rostro. Y agregó: —¿Sabes por qué era tan crucial ese viaje al que se fue tu hijo con ella y el ser de luz?

—Me encontré con mi hijo cuando iba saliendo hacia el establo y sólo me pudo decir que ellos iban a ayudar a su hermana. Me quedé tan asombrada de ver al ser de luz, que no pude decir nada más y ellos partieron.

—¿Qué le pasa a tu hija? —dijo Ulgier intrigado.

—Oh, no, ella no es mi hija. Es una niña que acogí en mi casa cuando era pequeña, y Lino siempre la vio como si fuese su hermana.

—¿Cuál es el nombre de esa niña?

—Niza, la actual Regente Suprema —dijo Kira, al tiempo que se le humedecían los ojos. —La responsable de toda esta destrucción que vos ayudasteis a detener.

Ulgier abrió los ojos, y no pudo decir ninguna otra palabra por varios segundos. Cuando se repuso de la impresión, dijo:

—Voy a meditar sobre esto. Todavía tenemos mucho que hacer. Y muchas gracias por esta información, Kira. Que estéis con bien.

Tomando la mano de Mina, regresó a su refugio en la mina abandonada para reponer fuerzas. Aunque Ulgier nunca había dejado de usar sus poderes, tanto esfuerzo y uso continuo de la magia, lo había extenuado. Al fin y al cabo, ya tenía mil cuatrocientos cuarenta y seis años. Meditó acerca de la conexión que podía existir entre los eventos que estaba presenciando y su corazón se regocijó de saber que Jantl estaba tomando parte activa en tratar de resolver el problema desde su raíz. No sabía qué era lo que ella haría exactamente, pero *estaba seguro* de que sería lo mejor para Koiné.

Al día siguiente, se transportaron a Shuntai. Esta tribu era muy grande y, desde el aire, lograron vislumbrar con dificultad los muros que la rodeaban, pues la ciudad entera parecía estar cubierta por una espesa neblina. Ulgier tuvo que invocar el hechizo de amortiguación mucho antes, por temor a estrellarse contra el piso, dado que no se veía nada. Cuando descendieron en la plaza central de la tribu, percibieron un olor a descomposición en el aire. Ulgier dedujo que este extraño fenómeno atmosférico tenía una naturaleza mágica.

Había un silencio que se sentía aún más denso que la neblina misma. Ulgier pensó que tendría que disipar parte de la neblina para poder ejecutar la rutina de atraer hacia sí a los Inquisidores para anular sus poderes, pero que el causante del fenómeno tendría que eliminar la neblina primero. Le pidió a Mina que cerrara los ojos. Flexionó ambos brazos en ángulo recto, apuntando hacia arriba, al tiempo que las puntas de los dedos de ambas manos se tocaban y dijo: —*Svjetlosni štit.*

De ambas manos surgió una potente luz que formó una especie de domo alrededor de él y su mujer. El domo comenzó a expandirse, disolviendo la niebla a su paso, mientras se iban revelando los cuerpos flechados de varios Forzudos que, aparentemente, tenían varios días de estar muertos. Cuando tuvo visibilidad de la plaza completa, descubrió con sobresalto que uno de los Inquisidores estaba ahí, en el borde de la plaza y parecía ser él quien estaba invocando el hechizo que provocaba la neblina.

Ulgier y Mina comenzaron a escuchar un fuerte estruendo detrás suyo y, al voltearse, vieron horrorizados que una especie de ola de tierra y piedras se estaba aproximando rápidamente, creciendo a cada instante. Mina apenas tuvo tiempo de invocar su hechizo de protección sobre sí misma y su esposo. La ola "reventó" justo encima de ellos. El hechizo de protección resistió el impacto y ellos quedaron encerrados bajo el alud en una especie de burbuja de aire. Mina le dijo, con la voz llena de angustia:

—No creo poder aguantar mucho más. Sácanos de aquí rápido.

Ulgier hizo un ademán como si estuviese empujando algo pesado e invisible hacia arriba, mientras decía: —*Guranje*. Las rocas y tierra salieron disparadas hacia arriba, como si hubiesen sido expulsadas por una erupción volcánica, y cayeron a varios cientos de metros. Sin dar tiempo a que su agresor reaccionara, hizo el ademán de atracción y los cinco Inquisidores cayeron frente a él, desconcertados. Identificó al que estaba provocando la neblina y, con un gesto, lo lanzó aparte. Extendiendo sus brazos hacia los otros cuatro, anuló sus poderes y luego les dijo: —*Spava*. Los cuatro cayeron dormidos instantáneamente. El quinto Inquisidor, aterrorizado, le dijo con tono de súplica:

—¡Yo no puedo haceros daño! ¡Lo único que sé hacer es provocar la neblina!

—¿Cómo te llamas, muchacho? —le dijo, Ulgier, con tono compasivo.

—Goznar, Señor.

—¿Cómo es que *sólo eso* sabes hacer? ¿Qué edad tienes?

—Sesenta y seis, mi Señor. Esta es la habilidad que he tenido desde muy joven y fue la que la Regente Suprema me ayudó a potenciar.

—Pero… ¿por qué os sería de utilidad llenar la ciudad de neblina?

—La reacción de los habitantes de esta tribu fue muy violenta, mi Señor. Arqueros que no veíamos comenzaron a lanzarnos flechas. Uno de mis compañeros logró regresarlas, con mucho esfuerzo, matando a varios de los que venían corriendo a atacarnos. Al mismo tiempo, el que provocó el movimiento de tierra que os atacó, comenzó a abrir grietas bajo los pies de varios de ellos, haciéndolos caer en ellas, para luego cerrarlas. Yo comencé a generar la neblina, pues así no seríamos blanco tan fácil de sus ataques y eso les daría oportunidad a los otros dos compañeros de hacer lo suyo.

—¿Y qué es lo que ellos hacen? —preguntó Ulgier, con un dejo de preocupación en la voz.

—Uno de ellos puede envenenar a una persona con sólo tocarla. El otro, les absorbe todo el líquido del cuerpo. Como os imaginaréis, necesitaban el sigilo para poder atacar sin ser vistos.

Ulgier se horrorizó. Temiendo la respuesta, formuló su siguiente pregunta:

—¿A cuántos habéis matado?

—No lo sé con exactitud. Pero a los pocos minutos de que la neblina se formó, la plaza quedó en silencio. Después, ellos se fueron caminando casa por casa. Ignoro a cuántas casas habrán ingresado antes de que los detuvieseis.

—Disipa la neblina, por favor.

Goznar separó los dedos y extendió ambas manos hasta donde ya no podía más y dijo: —*Vazduh*. La neblina se disolvió de inmediato. A su alrededor, el espectáculo era grotesco: decenas de cuerpos estaban esparcidos por doquier. Algunos flechados, otros totalmente secos y arrugados, otros con la lengua fuera y la boca llena de residuos de espuma seca. Algunas manos sobresalían de algunos puntos del suelo, como si hubiese alguien enterrado ahí. Ulgier y Mina contemplaron todo el daño inútil y desmedido que habían hecho unos niños de su propia Raza, mal dirigidos y manipulados, y sintieron que se les partía el corazón de tristeza. Ulgier cayó de rodillas. Mina se agachó y le dio un abrazo.

—Hemos retrocedido siglos de evolución —dijo Ulgier, con inmenso pesar.

Después de anular el poder de Goznar, Ulgier y Mina comenzaron a adentrarse en las calles de la tribu. Se veían personas tiradas en el suelo, deshidratadas a muerte, o envenenadas. Conforme seguían avanzando, comenzaron a ver que algunos comenzaban a abandonar sus casas, al darse cuenta de que la neblina se había disipado.

—¡La amenaza ha sido anulada! Por favor, no tengáis miedo, pues he venido a ayudaros —les gritó Ulgier.

Un hombre de unos cuarenta y tantos se aproximó a Ulgier y le dijo:

—Ya era hora que alguien de tu Raza pusiera orden entre los vuestros. Me llamo Lojmet y tienes nuestro eterno agradecimiento, noble anciano. ¿Cómo te llamas?

Ulgier se sorprendió un poco con el calificativo que nunca había pensado en aplicar para sí mismo. Le dijo:

—Mi nombre es Ulgier y es un placer haber podido serviros.

—Si de verdad quieres ayudar, Ulgier, nos vendría muy bien una mano para poder apilar todos los cadáveres y quemarlos, antes de que se desate la peste —dijo Lojmet, que siempre había tenido un fuerte sentido práctico. Y añadió: —Ya tendremos tiempo de llorar nuestros muertos.

El resto de ese día y el día siguiente, Ulgier ayudó a abrir varias fosas de gran tamaño en las afueras de la tribu y a trasladar los cadáveres a dichas fosas que, cuando fueron estando llenas, prendió en llamas. Habían fallecido ochocientas noventa y cuatro personas, entre hombres, mujeres y niños. Esa noche, en su refugio secreto, Ulgier y Mina recordaron el olor de los cadáveres incendiándose y los llantos desgarradores de tanta gente, que fue descubriendo que allegados y familiares habían muerto de una forma tan horrible y sin sentido. El agotamiento los hizo quedarse dormidos, después de muchas, muchas horas.

Al día siguiente, tenían como objetivo ayudar a las otras dos tribus grandes: Paktai y Zurtai. Arribaron a Paktai y el escenario no fue tan tétrico como en Shuntai, pues Ulgier logró anular a los Inquisidores tan rápido como lo había hecho en Mirtai y éstos apenas habían llegado a la tribu hacía dos días. Inmediatamente se trasladaron a Zurtai, cuya cerveza era famosa en la Gran Ciudad. Con regocijo, descubrieron que los Inquisidores aún no habían llegado, por lo que fueron a informar al líder de la tribu el motivo de su presencia. El líder los recibió con grandes muestras de respeto y les dijo:

—Es un honor recibiros. No es común que tengamos tan seguido visitantes tan distinguidos —les dijo. Y continuó: —Mi nombre es Alek y os doy la más cordial bienvenida.

—Un placer, Alek. Yo soy Ulgier y ella es mi esposa Mina. ¿A qué te refieres con lo de "visitantes distinguidos"? —preguntó Ulgier, intrigado.

—Hace casi dos semanas estuvieron acá uno de los nuestros, acompañado de una Eterna y un magnífico ser de luz.

—¡Lino y Jantl! —exclamó Ulgier.

—… y Fizz —completó Alek.

—¿Fizz? Jamás había escuchado antes ese nombre —dijo Ulgier curioso.

—¡Yo tampoco! —dijo Alek. Y agregó: —Jantl me dijo que él era un Lumínico y que es miembro de una quinta Raza que ha habitado Koiné por milenios.

Ulgier abrió sus ojos con gran asombro. Sentía que le venía pisando los talones a Jantl y lamentaba no haber logrado coincidir con ella en dos ocasiones ya. Cayó en la cuenta de que esta visita estaba relacionada con el "ayudar a Niza" que le hubiese comentado Kira en Bontai. Tratando de comprender qué era lo que estaba pretendiendo hacer Jantl, inquirió:

—¿Me podrías decir por favor qué asunto trajo a Jantl, Lino y Fizz a tu tribu, Alek?

—Claro. Se llevaron con ellos a uno de los nuestros. Jantl me dijo que quería ayudar a encontrar a una Forzuda que se había perdido hacía mucho y que era crucial que esa persona los ayudara a encontrarla.

—¿Y cómo se llama esa persona?

Antes de que Alek pudiese responder, se escuchó un estruendo y un barullo proveniente de la entrada oeste de la tribu.

—¡La Inquisición! —exclamó Ulgier.

—¿Inquisición? —preguntó Alek, alarmado.

—No hay tiempo de explicar. Acompáñame.

Acto seguido, salieron apresuradamente de la choza donde se encontraban. Ulgier ejecutó el ademán de atracción. Cinco Conscientes muy aturdidos y azorados cayeron a sus pies. Inmediatamente les anuló los poderes a todos y los hizo dormir. Volteando a ver a Alek, quien no salía de su asombro, le dijo:

—La Regente Suprema inició un ataque sin cuartel contra los de tu Raza a raíz de la Marcha de los Forzudos. Este grupo de chicos obedecen ciegamente sus órdenes y su alma ha sido envenenada por un rencor cuyo origen aun no comprendo.

—Pero… ¡La Regente Suprema es una Forzuda! ¿¡Cómo puede estar atacando a su propia gente!? —exclamó Alek, lleno de indignación.

—Es lo que aún me falta comprender, Alek.

Mina miró a Ulgier orgullosa. Con un dejo de ansiedad, le dijo:

—Esposo mío, ahora tenemos que ir a salvar a nuestro hijo.

—Por supuesto, amada mía —dijo él, tomándola de la mano. Y, volteando hacia Alek, dijo: —Estaréis bien. Lo peor ya ha pasado. Hasta pronto.

Y desaparecieron, antes de que Alek pudiera responderle a Ulgier la pregunta que había quedado en el aire hacía tan solo unos minutos.

Capítulo XXXIV:

Una reprimenda llena de energía

*L*os dos guardas apostados en la entrada del Castillo se quedaron atónitos viendo la extraña comitiva que se aproximaba a ellos. La misma reacción habían tenido hacía algunos minutos los guardas de la entrada este y cada habitante de la Gran Ciudad con el que se encontraban. Y no es porque reconocieran a Jantl –a quien ningún Forzudo había visto nunca y para quienes ella era sólo una Eterna más, muy bella, pero una más– sino porque ese ser de luz que iba flotando a su lado era el espectáculo más apabullante que hubiesen visto jamás. Dos Forzudos venían detrás de ellos con la cabeza cubierta por una capucha, y su presencia no llamaba en lo absoluto la atención.

—Buenas tardes, amigos —dijo Jantl, con una dulzura que estremeció de emoción a los dos guardas.

—B, b, buenas tardes, mi Señora —dijo uno de ellos, tartamudeando nerviosamente.

—Venimos a ver a la Regente Suprema. ¿Nos permitiríais pasar, por favor?

—La Regente Suprema no se encuentra en el Castillo en estos momentos, mi Señora. Podéis regresar mañana temprano, para pedirle una audiencia. Ella ha estado saliendo todas las tardes durante casi un mes ya, por lo que es probable que no os atienda rápido.

—Es *urgente* hablar con ella —dijo Jantl. —¿Sabéis dónde podríamos encontrarla?

—Lamentablemente, no, mi Señora. Y, aunque lo supiéramos, no nos está permitido revelar esa información a nadie.

—Comprendo. ¿Hay alguien de su gabinete que esté en el Castillo? Tal vez alguien más nos pueda brindar esa información.

—Los únicos que en estos momentos se encuentran en el Castillo son cinco miembros de su Ejército —dijo el guarda, con un temblor en la voz.

—Creo que alguno de ellos podría ayudarnos —dijo Jantl, muy segura de sí.

El guarda hizo un gesto de resignación y se introdujo al Castillo. Después de varios minutos, regresó y dijo:

—Podéis pasar. Os escoltaré al recinto de la Silla Magna. Acompañadme, por favor.

Jantl notó con extrañeza que el Castillo estaba inusualmente vacío. No se veía el personal de apoyo que típicamente deambulaba por todos lados. Cuando llegaron al recinto, vieron que no había ningún miembro del gabinete. Cinco Conscientes estaban parados en fila, al frente de la Silla Magna. Jantl notó que eran en extremo jóvenes. El que estaba en el centro del grupo, se dirigió a ella secamente y sin ninguna cortesía en la voz:

—Me comenta el guarda que os urge hablar con la Regente Suprema. Quisiera saber el motivo de tal urgencia.

—Es un asunto personal que sólo le concierne a ella —dijo Jantl. —Creedme que está en el mejor interés de Niza tratar este asunto con nosotros.

—Cuando te refieras a ella, la llamarás *Regente Suprema* —dijo el jovencito, con prepotencia.

Jantl era muy tolerante, pero tenía su límite y ya estaba llegando a él.

—¿No te han enseñado tus padres a respetar a tus mayores? —le preguntó Jantl al mozalbete, con tono condescendiente.

—Nosotros sólo le debemos respeto y obediencia a la Regente Suprema —dijo el muchacho. Y, al decir esto, alzó los brazos hacia ella y sus acompañantes y dijo: —Tal vez os haga falta a vosotros dar el respeto que estáis pidiendo… *Bol.*

El grupo se llevó las manos a la cabeza y comenzaron a gemir de dolor. Todos, excepto Fizz, a quien el hechizo no le hacía efecto alguno. Al darse cuenta de que sus amigos estaban sufriendo daño, se abalanzó sobre el Consciente agresor. Una descarga eléctrica lo hizo caer al piso, convulsionando y se desmayó. El dolor que estaba siendo infligido a sus amigos cesó de inmediato.

Los otros cuatro Conscientes, al ver esto, extendieron sus manos y dijeron palabras incomprensibles para Fizz. Uno de ellos, provocó una especie de tornado en el espacio que él ocupaba; el otro, hizo caer un pedazo de mármol del techo sobre él; el tercero, parecía estar conjurando un hechizo que no le hacía ningún efecto visible, y el último, de la nada, le hizo caer un rayo. El tornado no inmutó al Lumínico, el trozo de mármol fue esquivado con gran agilidad y rapidez y el rayo lo único que logró fue recargarlo de energía. En una fracción de segundo, Fizz atravesó el espacio de los cuatro Conscientes, que perdieron el conocimiento y cayeron al suelo en convulsiones.

—De verdad que te mueves rápido —dijo Jantl, agradecida.

—No dejaré que nadie os haga daño —dijo Fizz, brillando con gran intensidad. Se sentía feliz.

—Creo que necesitamos extraer de alguna de esas mentes la información que necesitamos —dijo Jantl, volviendo a ver a Lino.

—Ya lo hice —dijo Lino, con tono triunfal. Y añadió: —Pero necesitaremos ayuda de alguno de ellos: el lugar al que vamos está protegido mágicamente y requiere recitar un conjuro que sólo alguien con habilidades mágicas puede activar.

—¿Quién mejor que un Forzudo para cargar algo… o a alguien? —dijo Jantl sonriendo.

Lino levantó al Consciente que los había atacado primero y se lo puso en el hombro derecho, como si de un saco de verdura se tratase. Volviendo a ver al resto, dijo:

—Seguidme, vamos a ayudar a Niza.

Capítulo XXXV:

El rescate

F altaba casi una hora para el mediodía y Delor estaba concentrado repasando unos pasajes de un tomo titulado *Ruta hacia la Iluminación,* cuando una conocida voz a la que tenía mucho de no oír dijo:

—Hola, viejo amigo.

Delor volteó a ver con sobresalto el lugar del que provenía la voz y se encontró con unos ojos verdes que rezumaban bondad.

—¡Ulgier! ¡Tanto tiempo! —y se levantó de la silla, para abrazar a su amigo, al tiempo que notaba que Mina estaba a su lado. Cuando terminó el abrazo, le dijo: —Ya veo que Mina te contó algunas cosas.

—Muchas, mi querido amigo. Pero de ti sólo necesito saber una.

—Quieres saber dónde se encuentra la supuesta Fortaleza que ayudé a construir para Kempr. Ahora me doy cuenta de que la dichosa conspiración que tanto temíamos la había tramado la actual Regente Suprema. Es ella misma quien ha instaurado un régimen de terror muy parecido al de La Orden con su Ejército de Conscientes.

—En efecto, quiero saber dónde está esa edificación, por favor.

—Creo que te tengo que decir algo más.

—Adelante. Soy todo oídos.

—La Fortaleza fue protegida mágicamente. Nadie puede ingresar a ella, a menos que sepa cómo pasar por alto el encantamiento que la cubre.

—Y supongo que tú sabes cómo hacerlo —dijo Ulgier, con una mirada pícara.

—Por supuesto, ¿qué clase de director de obra sería si no supiese algo tan básico? —dijo Delor, divertido.

Una hora más tarde, Ulgier y Mina estaban llegando a un edificio que estaba, en apariencia, clausurado y abandonado hacía mucho. Donde podrían haber existido puertas, había grandes bloques de mármol esparcidos, cerrando el paso. Lo que alguna vez habían sido ventanas, estaba clausurado con tablones fijados a la pared desordenadamente con muchos clavos. El edificio se veía en ruinas y daba la impresión de que se iba a derrumbar en cualquier momento. Ulgier y Mina se volvieron a ver. Tomados de la mano, ambos dijeron al mismo tiempo, en perfecto idioma Consciente antiguo:

—Fortaleza, muestra lo que proteges. Mi fin es el más elevado. Mi fidelidad es para la Regencia Suprema de Koiné.

Inmediatamente, las ruinas comenzaron a mostrar su verdadero aspecto: un lujoso edificio de mármol, con varias torres y ventanales, con una puerta de entrada hecha en una madera finísima, que era tres veces más alta que Ulgier. Lentamente, abrieron aquella puerta y pasaron a un gran salón que estaba decorado con jarrones y tapetes de la más fina artesanía. Un gran candelabro de oro colgaba del techo en el centro de ese gran salón.

En eso, un joven Consciente que estaba en un pasillo que daba al gran salón, emitió un grito de alarma, al tiempo que extendía los brazos hacia la pareja. Ulgier invocó su hechizo de anulación apenas a tiempo. Comenzaron a aparecer alrededor de ambos nueve jóvenes Conscientes. Como si fuese un acto reflejo, Mina se agachó al tiempo que Ulgier extendió sus brazos en direcciones opuestas y rápidamente dio una vuelta completa, mientras decía: —*Vihor*.

Un torbellino levantó en el aire a todos los jóvenes que, cuando tocaron el piso, estaban inconscientes. Les anuló sus poderes a todos. Ulgier y Mina se adentraron en la edificación hasta que llegaron a un amplio patio central, donde vieron dos puertas negras, que se abrían en el centro, teniendo cada una la mitad del símbolo que Ulgier había visto en su sueño. Se acercaron a esas puertas y las empujaron.

La alegría de ambos no tuvo límites cuando vieron, al fondo de ese recinto, a su hijo menor encadenado a unas columnas de mármol. Parecía estar dormido o desmayado. Corrieron hacia él.

—¡Rinto! —dijo Mina, entre sollozos. Y comenzó a besarlo en las mejillas.

Rinto abrió los ojos y se encontró con los de su madre. Comenzó a llorar como un niño. Mientras tanto, Ulgier estaba transformando las cadenas en cintas de tela. Entre ambos sostuvieron el vapuleado y debilitado cuerpo de su hijo, que se derrumbó al verse libre de sus cadenas. Rinto miró a su padre después de tantísimo tiempo y dijo, con la voz temblorosa, inundada de agradecimiento:

—Escuchaste mi llamado, papá.

—Por supuesto, mi amado hijo. Acá estamos. Vinimos a salvarte.

—He cometido tantos errores todos estos años —dijo Rinto, con un dejo de amargura en la voz.

—Yo cometí errores peores —dijo Ulgier llorando. —Y nunca tuve la oportunidad de pedirte que me perdones hasta hoy... Perdóname, hijo.

—Te perdono, papá —y, al decir esto, Rinto sintió que una pesadísima carga desaparecía de su atormentada alma.

—¿Ulgier? —dijo una voz al otro extremo del recinto.

Mina y Ulgier voltearon a ver al lugar de donde provenía la voz. Una Forzuda de unos treinta y tantos, que sostenía un cetro dorado, los estaba viendo con displicencia. Ulgier enjugó sus lágrimas y se incorporó, dejando a Rinto en brazos de su madre.

—Sí, soy yo —dijo. —¿Tú quién eres?

—Aparentemente, tu nieta —dijo Niza socarronamente.

—¿Cómo es eso posible...? ¿Niza? —dijo él, confundido.

—La misma. Y, en cuanto a tu pregunta, eso se lo podrás preguntar más tarde a tu hijo, que se ha encargado todos estos años de lograr que te odie a muerte —dijo ella, mordiendo las palabras.

—¿Odiarme? ¿Cómo vas a odiarme si ni siquiera me conoces?

—Pues no sólo te odio, sino que he logrado romper por completo con tu falsa doctrina. Vi que te enfrentaste a algunos de mis discípulos.

—Pero… ¡Todos ellos son casi niños aún! ¿Cómo es posible que hayan desarrollado habilidades siendo tan jóvenes?

—Eso es un secreto que prefiero guardarme —dijo cínicamente. Y agregó: —¡Suficiente charla! *¡Ukupna vojska!*

Cincuenta discípulos de Niza se materializaron en el recinto en un instante. Ulgier volteó a ver a Mina y le dijo, en tono de súplica:

—Dime por favor que aún conservas la carta.

—Aún la tengo —dijo ella.

—Te amo. Ya sabes qué hacer.

—¡Urso, Lasko, Giendo, Rinto! —gritó Mina, abrazando fuertemente a su hijo. Ambos desaparecieron.

Encarando a los cincuenta discípulos y a su líder, Ulgier se preparó para luchar.

CAPÍTULO XXXVI:

Confrontación final

*L*ino depositó su carga en el piso, frente a unas ruinas que tenían muy mal aspecto. Jantl sacó de un morral que siempre traía consigo un pequeño vial que destapó y acercó a la nariz del muchacho, que comenzó a volver en sí con el intenso olor de los vapores que emanaban del vial. Se dio cuenta que tenía sus manos atadas hacia atrás y se sintió perdido. A pesar de ello, le dijo a Jantl, con altanería:

—Liberadme inmediatamente y tal vez la Regente Suprema os trate con clemencia.

—Acá nosotros ponemos las reglas, jovencito —dijo Jantl, seriamente. —Y agregó: —Sólo te trajimos porque necesitamos que nos hagas un pequeñísimo favor. ¿Cómo te llamas?

—Tertius —contestó, de mala gana. —¿De qué favor estás hablando?

—Encantada, Tertius, yo soy Jantl —dijo con dulzura. —Verás, necesitamos entrar a este edificio y sólo un Consciente puede recitar el encantamiento para lograrlo. ¿Nos quieres ayudar, o prefieres tener otra "conversación" con mi amigo Fizz?

Tertius recordó con pavor la horrible sensación de electricidad recorriendo todo su cuerpo unos instantes antes de desmayarse. Bajando la mirada, dijo con resignación:

—Yo os ayudo. Pero temo que esto me cueste la vida.

—¿Por qué dices eso? No le diremos a Niza que nos ayudaste.

—No entiendes. Me ata un ritual de vinculación que, si llega a *interpretar* alguna acción mía como una traición a *ella*, moriré.

—Entiendo —dijo Jantl serenamente. —Bueno, *te prometo* que esto no será un acto de traición, Tertius. Todo lo contrario —y, con esta última frase, clavó sus hermosos ojos color violeta en los de

Tertius. Él perdió el miedo y comenzó a decir, en la antigua lengua Consciente, que sólo Jantl entendió perfectamente:

—Fortaleza, muestra lo que proteges. Mi fin es el más elevado. Mi fidelidad es para la Regencia Suprema de Koiné.

Apareció ante ellos el hermoso edificio en todo su esplendor. Tertius seguía tan vivo como siempre.

—¿Ves? —dijo Jantl, satisfecha. —Muchas gracias, Tertius.

Pasaron al interior del edificio. Desde más adentro se escuchaba un griterío. Jantl y Lino se volvieron a ver alarmados y comenzaron a correr hacia el lugar de donde provenía el ruido. Se encontraron, al otro extremo de un amplio patio interior, con una puerta doble que tenía un extraño símbolo.

Lino y Jantl empujaron, cada uno, una de las puertas y se encontraron con una impactante escena. Una veintena de jóvenes Conscientes yacía en el piso, aparentemente muertos o quizá desmayados. Ulgier se hallaba al fondo del recinto, cerca de unas columnas y estaba sosteniendo los brazos con gran tensión, al tiempo que varias decenas de otros jóvenes estaban apuntando sus brazos hacia él, recitando encantamientos. Ulgier parecía estar conteniendo un caudal de ataques mágicos que estaban siendo lanzados sobre él, pero se notaba visiblemente extenuado. Detrás de todos ellos se encontraba Niza, quien al escuchar las puertas abrirse, se volteó.

—¿¡Lino!? —dijo Niza, atónita.

Los súbditos que estaban más cerca de Niza detuvieron sus ataques hacia Ulgier y se voltearon hacia el grupo que estaba en la entrada del recinto. Lino le dijo:

—Sí, Niza. Soy yo. Y mira quiénes me acompañan.

Fizz ingresó al recinto, junto con Frida. Niza palideció y abrió mucho los ojos.

—¿¡Mamá!? ¿Cómo es posible…?

—¡Niza! —dijo Frida y, tímidamente, se comenzó a acercar a ella.

—¿Y esa criatura qué o quién es? —dijo Niza, que apenas lograba comenzar a sobreponerse de la impresión.

—Soy Fizz, Niza —dijo Fizz, con su reverberante voz. —Estoy muy feliz de verte de nuevo.

Por la mente de Niza comenzó a moverse un torbellino de ideas y en su corazón, un mar de emociones la dejó aturdida. A todo eso, unos veinticinco discípulos seguían lanzando hechizos contra Ulgier, quien estaba a punto de ceder cuando gritó:

—¡Jantl! ¡Ayúdame!

Jantl volvió a ver a Fizz y le dijo:

—¿Puedes ayudar a mi amigo, por favor?

Sin esperar segundas razones, Fizz comenzó a tocar a los atacantes quienes, uno a uno, fueron cayendo al piso en convulsiones. Ulgier cayó de rodillas al piso, exhausto, pero con cara de alivio. Al ver esto, Niza dijo enardecida:

—¿A eso habéis venido? ¿A derrocarme y deshaceros de mi Ejército? —y, volviendo a ver a Frida, dijo: —¿Quién eres realmente? ¿Qué truco es éste?

Frida la miró con pesar infinito. Con todo el amor que había guardado para Niza durante treinta años, le dijo, llena de ternura:

—No soy un truco, mi amor. Soy Frida, tu madre. Y he estado sufriendo amargamente tu ausencia todo este tiempo. Ven. Abrázame.

En ese momento, Ulgier se incorporó y, extendiendo los brazos hacia Niza y los discípulos que aún quedaban en pie, dijo: —*Otkazati*. El rubí del cetro que tenía Niza en la mano brilló con un inmenso fulgor y una luz roja cubrió por completo a Niza, quien se volteó a ver a Ulgier, cosa que sus discípulos hicieron también.

Automáticamente, ellos extendieron las manos hacia él, pero, cuando intentaron conjurar los hechizos, no pasó nada.

—¿¡Qué has hecho, maldito!? —dijo Niza, llena de odio.

—Anulé el poder de tus seguidores con un hechizo que normalmente sólo disminuye temporalmente un poco las habilidades. Lo usamos mucho en la Academia cuando el hechizo de algún estudiante se sale de control. En el caso de tus seguidores, como son tan jóvenes y sólo tienen una única habilidad, el hechizo ha demostrado tener un efecto de anulación permanente.

—Yo sabía que todo esto era una manipulación para aniquilarme —dijo Niza, enfurecida. Y la ira que normalmente encauzaba al centro del planeta se desbordó en el edificio, cuyas paredes comenzaron a cuartearse.

—¡Niza! —dijo Lino. —¿¡Qué haces!?

—Del último que esperé una traición fue de ti, Lino. Pero ya veo que te has aliado con mis enemigos.

—¡No, Niza, por favor…! Escúchame. Tu padre te estuvo manipulando todos estos años porque quería vengarse de tu abuelo. Él fue quien te utilizó todo este tiempo. Pero Jantl y yo descubrimos que lo que creíste todos estos años acerca de tu madre no era cierto. Comprendimos también que Fizz fue tu amigo desde que naciste y que tú lo amabas tanto como él te ama a ti. Trajimos a estas personas porque queríamos hacerte ver la verdad, mi querida hermana. Te amo, siempre te he amado y tú lo sabes.

—Ya no sé qué creer, ni en quién confiar —dijo ella, visiblemente confundida.

—Si no me crees a mí, deja que Fizz te cuente lo que ha vivido estos últimos treinta años.

—¡Esa criatura fue quien atacó a mi madre! ¡Y acaba de dejar inconscientes a varios de mis discípulos con sólo tocarlos!

—Yo no ataqué a tu madre, Niza —intervino Fizz. —Sólo quería defenderte, porque escuché que estabas llorando. Cuando tu madre me tocó, fue ella misma la que se hizo daño. Luego, ya no estabas. No entendí qué había pasado hasta ahora.

—Eres mitad Forzuda y mitad Consciente —dijo Jantl. —Eres única. Nunca había existido un ser como tú. Vinimos a ayudarte a recordar quién eres. Has estado perdida por años y ya es tiempo de que te encuentres, Niza.

Conforme Niza escuchaba estas palabras, su agitación interna fue cediendo. Volviendo a ver a Fizz, dijo:

—¿En serio eres mi ángel guardián?
— "Ángel"… No entiendo esa palabra. Sólo sé que te amo.

Y, acercándose a Niza, la "tocó" suavemente. Un leve cosquilleo le recorrió todo el cuerpo y una sensación del más puro e inmenso amor la inundó por completo. Comenzó a recibir imágenes y pensamientos de más de tres décadas de vivencias de ese curioso ser que hasta ahora comprendía qué era: se vio a sí misma naciendo; siendo una tierna bebé en su cunita; jugando alegremente con Fizz en una pradera; se vio riendo a carcajadas, con una risa tiernísima e infantil. Recordó cuánto lo amaba. Sintió la pureza de alma y la sinceridad de corazón de Fizz y se conectó con aquella pequeña niña que ella había sido, tan inocente y tan feliz. Décadas de rencor y de enojo se comenzaron a disipar de su alma, que quedó henchida de puro amor por Lino, por Fizz, por su madre. Recordó la escena que había presenciado hacía pocos minutos y perdonó a su padre, descartando también el odio irracional que había tenido hacia el que, hasta ahora comprendía, era su abuelo. Al fin tenía la noción completa de quién era ella, de dónde provenía y de sus ancestros. Aliviada y con el alma llena de agradecimiento, sintió de nuevo una felicidad que la había abandonado hacía mucho. Sin darse cuenta, lágrimas comenzaron a brotar de sus ojos.

Los discípulos miraban inquietos a su líder, que estaba llorando con los ojos cerrados. Para entonces, Ulgier se había acercado a Jantl, Lino y Frida. Cuando Fizz se apartó de Niza, ella abrió los ojos y los vio de nuevo, con una mirada renovada de confianza. Frida se acercó a ella y le dijo:

—Déjame abrazarte, hija mía, por favor.

Niza abrió los brazos y Frida se abalanzó a su hija y la apretó con fuerza.

—¡Te he extrañado tanto…! —dijo casi en un susurro. Y comenzó a llorar.

Sin embargo, la integridad estructural del edificio donde se encontraban ya estaba comprometida. Un sonido como de que algo se estaba resquebrajando comenzó a sonar justo encima de Niza y Frida. Frida abrió los ojos y volteó a ver hacia arriba instintivamente. Sin titubear, empujó a su hija, para evitar que un pesado bloque de mármol que se vino abajo las aplastara a ambas. Todos gritaron de asombro. Niza vio que sólo sobresalía debajo del bloque de mármol la mano con que su madre la había empujado apenas a tiempo. Niza se incorporó y, extendiendo los brazos, levantó con su mente sin ningún esfuerzo el pesado bloque y lo colocó a un lado. Frida tenía la cabeza fracturada y estaba sangrando profusamente, pero aún seguía con vida.

—¡Mamá! ¡No…! —dijo Niza y corrió a tomarla entre sus brazos.

Frida, inmensamente feliz de haber salvado a su pequeña, abrió los ojos con dificultad y le dijo:

—Le pedí al Universo que me permitiera verte antes de morir. Estoy agradecida que mi súplica fue escuchada. Te amo —y, diciendo esto, cerró los ojos y comenzó a respirar con dificultad. Estaba agonizando. Niza volvió a ver a su abuelo con desesperación y le dijo:

—¿No puedes salvarla?

Jantl intervino, y le dijo:

—Lo primero que hay que hacer es corregir el hueso del cráneo que está fracturado, para liberar la presión sobre su cerebro.

Ulgier asintió y se acercó a Frida. Agachándose, posó suavemente su mano sobre la fractura y un leve sonido se escuchó cuando el hueso fracturado que estaba hundido recuperaba su posición original.

—Ahora, hay que contener la hemorragia —dijo Jantl y, acercándose a Frida, sacó de su morral un pequeño saquito de cuero que desató y, al exprimirlo, un ungüento blancuzco llenó la punta de los dedos de su mano derecha. Se lo aplicó a Frida en la herida, con muchísima suavidad.

El ungüento, producido por la curandera de Lendl, aceleraba la cicatrización ya de por sí rápida de los Eternos. En un Forzudo, el ungüento tenía un efecto casi mágico. Frida abrió los ojos y se encontró con los de Niza. Esbozó una sonrisa, que su hija le correspondió, sollozando. Volviendo a ver a Ulgier y a Jantl, con la mirada inundada de gratitud, dijo:

—Muchas gracias. No merezco vuestra bondad. Haré todo lo posible por resarcir el daño que causé —y, mirando a Fizz y a Lino, dijo: —Me habéis salvado de mí misma. La vida no me alcanzará para expresaros mi gratitud.

Por primera vez en meses, el cielo se despejó y un sol que brillaba como tenía mucho de no hacerlo en la Gran Ciudad entró por la abertura del pedazo de techo que se había desprendido. El obscuro salón se llenó de una luz como no había tenido desde que terminó su construcción. Con el corazón henchido de felicidad, Fizz salió disparado por esa abertura, dispuesto a reencontrarse con los suyos. Lino sintió, por fin, que la paz que tanto había anhelado por años regresaba a su corazón. Ulgier y Jantl se abrazaron. Él le dijo:

—Y ahora, ¿qué hacemos?

—Vamos a Kontar —dijo ella sin dudarlo. —Todavía hay muchas heridas que sanar, mi querido amigo.

—Pero, primero, tenemos que hacer una escala —dijo él, recordando que Mina y Rinto seguían encerrados en su refugio. Y, extendiendo su brazo con un gesto galante, le dijo: —¿Me acompaña usted, bella dama?

Jantl tomó el brazo de Ulgier y, con la mirada llena de amor, dijo:

—Vamos, noble caballero.

Un fuerte sismo en la Gran Ciudad
será el inicio de un periodo sombrío
mil años de armonía y hermandad
darán paso a un inmenso vacío

Y una familia antigua y honorable
caerá en desgracia por su patriarca
otrora un funcionario respetable
ahora un secreto su alma marca

Y entre dos Razas se tenderá un puente
que procreará una mestiza poderosa
a quien un ser de luz amará fielmente
y entre gente extraña crecerá airosa

Manipulada por su progenitor
acumulará en su alma inmenso rencor
y alcanzará la cima del supremo poder
aterrorizando a todos con su proceder

Sólo el más puro e incondicional amor
marcará el camino a su redención
siendo el sendero del perdón
el que devolverá a su alma su fulgor

Los Cantos de Travaldar, Libro V
(año 9415)

ÍNDICE

CRÓNICAS DE KOINÉ

La saga de fantasía épica **Crónicas de Koiné** está compuesta actualmente por una primera trilogía auto conclusiva a la que el autor denominó: "La Trilogía de Fuego".

El autor sigue escribiendo acerca de Koiné, un mundo fantástico habitado por cinco razas humanoides: *Forzudos, Pensantes, Conscientes, Eternos* y *Lumínicos*. Se espera que la saga conste de, al menos, siete libros en total.

Las Cinco Razas

Portada del libro impreso

Portada del libro electrónico

En esta primera entrega de la épica saga **Crónicas de Koiné**, se describe un mundo donde coexisten hombres y mujeres de fuerza descomunal, junto con hechiceros, telépatas, inmortales y seres de luz.

En una antigua y honorable familia, una venganza personal afectará el planeta entero, cuando la líder de una Secta secreta inicie una era obscura de destrucción y genocidio, al tiempo que un resentido estratega organiza una conspiración para derrocar al Regente Supremo. Una inocente niña con un poder mágico inmenso se convertirá en la pieza clave para salvar su mundo.

¿Podrá encontrar su verdadero destino antes de que sea demasiado tarde? Soñador e imaginativo, el autor ha tenido la inquietud desde hace años de plasmar en varios libros un mundo fantástico llamado Koiné.

Con un estilo de narración a veces profundo, a veces divertido, a veces obscuro, un miembro de la raza de *Pensantes* de este complejo e intrincado mundo nos presenta un vistazo de su historia milenaria, donde la lucha entre la sed de venganza y el perdón unirán a una *Eterna*, un *Forzudo*, un *Lumínico* y un *Consciente* para salvar su planeta.

El Cisma

Portada del libro impreso

Portada del libro electrónico

En esta segunda entrega de la épica saga **Crónicas de Koiné**, se relatan las terribles consecuencias que desencadenaron los eventos descritos en el volumen uno.

La actividad volcánica ha liberado un terror que estuvo oculto y contenido por siglos. ¿Será posible acceder al poder ancestral que podría contrarrestar esta amenaza, a pesar de encontrarse aislado en el Valle de las Montañas Impasables?

Los abusos cometidos por el Ejército de *Conscientes* dejaron tras de sí una estela de destrucción y muerte entre los *Forzudos*. ¿Qué desencadenará el rencor que anida la Raza más numerosa del planeta en contra de la responsable directa de tales abusos?

Los *Pensantes* y los *Lumínicos*, que históricamente no se han involucrado en los asuntos de las demás Razas, se verán afectados directamente. ¿Seguirán siendo observadores impasibles, o intervendrán para recuperar la paz, antes de llegar a un punto de no retorno?

Una conexión con el más allá ha revelado a un *Forzudo* una visión del futuro. ¿Podrá usar este conocimiento para que una *Eterna* cambie lo que aún no sucede y salve a los que ama?

El narrador *Pensante* del primer volumen nos sigue relatando una parte de la extensa historia de este mundo complejo y fascinante. Este segundo volumen es aún más épico, intenso, lleno de suspenso y sorpresas que el primero y se profundiza aún más en detalles de Koiné y sus Cinco Razas. Lectura obligada para los amantes del género.

Salvación

Portada del libro impreso

Portada del libro electrónico

En esta tercera entrega de la épica saga **Crónicas de Koiné**, se relata el desenlace de las situaciones que quedaron pendientes en el volumen dos.

Los Sesenta y Seis sobrevivientes del antiguo Ejército de *Conscientes* fueron abandonados por el Gobierno Central y los de su propia Raza. ¿Qué sucedería si llegasen a sentirse invencibles?

Cuatro crías huérfanas están comenzando a descubrir el mundo y cómo alimentarse. ¿Hasta dónde llegará su capacidad de destrucción antes de que alguien haga algo al respecto?

Un añejo rencor por parte de un antiquísimo *Eterno* en contra de la Raza de los *Conscientes* desencadenará una venganza inimaginable. ¿Será posible detener su psicópata plan de exterminio a tiempo?

La maldad que se cierne sobre el planeta no permite a las almas de los que han partido encontrar verdadero descanso. ¿Podrán intervenir de alguna forma?

Con un estilo de narración dinámico, profundo, reflexivo, descriptivo y muy entretenido, el narrador *Pensante* del volumen anterior nos sigue relatando una parte de la extensa historia de este mundo complejo y fascinante. Este tercer volumen presenta el clímax perfecto para la historia iniciada por sus dos predecesores. Imprescindible para quienes deseen cerrar el círculo de la primera trilogía de la saga.

LIBROS DE ESTE AUTOR

Perdóname, Te Amo (Poemario)

Portada del libro impreso   *Portada del libro electrónico*

Mantener estable una relación de pareja resulta, en la mayoría de los casos, todo un reto.

El autor nos presenta en la forma de diez intensos y cercanos poemas las etapas del ciclo de reconciliación por el que puede pasar cualquier pareja después de un altercado.

Como el mismo autor lo indica, los sentimientos que evoca su poesía, más que las palabras mismas, pueden hacer al lector identificarse con la expresión más genuina y personal de un amante que desea reconciliarse con su pareja.

El poemario está diseñado de manera que estimule no sólo el oído, sino la vista, al estar cada poema acompañado de una hermosa imagen que, según el autor, le evoca la emoción central del poema.

Este sencillo libro puede resultar un regalo idóneo para aquel miembro de la pareja que, de manera amorosa e íntima, le quiera decir a su "media naranja" que todo está bien, que la relación sigue tan viva y vigente como siempre.

Fugaz amor eterno

Portada del libro impreso　　　*Portada del libro electrónico*

Una noche de sábado, dos parejas se reúnen para conocerse, buscando entablar amistad: Mauro y Valdemar han invitado a Pascal y Lucas a su casa a cenar. Tras una noche de muchas risas, excelente química entre los anfitriones y sus invitados, y el descubrimiento de múltiples intereses en común, Lucas y Valdemar comienzan a desarrollar una cercana amistad.

Sin embargo, hay muchas cosas del pasado de Lucas que Valdemar ignora. A raíz de una tarde de confesiones y acercamiento, los cimientos de las relaciones de pareja que ambos han tenido por años con sus respectivos consortes comienzan a cuartearse.

¿Podrán dos parejas estables –de catorce y cinco años– resistir los embates de una pasión que se ha comenzado a gestar entre dos de sus respectivos integrantes? ¿Qué sucede cuando una serie de factores se alinean para conspirar en contra de tal estabilidad?

Basada en hechos reales vividos por gente que el autor conoce personalmente, **Fugaz amor eterno** narra la intensa y entrañable historia –ocurrida en México entre los años de 2007 y 2010– de dos hombres, un costarricense y un mexicano, que experimentaron el más profundo, intenso y desbocado frenesí amoroso que puedan compartir dos almas enamoradas.

La historia de Lucas y Valdemar está llena de risas, música, sexo, complicidad, encuentros y desencuentros, amistad sincera, hechos inexplicables y la más intensa de las pasiones que puedan llegar a sentir dos personas cuando deciden amarse, a pesar de tener un mundo de circunstancias en su contra.

Narrada por sus dos protagonistas, a partir de sus diarios personales, **Fugaz amor eterno** es una historia que explora los más intrincados vericuetos del alma humana, con profundas reflexiones y situaciones extremas que no dejarán al lector indiferente. Es, sin duda alguna, un libro que dará de qué hablar por generaciones.

Made in the USA
Monee, IL
11 April 2025